よもつひらさか

今邑　彩

よもつひらさか　目次

よもつひらさか

見知らぬあなた

その朝、生あくびをかみ殺しながら、マンションのエレベーターを降りた私は、エントランスの所で、数人の住人たちがかたまって、何やらひそひそやっている光景に出くわした。その中には初老の女性管理人の姿もあった。住人たちの一様に眉をひそめた顔つきから、また何か起きたらしいと直感した。

このマンションに引っ越してきて、丸一年になるが、以前にも、二度ほど、こんな風に住人たちが集まっているのを見掛けたことがある。

一度は、一階に住む若い女性の部屋に痴漢が侵入したときで、二度目は、五階に住む中年のサラリーマンが何かの発作を起こしたとかで、夜中に救急車で病院に運ばれたときだった。

「気味が悪いわ……」

挨拶をして通りすぎようとすると、若い主婦らしき女性の声が耳に飛び込んできた。

「あの、何かあったんですか」

私は思わず足を止めて尋ねた。

「そこの公園で、人間の足が見付かったんですって」

主婦は寒気がするというように、片腕をさすりながら言った。

そこの公園というのは、私の住むマンションから、歩いて二十分ほどのところにある、かなり大きな公園だった。春には桜の名所にもなるところで、散歩がてらに何度も訪れたことがあった。

「足って──まさか」

私は驚いて聞き返した。

「男の人らしき足がね、黒いゴミ袋に入れられて、公園のゴミ箱に捨ててあったらしいんですよ。なんでも、このへんから切断されていたとかで」

自分の太股《ふともも》のあたりを平手で指し示しながら、そう答えたのは管理人だった。

私は反射的に手に提げていた生ゴミの袋を見下ろした。今日は燃えるゴミの日だった。

近くの公園で切断された男性の足が発見された。それは、いっぺんで目のさめるような衝撃的なニュースだった。

この事件のことは、夜になると、テレビのニュース番組でも一斉に報道された。どの局にチャンネルを合わせても、現場である公園の風景が目に飛び込んできた。

水鳥が無心に泳ぐ池や、うっそうとした樹林のたたずまい。市民の憩いの場にふさわしい風景だった。そんな見慣れたはずの風景が、ブラウン管を通してみると、なんだか遠い星のできごとのように、現実感のないものに見えた。

ただ、こうしたのどかな風景に交じって、時折、映し出される古びたゴミ箱のショットだけが、妙に生々しく感じられた。

この段階で分かったことは、公園から発見されたのは足だけではなく、首以外の部分、つまり、両腕、胴体、両足の各部分が、それぞれ黒いゴミ袋に入れられて、何カ所かのゴミ箱から発見されたということだった。

よく行く公園のゴミ箱から切断された男性の死体が出てきたというだけで、十分、衝撃的ではあったけれど、それでも、この時点では、まだ、私にとって、この事件は、対岸の火事のようなものであった。まさか、このおぞましい犯罪の加害者と被害者とが、私のよく知った人物であるなどという考えはちらとも頭に浮かばなかったからである。

ところが、私の脳裏に、ある恐ろしい疑惑が黒雲のようにわいたのは、事件が起こって数日たった頃だった。

*

そのニュースが、テレビを見ながら、独りで夕飯を食べていた私の手をふいに止めさせた。

例のバラバラ殺人事件のニュースだった。被害者の身元はまだ判明してはいないようだった。そのためか、死体の詳しい特徴が公開されたのである。被害者は、三十代前半から四十代前半の中年男性で、身長はおそらく、百六十五センチほど。不明の頭部のことを考慮にいれても、それほど大柄ではないようだった。

ここまでの情報は、何も私を動揺させるものではなかった。ところが、この被害者の左大腿部に、古い火傷《やけど》の跡と思われるひきつれがあると聞いたとき、コンビニで買ってきた総菜に箸を伸ばしかけていた私の手が止まった。

左太股に、古い火傷の跡？

一瞬、ある男の顔が脳裏をよぎった。私のよく知った男性だった。その男の左太股にも、子供の頃に負ったという火傷の跡がひきつれになって残っていた。しかも、その男の年齢は、三十六。体格も、男としてはやや小柄で華奢《きゃしゃ》な方だった。

まさか――

私は突然ひらめいた恐ろしい疑惑に、食べ物の味を全く感じなくなっていた。まさか、そんなことはない。被害者が彼だなんてことは……。

私はひらめいた疑惑をすぐに打ち消した。これは偶然の一致だ。これだけの条件で、被害者を彼だと決め付けるのは早すぎる。そう思った。しかし、この身体的特徴と、死体遺棄現場が、私の住まいの近くであるという偶然が、私をひどく動揺させた。

まさか。まさかとは思うけれど……。

私は食事もそこそこにダイニングテーブルから立ち上がると、慌てて、電話の前まで行った。最後に彼と会ったとき、「今、住んでいるアパートの電話番号だ」と言って手渡された紙切れが、電話機が置いてある小テーブルの引き出しに入っていることを思い出したのだ。

彼のアパートに電話してみれば分かることだ。私は幾分わななく指で、紙切れの数字を見ながら、受話器のプッシュボタンを押した。

三回コール音が響いて、すぐに受話器が取られた気配があった。私はほっとした。彼はうちにいる。あの女とは別れて今は独り暮らしだと言っていたから、受話器を取ったのは彼に違いない。そう思いかけたとき、無機的な女性の声が、これが留守番電話であることを告げた。

安心しかけた私の胸にまたもやさざ波がたった。留守?

受話器を置いたあとも、胸のさざ波は鎮まらなかった。

あのバラバラ事件の被害者が彼であるなどという可能性はあるだろうか。私はぼんやりとそう考えた。事件から数日たっても、まだ被害者の身元が分からないということは、少なくとも家族から捜索願いが出されていないということになる。ということは、被害者には家族がいないということなのだろうか。それとも、単身赴任か何かで独り暮らしをしているのだろうか。

しかし、たとえ、家族から連絡が入らなくても、サラリーマンか何かだったら、会社を無断欠勤していることになり、そちらの方から情報が入るのではないだろうか。

それが、いまだに身元が分からないということは……。

私は、彼が同棲していた女に逃げられただけでなく、それまで勤めていた会社の方も、合理化のために辞《や》めさせられたと言っていたことをふいに思い出した。

「部屋で首吊ってても、へたすると何日も誰にも気付かれないなんてことになりかねないな……」

今の自分のわびしい暮らしぶりを、彼はそんな風に自嘲《じちよう》的に漏らしていた。

もし、あの被害者が彼だったとしたら――

警察に知らせるべきだろうか。私は思い悩んだ。でも、そこまでやる義務があるのだろうか。あの男とは一年前に協議離婚して奇麗さっぱり別れているのだ。私にとって、もう縁もゆかりもない人間のはずだった。それに、身体の特徴がたまたま一致するからといって、あの死体が彼であるとは限らないではないか。

私は、あれこれ思い悩んだ結果、結局、しばらく様子を見ようと決めた。被害者の身元が判明するのは時間の問題のような気がしていた。

それでも、やはり気になって、その夜、もう一度、彼のアパートに電話を入れてみた。まだ留守番電話のままだった。翌日になっても、相変わらず被害者の身元は分かっておらず、彼はアパートにも帰っていないようだ。

やはり、警察に行って、私の疑惑をとりあえず話してみるべきだろうか――と思いかけていた矢先に私のもとに一通の封書が届いた。

それは「彼女」からだった。

＊

「彼女」からの手紙は、いつものように、差出人の所は空白になっていた。それでも、宛て名の字体から、それが「彼女」からのものであることが、私にはすぐに分かった。封を切って、中を見ると、いつもの薄青い便箋にこんなことが書かれていた。

「お元気ですか。あなたの住むマンションの近くの公園で男性のバラバラ死体が発見されたそうですね。テレビのニュースで知って驚いています。あなたもさぞ驚かれたことでしょうね。気味の悪い思いをしたことでしょう。あの公園には私も行ったことがありますけれど、春になると、桜並木がそれは美しいところですよね。あんな、のどかな美しいところから、人間の死体が出てくるなんて。それもバラバラにされて……。なんて恐ろしいことなんでしょう。

ところで、この前のお手紙に、別れたご主人にしつこく復縁を迫られて困っているとありましたが、その後いかがですか。ご主人はまだ訪ねてきますか。まだ、あなたを苦しめているのですか。そのことがとても気になります。それにしても、なんて身勝手な人なんでしょうね。勝手に他の女とくっついて、あなたを捨てたくせに、その女に逃げられたからといって、ノコノコ戻ってくるなんて。恥じ知らずというか、なんというか。あなたは毅然《きぜん》としているべきです。こんな男のいいなりになってはいけません。

前にも書きましたが、私は、あなたを傷付けたり、苦しめたりする人間は絶対に許せないのです。絶対に、絶対に……」

彼女の手紙はいつもよりは短いものだった。おそらく、例の事件のことをテレビのニュースで知って、慌てて、ペンをとったのだろう。字体はいつもより少し乱れていた。私はそれをざっと読み、畳んで、封筒に戻そうとして、ふと手を止めた。

何かひっかかるものがあった。何だろう。もう一度便箋を開いて、彼女の手紙を読み返してみた。そのうち、胸のうちであっと叫んだ。何にひっかかったのか分かったのだ。日付だった。彼女は、手紙の最後にいつも、それを書いた日付を書き添えることを忘れなかった。この手紙にも、「二月十一日、夜」とあった。

おかしいのは、この日付だった。彼女は何か勘違いをしている。あのバラバラ事件のことがテレビで報道されたのは、二月十二日、つまり、この日付より一日あとのことなのだ。十一日では、まだ事件のことは報道されていない。彼女が事件のことを知るはずがないのだ。

たぶん、彼女は慌てていて、日付を一日間違えたに違いない……。

そうは思っても、私の胸にどんよりとした疑惑が広がった。

まさか――

手紙の最後の部分、「私は、あなたを傷付けたり、苦しめたりする人間は絶対に許せないのです。絶対に、絶対に……」という言葉が、なぜか私を息苦しくさせた。彼女はなぜこんなことを書いてきたのだろう。これは、まるで――

私は、そのとき自分の頭にひらめいた、ある想像にぞっとした。

＊

私がはじめて彼女と会ったのは中学二年のときだった。いや、会ったという言い方は正確ではない。「知った」と言うべきかもしれない。なぜなら、私は、彼女にまだ一度も会ったことはないからだ。

思えば、奇妙な仲だった。私は、彼女の名前も顔も住所も知らない。それなのに、この十数年間、私たちはつかず離れずの関係を続けてきた。少々風変わりなペンフレンドとして。

彼女からはじめて手紙を貰ったのは、中学二年の夏、ちょうど夏休み明けの頃だった。それは奇妙な手紙だった。何度も読み返したせいか、文面は今でも私の脳裏に焼き付いている。確か、こうだった。

「はじめまして。私はあなたと同じ学園に通う一女子学生です。ある事情があって、名前も学年もクラスも言うことはできませんが、あなたのことはよく知っています。あなたが『秋桜《コスモス》』に載せた詩を読みました。感動しました。とても、とても美しい詩だと思いました。こんな詩を書く人となら、私は友達になれる。そう直感しました。そう思ったら、矢もたてもたまらず、あなたの住所を調べ、こうして、お手紙を差し上げたくなってしまったのです。もし、よかったら、私と文通してくれませんか。あなたと、詩や文学のことについて、もっともっとおしゃべりできたら、どんなに楽しいでしょう。ただ、私は、先にも書きましたが、ある事情があって、名前も住所もあなたにお知らせすることができません。だから、私への手紙は、学校の図書館の閲覧室にある、※※という本の間に挟んでおいて欲しいのです。こんなお願いはおかしいでしょうか。無理でしょうか。名前も住所も明かさないような相手と文通などできないと、あなたはお思いになるでしょうか。たぶん、あなたはそう思われるでしょうね。そう思われて当然です。でも、私は諦めません。あなたに手紙を書き続けます。いつか、あなたから返事を貰える日を夢見ながら……」

細かい言い回しはともかく、ざっとこんな内容だった。その頃、私は、文芸部に所属していた。『秋桜』というのは、その文芸部で定期的に発行している同人誌で、私は、そこに稚拙な詩や短い小説めいたものを書いていた。彼女はそれを読んだらしいのだ。それで、こんな手紙をくれた。そこまでは理解できた。ただ、分からないのは、彼女も書いているように、彼女が、自分の名前も住所も明かすことはできないというところだった。これが不可解だった。どうして、自分の正体を明かすことができないのか、私には全く理解できなかったからだ。

その頃、私は、中、高、短大と一貫教育の体制をとっている私立の女子校に、それまで通っていた公立の中学から転校したばかりだった。生来の内気な性格にくわえて、転校生ということもあって、友達もできず、孤独で味気無い毎日を送っていた。だから、こんな形で友達ができるというのは、私にとって飛び付きたいほど嬉しいことだった。もし、彼女が名前も住所も明かして文通を申し込んでくれたのならば、私はすぐにでも返事を書いていただろう。

しかし、名前も住所も明かせないという相手の秘密めいた態度が、何か裏があるような気がして、返事を書くことを私にためらわせた。そして、結局、私は返事を書かなかった。それでも、彼女は、その後も相変わらず、差出人の欄を空白にしたまま、何通も手紙をくれた。内容の殆《ほとん》どが、自分が今までに読んだ本や詩の感想だった。時々、流行《はや》りの映画やテレビ番組について触れることもあった。自分のことはいっさい書いてこなかった。

そんな手紙が何通目かに及んだ頃、私はついに我慢ができなくなって、返事を書いた。彼女の手紙の内容は、私にとって刺激的だった。私の詩を読んで、「こんな詩を書く人なら友達になれる」と思ったという彼女の直感は間違ってはいなかった。私は、彼女が書いてくる、本や映画の感想や批評に、時には反発したり、時には共感したりして、退屈することはなかった。そして、とうとう、この反発や共感を相手に伝えたいという誘惑に打ち勝てなくなってしまったのである。

返事を書いて、彼女の指定通り、図書館の閲覧室の棚の片すみにある分厚い本の中にそれを挟んだ。閲覧室の本は貸し出し禁止になっているし、彼女が指定してきたのは、およそ、人の手が触れそうにもない本だった。この本に手紙を挟んでおいても、彼女以外の人間に見られる心配はなさそうだった。

それでも、彼女の手に無事に手紙が届いたか、かすかな不安をおぼえ始めた頃、彼女から手紙が来た。ようやく私から返事を貰えた喜びを、「本の中にあなたの手紙を見付けたときは、天にも昇る気持ちがした」と、幾分大袈裟《おおげさ》な調子で書いてあった。こうして、私たちの奇妙な文通がはじまったのだ。

この奇妙な文通は、私が短大を卒業するまで続いた。私たちの通う学園は、中等部、高等部は一つの図書館を共有していたので、高等部を卒業するまで、この図書館を利用し、同じ敷地内にある短大へ進んでからは、大学の図書館の片すみのある本が、いわば、彼女の私書箱の代わりを果たした。

短大を卒業するまでに、彼女から貰った手紙は段ボール一箱分くらいはあった。私の方もそれの半分くらいは出したかもしれない。それなのに、結局、彼女の正体はついに分からなかった。

もちろん、私は、何度か、彼女の正体を知ろうとしたことがあった。文通を続ければ続けるほど、彼女に対する興味が募ってきたからである。閲覧室で調べ物をしている振りをして、彼女らしき人が、例の本に近付くのをじっと待っていたこともあった。しかし、どんなにねばってみても、あの本に近付く生徒はいなかった。これは考えてみれば当然かもしれない。私の方は彼女の顔を知らなくても、彼女の方は私のことを知っているのだ。たとえ、閲覧室に入ってきても、私の姿を見付ければ、例の本に近付くのは諦めてしまうだろう。しかも、閲覧室には、いつも数人の生徒や教師の姿があったから、その中から彼女を特定することはできなかった。

それにしても、分からないのは、彼女がこれほどまで神経質に、自分のことを隠そうとしている動機だった。私は、手紙の中で、何度もこの点について質問したことがある。なぜ、私に名前も住所も明かしてくれないのか。直接会うことはできないのか。せめて、電話だけでもできないのか。

しかし、彼女はこの質問にいつも同じ答えしか返してくれなかった。「ある事情があってできない。その事情についてはこれ以上は書けない」と。あまりしつこく問い続けると、彼女は、文通をやめることをほのめかしたので、結局、私はそれ以上の追及を諦めなければならなかった。

それでも、彼女のことについて、幾つか分かったことがあった。彼女はけっして自分のことを書いてくることはなかったが、何かの拍子で、ポロリと自分のことを漏らすことがあった。たとえば、かなり深刻な容貌コンプレックスを持っているらしいこと。彼女は、手紙の中で、ことあるごとに、私のことを、「奇麗で羨《うらや》ましい」と書いてきた。そして、自分のことを、「ブタのように醜い」と嘆いた。

もしかすると、この極端な容貌コンプレックスが、直接、私と会うことを彼女にためらわせているのかもしれないと思った。そんな馬鹿な理由があるかと思う人もいるかもしれないが、思春期の少女たちが抱える容貌コンプレックスというものは、大人が思う以上に深刻なものがあるのだ。自分で自分のことを実際以上に醜いと思い込んでいる少女たちは少なくないのである。彼女もその一人のようだった。彼女は、時折、「私に会えば、きっとあなたはがっかりするでしょう。私のあまりの醜さに。私はあなたに嫌われるのが怖い。だから、会わない方がいいのです。私のことなど知らない方がいいのです」などと書いてきた。べつに異性ではないのだから、相手の容貌の良しあしなど、私には全く気にならなかったのだが、彼女の気持ちが理解できないというわけではなかった。にきび一つできただけで、外に出る気力がなくなってしまうという経験を私もしたことがあったから、自分の容貌に必要以上にこだわる彼女の気持ちもある程度は分かるような気がした。

ただ、少し気になったのは、彼女の容貌コンプレックスは、どうやら、母親が原因らしいということだった。彼女は自分の家族のことは、いくら聞いても、「ごく普通のサラリーマンの家庭。父も母も平凡で退屈な人たち。私は彼らに全く興味がない」と、驚くほどの冷淡さで書き捨てていたが、母親のことには、時折触れることがあった。彼女は、母親をひどく憎んでいるらしい。というのも、この母親がことあるごとに、彼女につらくあたったらしいのだ。

「私の母はとても感情的な人で、虫の居所が悪いというだけで、たいして理由もないのに、いきなり殴られたり、蹴られたりすることが、幼いときからよくありました。煙草の火を手やお尻に押し付けられたこともあります。それに、母はよく、私の顔のことをあざ笑って、『おまえはブタのように醜い。大きくなっても、おまえと結婚したいなんて、物好きな男は一生現れないだろう』と言いました。でも、一番、怖かったのは、母は腹をたてると、私の手足をビニール紐で荷物のように縛って、押し入れに閉じ込めてしまうことでした。閉じ込めたまま、そのことを忘れて外出してしまい、私は飲まず食わずで丸一日中押し入れの中に転がされていたこともあります。あのときの恐怖が今でも忘れられない。ポーの『早すぎる埋葬』をはじめて読んだとき、幼いときのこの体験がまざまざと蘇ってきて、最後まで読み通すことができなかったくらいです」

私はこの手紙を読んだとき、世の中には、こんな母親が本当にいるのかと、便箋を取り落とすほど愕然《がくぜん》としたことをおぼえている。「幼児虐待」のことは本で読んでもいたが、なんだか、遠い世界のことのように思えていたからだ。

母親というものは、私にとって、子供を愛し慈しむ存在以外の何者でもなかった。少なくとも、私の母はそういう人だった。私は実の父の顔をおぼえていない。私がものごころつく前に病気で亡くなったのだそうだ。七歳まで母に育てられた。小学校に入った年に母は再婚し、私には新しい父ができた。義父も優しい人だった。でも、母も義父も今はいない。私が八歳のとき、二階の寝室に置いてあったストーブの火の不始末が原因で、家が火事になり、そのとき二階で熟睡していた両親は逃げ遅れたのだ。一階の庭に面した子供部屋にいた私だけがかろうじて逃げ出して助かった。両親と家をいっぺんに失った私は、その後、母がたの伯父の家に引き取られ、そこで育てられた。

伯父夫婦は私に優しくしてくれたが、私は母恋しさによく泣いた。思い出されてならないのは、母に抱き締められたときの、あのなんともいえない甘い香りだった。微かな香水と体臭の入り交じった、あの懐かしい匂い。柔らかな乳房の感覚。そして、私が外で遊んでいて怪我をして帰ってくると、いつも痛みどめのお呪《まじな》いを口にしながら、私の傷にやさしく触れてくれたあのしなやかな白い手。

伯母がどんなに私を愛してくれても、やはり、実の母親のあのあたたかい胸と白い手以外に私を癒してくれるものはなかった。

つまり、私にとって、母親というものはこういうものなのだ。全世界の母親が私の母のようであると信じて疑わなかった。

それなのに、彼女は、世の中には、全く違ったタイプの母親がいるということを、私に教えてくれたのだ。

＊

今から思えば、彼女の幾分風変わりな性格は、こんな不幸な生い立ちから形作られたものだったのかもしれない。

文通を続けるうちに、私は彼女にひかれていったが、それでも、しばしば、彼女の性格の不可解さにとまどわされることも少なくなかった。

何よりも、私を面食らわせたことは、彼女の好き嫌いの激しさだった。彼女は自分が興味を持ったものや好きなものには、やや常軌を逸していると思えるほどの一途さで愛情を示すくせに、興味のないものや嫌いなものに関しては、掌を返したような冷たさと残酷さで排斥しようとするところがあった。

彼女は、私のことを「世界中の誰よりも愛している」などと書いてくるようになった。このラヴレターまがいの言葉は私を困惑させた。女子校にありがちな、疑似同性愛めいたことは、私の周囲にいくらでもあったし、それほど珍しい現象ではなかったが、それらの殆どが、宝塚のスターに憧れるような、ごく一過性のものにすぎないことを私は知っていた。ところが、彼女が私に寄せる愛情は、こういった無邪気なものとは、どこか様子が違うような気がして、私は正直なところ、薄気味悪さのようなものを感じることもあった。

しかし、私を心底とまどわせ、時には恐怖すらおぼえさせたのは、彼女が嫌いなものに対するときの残酷さだった。

たとえば、こんなことがあった。私たちの文通は、最初は読書感想文もどきで始まったが、そのうち、おたがいに気心が知れるようになると、互いの唯一の共通点である学園生活のことも話題にするようになった。教師や級友の噂《うわさ》話のようなこともするようになっていた。彼女が、どうやら私と同じ学年であることは間違いなさそうだった。この点については、彼女も隠そうとはしなかった。

あるとき、あれは、確か、高等部一年のときだったと思うが、私は体育の授業の最中に、級友たちの面前で、担当の女教師に手酷《ひど》い形で侮辱されたことがあった。ダンスの授業だった。私は今でもあのときの屈辱を忘れることができない。その女教師とは最初に目があったときから、なんとなくうまが合わないのを感じていた。女教師の方もそうだったのかもしれない。それというのも、私は、他の学科はまずまずの成績だったが、体育だけは苦手で、いわゆる運動音痴だったからだ。私のリズム感の悪さや鈍い動作が、きびきびとした物腰のその若い女教師をいらだたせたのかもしれない。

その日も、あるステップのおぼえが悪いと言って、女教師は容赦ない罵声を私に浴びせた。他にもステップを間違えたり、鈍い動きをする生徒はいたはずなのに、なぜか、女教師の目は執拗に私ばかりを狙っているように思えてならなかった。「何をやってるの!」「馬鹿じゃないの!」「鈍い!」「とろい!」という、耳をふさぎたくなるような罵声が、機関銃のように女教師の口から飛び出すたびに、私は恥ずかしさと困惑で頭が混乱し、いよいよステップを間違えてしまった。女教師は他の生徒たちを休ませると、私一人に、ステップをおぼえるまで何度も同じことをやるように命令した。級友たちの忍び笑いの中で、私は涙をこらえながら、くたくたになるまで、女教師のなぶりものにされなければならなかった。

そして、このときの悔しさ情けなさは家に帰ってもおさまらず、その夜、忿懣《ふんまん》をぶつけるように、昼間学校で味わった屈辱的な経験を手紙に書いた。彼女なら分かってくれるだろうと思ったからだ。

すぐに返事が来た。

「あなたの手紙を私は怒りで震えながら読みました。あの、運動するしか能のない馬鹿女のことは私もよく知っています。私もあの女にはずいぶんいじめられたことがあるからです。あれは、教師の皮をかぶったサディストです。私もあの女には何度も泣かされたから、あなたの気持ちは痛いほど分かります。あなたが受けた心の傷のことを思うと、私の胸は張り裂けそうです。私の方は、本当にどんくさくて、あの女にそう言われてもしかたがないところがあるけれど、あなたにも同じことを言ったなんて、許せない。きっと、あの女は嫉妬しているのです。あなたが、奇麗で可愛いから、嫉妬して、いじめるのです。あれはそういう低級な女なのです。そんな低級な女が教師という聖職についているのは許されないことです。私が必ずあの女に思い知らせてやります。あなたが受けた屈辱を、千倍にも万倍にもして返してやります」

私は彼女の手紙を読んで、その激烈な内容に、かすかに戦慄さえおぼえた。こんな反応は予想もしていなかったし、期待もしていなかった。ちょっと同情して貰えればよかったのだ。ほんの少しの慰めを私は彼女に期待しただけだった。それなのに、彼女は、私を苦しめた女教師に復讐してやると言い出したのだ。私は慌てて、「馬鹿なことは考えないで」と手紙に書いた。

しかし、事故は起きてしまった。その女教師が、帰宅途中に、いつも利用する駅のホームから転落して、大怪我をしたのは、それから半月ほどしてからだった。

私はこのニュースに息も止まるほど驚いた。その女教師がホームに転落したとき、ちょうど入ってきた電車に轢《ひ》かれ、命こそかろうじて助かったものの、両足を切断するという酷い怪我を負ったのだった。噂によると、女教師は、誰かに背中を強く押されたと言っていたという。

私は咄嗟《とっさ》に、これは彼女の仕業だと直感した。私は自分の疑惑をすぐに手紙に書いた。だが、折り返し届いた手紙の中で、彼女は私の疑惑をきっぱりと否定した。確かに、私からの手紙を読んで腹をたて、あの女教師に何か仕返しをしてやろうと思って、あんなことを書いたが、その後、私から、「馬鹿なことは考えないで」といさめる手紙を貰ったことで、気が変わった。だから、あの事故は自分の仕業ではない、と。

私は疑いながらも彼女を信じたかった。それに、事故が起きたのは、夕刻の一番ホームが混みあう頃だったそうだから、女教師の背中を押した人も、悪意があったわけではなかったのかもしれない。混雑が引き起こした偶然の不幸だったのかもしれないと思い込もうとした。

それでも、彼女の手紙の最後にあった、「誰の仕業にせよ、あの女がこれで一生車椅子を手放せない身体になったことは確実です。お気の毒に」という、嘲笑《ちょうしょう》めいた言葉が、鋭い刺《とげ》のように、私の胸に突き刺さって、なかなか抜けなかった。

この事件がきっかけで、私の中に、彼女に対する漠然とした恐怖のような感情が芽生えたことは確かだった。彼女の性格の中に何か異常の匂いを嗅ぎ付けてしまったのだ。彼女が少し怖くなった。あまり彼女と親しくしすぎない方がいいと、警告する心の声があった。私は、しばらく、彼女の手紙に返事を出さないことに決めた。この頃になると、学園にも馴れて、友達も何人か出来ていたから、彼女と縁を切っても、前ほど孤独を感じることはなかったということもある。他の友人たちと付き合いはじめて、これが本当の友達というものだと私は思うようになっていた。いつでも会うことができて、電話でおしゃべりもできる。これこそが「健全」な友情の育み方というもので、彼女との付き合い方はやはり不自然だということにあらためて気が付いたのである。このまま返事を出さなければ、彼女もそのうち諦めて、私たちの関係は自然消滅するだろう、と考えていた。

しかし、これは私の考え違いだった。返事を出さなくなると、彼女は、すぐに、その理由を感じとったらしかった。「世界であなたを一番理解し、愛しているのは、私だけ。他の人にはあなたのことはけっして分からない」というようなことをしきりに書いてくるようになった。それでも、無視し続けていると、「あなたの今の友人たちが、どれほどあなたを愛し、理解しているか、私が試してあげる」などと書いてきて、私をぎょっとさせた。

そして、この頃からだった。それまで私の周りにいた友人たちが、一人また一人と私から去っていったのは。電話をしても、「今、忙しい」と言われて、すぐに切られてしまうようになり、誕生パーティや小旅行にも誘われなくなった。私の方から持ち掛けても、誰も乗ってこない。前のように私に向かって笑顔を見せてくれる級友はいなくなった。よそよそしく冷たい視線だけが私に突き刺さった。気が付くと、私はまたもとの一人ぼっちになっていた。友人たちがまるで申し合わせたように私から去っていった理由がさっぱり分からなかった。

　ただ、私に分かっていたことは、彼女が友人たちに陰で何かしたらしいということだけだった。何をしたのかは分からないが、とにかく、それが原因で、友人たちが私から離れていってしまったということだけは理解できた。

　私はまた孤独地獄に突き落とされ、彼女との奇妙な文通を再開するしかなかった。この頃になると、蛇に見込まれた蛙のような心境になっていた。

　こんな状態が短大を卒業するまで続いた。短大を卒業したとき、私は幾分ほっとした。これで、彼女から解放されるかもしれないと思ったからだ。彼女の存在は、ちょうど麻薬に似ていた。きっぱり縁を切りたいのに、どうしても自分からはそれができない。目の前にあるとつい手を出してしまう。そんな恐ろしい麻薬に……。

　でも、短大を卒業したら、私たちの進路は別々のものになるはずである。私は、伯父のコネで、ある商事会社に入社することになっていた。彼女が私と同じ進路を取ることはありえなかった。

事実、私と彼女の奇妙な文通は、私たちが短大を卒業してから、私が結婚するまでの二年の間、ぷっつりと途絶えたことがあった。

再び彼女から連絡があったのは、私が職場で知り合った十も年上の男性と結婚して、それまで世話になっていた伯父の家を出て、都心に近いマンションで夫と暮らしはじめた頃だった。

彼女は、短大を卒業したあとの自分のことは何も書いてこなかった。ただ、どういうわけか、私のことはよく知っていた。この二年の間、どこで何をしていたのか知らないが、案外、彼女は私の身近にいたのではないかという気すらした。

久し振りに貰った彼女の手紙に、私は自分でも驚いたことに、恐怖やうとましさよりも、懐かしさのようなものを感じた。結婚生活は私が漠然と夢見ていたよりは、ずっと味気無く、夫との仲があまりしっくりいっていなかったからかもしれない。専業主婦になったことで、社会とのつながりも薄れていたし、同じマンションの中で話し相手を見付けることもできなかった。

彼女は、まるで、私がそんな状態でいることを見通したように、再び、文通をしないかと持ち掛けてきたのだ。今度は、図書館の代わりに、新宿にある郵便局の私書箱を手紙の宛て先として指定してきた。その郵便局は、彼女の職場に近いのだという。相変わらず、自分のことはいっさい知らせたくはないらしい。

迷う間もなく、私は、また彼女との文通をはじめていた。彼女は、まだ独身らしく、私の結婚生活に興味を持っていた。私の方も想像していたよりも楽しくない夫との生活の愚痴を彼女にぶちまけるようになっていた。

結婚生活は、私にとって、味気無いのを通りこして、苦痛にすらなっていた。夫とは殆ど会話がなくなっていた。そもそも、夫とうまくいかなくなったのは、新婚旅行のときからだった。それまでは、夫は私に優しくしてくれた。半年ほど続いた交際期間のときだって、夫は何かにつけて私を気遣い、守ってくれた。だから、私は、プロポーズされたとき、さほど迷うことなく、申し出を受ける決心ができたのだ。彼に対して、恋愛感情のようなものはあまりなかったが、この人なら、と信頼できそうな気がしたし、それよりも何よりも、私は一日も早く伯父の家を出たかった。伯父夫婦は私を大切にしてくれたが、やはり、伯父の家は私の本当の居場所ではないという思いが強かった。

ところが、結婚前はあんなに優しかった夫が、新婚旅行を境に、がらりと態度が変わった。掌を返したように冷たくなったのは、どうやら、私が処女ではなかったということが原因らしい。時折、酔った勢いで、そんなことを口ばしることがあった。でも、これは夫の誤解だった。私は、夫以外の男性と付き合ったことはなかった。新婚旅行の最初の夜が、私にとって、はじめての体験であることは間違いない。でも、この誤解を解くすべはなかった。夫は、私に「騙された」と思い込んでいるようだった。ようするに、夫がそれまで大切にしていたのは、私という人間ではなく、私の処女性にすぎなかったのだ、ということが分かると、私の方も、夫に対する尊敬も信頼の念もすぐに薄れてしまった。

結局、私たちは、二年半ほど一緒に暮らしただけだった。夫はだんだん家に帰らなくなり、他に好きな女性ができたようだった。離婚という言葉を最初に口にしたのは夫の方だった。私は黙って、夫の差し出す離婚届に自分の判を捺《お》した。悲しくなかったといえば嘘になるが、心のどこかで、こうなったことを喜んでもいた。

夫と別れたあとも、私は伯父の家には戻らなかった。それまで住んでいたマンションを出て、今のマンションに移り、ある小さな会社の事務職の仕事を見付け、独りで暮らしはじめた。

生まれてはじめての独り暮らしだったが、思ったよりも寂しさは感じなかった。それどころか、こんな楽しい生活があったのかと新発見したような気分だった。夜遅く帰っても、言い訳を考える必要もない。休日には好きなだけ寝ていられる。誰にも気兼ねのいらない気ままな生活は、オーダーメイドした服のように、しっくりと身にあうものがあった。

ところが、私が独り暮らしの快適さに馴れはじめた頃、この快適さを破壊する者が現れた。別れた夫だった。一年ぶりで私の前に現れた夫は、別れた頃とは別人のようなうらぶれようだった。一緒に暮らしていた女には逃げられ、職場も失い、おまけに、サラ金にもいくばくかの借金があるようだった。夫は私ともう一度やり直したいと訴えた。でも、私の方はその気はなかった。そう伝えても、夫は諦めなかった。夜中だろうと早朝だろうと、私のマンションを訪ねてきては、私が部屋にいれるまで、大声をあげて、ドアをたたいたり、蹴ったりした。私はほとほと弱りはて、どうしようかと思い悩み、つい、彼女にそのことを手紙で告白してしまったのである……。

＊

もし、あのバラバラ殺人の被害者が別れた夫で、加害者が彼女だとしたら？

そう思い付くと、いても立ってもいられない気分になった。まさかと打ち消してみても、すぐに、どす黒い疑惑は私の頭を占領した。思い悩んだ末、私は、とにかく、疑惑の一部を彼女にぶつけてみることにした。それ以外に、心の平安を得る方法を思い付かなかった。

私は、手紙にこんな風に書いてみた。例のバラバラ殺人の被害者の身体的特徴が別れた夫のそれに酷似している。もしかしたら、あの被害者は彼かもしれない。まだ被害者の身元が分かっていないようなので、警察に出向いて、そのことを話してみようと思っているのだが……と。

相談するような形で、彼女の反応を見てみようと思ったのだ。もし、私の思い過ごしで、彼女がこの事件とは全く係わりがなければ、私が警察へ行くことを勧めてくれるような気がした。

彼女からの返事は速達ですぐに来た。内容はこうだった。

「あのバラバラ殺人の被害者があなたの別れたご主人ではないかというのは、あなたの考え過ぎではないでしょうか。たまたま太股の傷が一致するからといって、それだけで、彼だと決め付けるのはいかがなものでしょう。私の考えを言うと、あなたは警察へ行くべきではありません。たとえ、あの気の毒な被害者が、あなたのご主人だったとしても、あなたには関係のないことではありませんか。あなたがたは一年前に離婚して、今では赤の他人も同然なのですから。

それに、あなたが警察へ出向くのは、あなたにとって決して良いことではありません。なぜなら、もし殺されたのが、あなたの別れたご主人だと分かれば、あなたが犯人だと疑われる心配があるからです。だって、そうでしょう？　あなたには動機があるじゃありませんか。あの男は、あなたにしつこく復縁を迫っていた。それがうとましくなって殺してしまった。警察ではそう考えるかもしれません。彼らは何でも疑ってかかるのが商売ですから。

あなたにとって不利なことばかりなのですよ。あなたとあの男が言い争うのを、あなたのマンションの住人が聞いているだろうし、そもそも、死体が発見されたのは、あなたの住まいの近くなのです。それに、確か、あなたは車を持っていましたね。男の死体をバラバラにして、「ゴミ袋に詰め、車で公園に運ぶことは、かよわい女性にも決してできないことではないのです。

悪いことは言いません。あの事件のことは忘れてしまいなさい。もし、あれが別れたご主人だとしたら、あなたを苦しめる要因がこれで永遠に取り除かれたことになります。むしろ、犯人に感謝すべきことではありませんか……」

私は茫然《ぼうぜん》として、薄青い便箋を見詰めた。「むしろ、犯人に感謝すべきことではありませんか……」という末尾の一言が、真っ白になった頭の中でぐるぐると回っていた。

やはり、あれをやったのは彼女だ。殺されたのは、彼に間違いない。彼女の手紙を読んで、私の疑惑は、ほぼ確信にまでかたまった。彼女は手紙の中で、私のためにあれをやったと暗に告白しているではないか。

「あなたのためにあの男を殺してやったのだから、私に感謝してよ……」

最後の一文はそう言っているのと同じことだった。

しかも、彼女は、狡猾《こうかつ》にも、私に前夫を殺す動機があることをほのめかして、私の口封じをしようとしている。おそらく、私のマンション近くの公園を死体の捨て場所に選んだのも、私が被害者の身元に気付いたときのための伏線だったに違いない。

私は、蜘蛛の巣にひっかかって、じたばたしている蝶だった。彼女は異常者だったのだ。そのことは、今までにも、漠然と感じたことはあったけれど、それを認めるのが怖くて、否定し続けてきただけだった。

彼女は私を支配しようとしているのだ。今までそうしてきたように、これからも、私を独占しようとして、私に近付く者をすべて排除しようとしている。

今もしここで彼女の言いなりになってしまったら、私は、一生、彼女から解放されず、彼女が作ってくれた小さな檻の中で生きるしかないペットのようになってしまうだろう。

彼女と対決しなければならない。私は震えながらそう決心した。

私はすぐに彼女に手紙を書くことにした。警察へ行って、私の疑惑をすべて話すつもりでいること。たとえ、そのことで、私が疑われる羽目になったとしても、私は潔白なのだから、何も恐れることはないこと。もし、あの忌まわしい犯罪があなたの仕業ならば、一日も早く自首して欲しいこと。それらのことを一気に書いて、読み返しもせずにポストにいれた。

　彼女の返事を待たずに警察へ行くことも考えたが、もしかしたら、彼女が自首を思い立ってくれるかもしれないという一縷《いちる》の望みにすがって、彼女からの返事を待った。

　返事はすぐに来た。私は震える手で便箋を開いた。それは、こんな出だしではじまっていた。

「どうやら、私たちの関係も、新しい局面を迎えたようですね。いずれ、この日が来ることは予感していましたが、思ったよりも、それは早く来たようです。たぶん、こんな形で、あなたに手紙を書くのは、これが最後になるかもしれませんね。

　あなたの考えている通りです。あのバラバラ死体は、あなたの別れたご主人です。あなたが疑っている通り、私が殺しました。もちろん、あなたのためにです。あなたがあの男に苦しめられているのが我慢できなかったからです。

　あの夜、あの男を私のマンションに電話で呼び出しました。そして、すきを見て、あの男の頭を花瓶で殴って気絶させ、紐で首を絞めて殺しました。そのあとで、風呂場で遺体を切断しました。むろん、捨てるためにです。身元を分かりにくくするために、首だけは一緒に捨てませんでした。今も、私が持っています――」

　私は愕然とした。まさか、彼女が、こんなにアッサリと自分の罪を認めるとは思わなかったからだ。それに、この告白からすると、彼女と別れた夫とは、以前から何らかの付き合いがあったということなのだろうか。そうでなければ、彼が、彼女からの電話で、彼女のマンションに出掛けて行くはずがないではないか……。

私はぼんやりとそんなことを考えながら、その先に目を走らせた。

「私はあの男を殺したことを認めます。それでも、あなたは私を警察へ突き出すつもりですか。私は自分のためにしたのではないのですよ。あなたのためにしたことなのに。あなたの幸せだけを願って、この手を血まみれにしたのに。そんな私を、あなたは警察に売り渡すことができるのでしょうか――」

つらいことだが、それはしなければならない。彼女からの告白の手紙があれば、警察も私の言うことを信じてくれるに違いない。私はふとそう考えた。

「もし、あなたがどうしても考えを変えないというのならば、私の方にもそれなりの考えがあります。今までずっと隠してきた私の秘密を打ち明けなければなりません。私がなぜ、自分のことをひた隠しにして、あなたと文通するようになったのか。その本当の理由をお話ししましょう。

その前に、私の生い立ちについて、少し話しておきます。私の父は私がもの心つく前に病気で亡くなりました。私は七歳まで母の手で育てられました。前にも話したことがあるように、母はひどく感情的な人でした。機嫌の良いときは、私をそれこそ嘗《な》めるようにかわいがってくれましたが、いったん、癇癪《かんしゃく》を起こすと、それはもう狂っているとしか思えないような凄まじい暴力を私にたいして加えるのです。時には、自分で折檻しておいて、いったんヒステリーの嵐がおさまると、聖母のように優しく、私の傷の手当をすることさえありました。まるでその傷が、私が外で遊んでいるうちに転んでついたとでもいうように、痛みどめのお呪《まじな》いなどしながら、かいがいしく手当してくれるのです……」

私は一瞬天井がぐらぐらと回っているような錯覚を起こした。彼女は何を言っているのだ。これは、まるで——

「母との恐ろしい生活も、一人の男性の出現によって、ピリオドが打たれました。母が再婚したのです。私には新しい父ができました。新しい父はとても優しい人でした。私をとてもかわいがってくれ、私がねだるものは何でも買ってくれました。でも、私が一番嬉しかったのは、母が義父の目をはばかってか、あまり私に手をあげることがなくなったことでした。私にとって、つかの間の平安でした。でも、この平安もほんの数カ月で終わりを告げました。私は義父の本当の姿を知ってしまったのです。義父が私をかわいがってくれたのは、私を娘として愛していたからではなく、自分の人には言えない欲望を満たすためだったということを知ってしまったのです。私は義父にされたことを、怖くて、母には言えませんでした。義父に口どめされたということもありますが、母に言えば、母を悲しませることになると思ったからです。このときまでは、私は、どんなにひどい目にあわされても、母のことを私なりに愛していたからです。でも、私は知ってしまったのです。母がすべて知っていたことを。母は夫のしていることを知りながら、夫を怒らせたくないために、安楽な生活を捨てたくないために、見て見ぬ振りをしていたのです。私を売り渡していたのです。それを、二人の会話で知ってしまったとき、私の中で、それまで張り詰めていたものがプッンと切れる音がしました。そして、私は決心しました。あの二人を葬りさることを。ある夜、二人の部屋にこっそり忍び込むと、ストーブに火をつけて、それをわざと倒しました。二人とも熟睡していました……」

胃のあたりから酸っぱく苦いものがこみあげてきた。私は、手紙を読みながら、吐きそうになっていた。

「ねえ、これで、幾分鈍いあなたにも、私の正体が分かったでしょう？　私がなぜ、あなたと会うことができなかったのか。会う必要などなかったからなのです。私は、あなたの中にずっといたのですもの。あなたが私という人格をつくりあげたのです。母親の暴力から逃れるために。私という人格を作りあげ、厭なことはすべて私に押し付けたのです。だから、あなたの母親に対する記憶は、笑い出したくなるほど奇麗なのです。あなたは母親の半面しか見ようとしなかったから。微笑んでいる聖母のように優しい顔しか記憶に残そうとしなかったから。もうひとつの恐ろしい顔には目をつぶり続けたから。いえ、それを見るのは私の役目にしてしまったから。でも、私はそんなあなたをけっして恨んではいないのです。私はあなたを誰よりも理解し、愛しているからです。だから、どんな厭なことでも、あなたを幸せにするためなら、私はすすんで引き受けてきたのです。しかし、もうこんな付き合い方はおしまいにしなければなりません。あなたは私のことをもっと知るべきなのです。私たちは、もっとお互いを理解しあうべきなのです。ひとつになるべきなのです」

私は魂が抜けたようになっていた。信じられない。嘘だ。これは全部でたらめだ。そう絶叫する自分の声が頭の中にワンワンと響き渡った。

感覚のマヒした私の手から、最後の便箋がひらりと床に舞い落ちた。半ば無意識に拾いあげてみると、そこにはこう書かれていた。

「追伸。どうしても、私の話が信じられないと言うのならば、今すぐにでも、冷蔵庫を開けて、野菜室の中を覗いてごらんなさい。あなたがどうしても開けようとしなかった野菜室の中をね」

ささやく鏡

その鏡をはじめて見たのは、祖母が亡くなった年の夏、わたしが中学三年のときだった。祖母の遺品を整理していて、押し入れの奥から古い鏡匣《ばこ》を見付けたのである。何気なく蓋を取ってみると、中には、木製の枠の付いた直径十四、五センチばかりの円形の和鏡が入っていた。ずいぶん古いもので、柄を持って裏を返すと、背面には蛇がからまりあって輪を作っているような精緻な模様が描かれている。

わたしはその鏡に自分の顔を映してみた。鏡の中のわたしはきまじめな表情でわたしを見詰め返す。何の変哲もない古鏡。そんな風に思えたが、そのうち、あることに気が付いてぎょっとした。着ている服が違うのだ。わたしは白い襟の付いた半袖のブラウスを着ていたのだが、鏡の中のわたしの襟元は紺色のセーラーカラーだった。

え？

と思った瞬間、鏡の表面がまるで蓋をしたように真っ暗になった。わたしはびっくりして思わず鏡を取り落とした。背筋から寒気がぞっと這いのぼった。

これはただの鏡じゃない。

そのとき、ふいに祖母が亡くなる前に言っていた謎のような言葉を思い出した。

「昨日、鏡を見たらおまえが映っていたよ。あの鏡は一人しか主人を持たないというから、わたしはもうじき死ぬのだね」

　夏風邪で臥《ふ》せっていた祖母は、水枕を替えにきたわたしの顔を仰ぎ見るなり、弱々しい微笑を浮かべてそう言った。

　わたしは祖母の言葉が理解できず、もう死ぬなんて変なこと言わないで、ただの夏風邪じゃないと一笑に付した。祖母は七十三だったが、いたって元気で、そのときは本当にそう思っていたのである。

　しかし、祖母はすべてを諦めたような顔でかぶりを振る。水枕がちゃぷりと生ぬるい音をたてた。

「わたしはもう長くはないよ。わたしには分かるんだよ。おまえはいずれあの鏡を見付けるだろう。できればずっと隠しておきたかったんだが、見付けてしまったものは仕方がない。けっしてむやみにあれを見てはいけないよ。あれは恐ろしい鏡なんだから」

　祖母はわたしの目を覗き込むようにして言ったが、わたしには祖母の言葉の意味が全く理解できなかった。あの鏡？　あの鏡ってなんだろう。

　きょとんとして祖母にたずねた。

「あの鏡ってなんのこと？」

　祖母はただ薄く笑って、

「これは運命だ。わたしには止められない」

とだけ呟《つぶや》いた。

そして、それから数日後、祖母は予言どおり、風邪をこじらせ、高熱に苦しみながらこの世を去った。

思えば、祖母には不思議な能力があった。一種の予知能力とでも言おうか。それまでも、身内や近所に不幸があると、それを事前に的確にあてることができた。「そのうちお弔いがあるよ」と祖母が言えば、本当に、何日かして、あるいは何カ月かして、どこかで葬式がでた。母が水の事故で亡くなったときも、祖父が急逝したときも、やはり、祖母はそれを前もって察知していたようだった。

わたしはそれを祖母の予知能力だとばかり思っていたが、そうではなかったことに、このときようやく気が付いたのである。

鏡だ。

祖母は密かにこの鏡を見て、自分の身にふりかかる不幸を知ったのではなかったか。

そんな疑惑がわたしの頭をかすめた。

なぜなら、鏡の中のわたしが着ていたセーラー服の襟は、あれはわたしが目指している高校の制服だったからだ。

わたしが見たのは、未来のわたしの姿だったのではないだろうか。

鏡のことは誰にも言わなかった。

内科専門の小さな病院を経営していた父は、医者らしく、迷信の類を全く信じない科学的な頭脳の持主で、こんな話をしても笑われるのがオチのような気がしたし、「あの鏡は一人しか主人を持たない」という祖母の言葉から考えると、不思議な現象が起こるのは、わたしが鏡を覗いたときだけのような気もしたからだ。

ただ、「むやみと見るな」という祖母の遺言は忠実に守って、あれ以来、あの鏡の蓋を取ることはなかった。もし未来の自分が映るなら、それを知るのはとても恐ろしいことのように思えたからだ。といって、捨ててしまうこともできず、祖母が長い間、そうしてきたように、わたしも匣に入れたまま、あの鏡を自分の部屋の押し入れの奥深くにしまいこんだ。

そして翌年の春、わたしは高校を受験した。偏差値は合格ラインすれすれだったので、不安だったが、それでも、あの鏡を見てからは、きっと合格できる、あの高校のセーラー服を着ることができる、そんな確信のようなものが体の底からわいてきて、試験のときは思ったよりもリラックスしてのぞめた。

だから合格通知を貰ったときは、喜びよりも当然のような気がしたものだ。やがて、真新しいセーラー服が仕立てあがってきて、わたしは喜びいさんで、それを着てみた。家中の鏡に映して回った。そして、最後に、あの鏡にも映してみたいという誘惑に抵抗できなくなった。

わたしは押し入れを開け、胸をドキドキさせながら、鏡匣を取り出した。震える指で蓋をはずした。柄を持って、古鏡の中を覗き込むと――

鏡に映ったわたしは、セーラー服を着ていたが、少しも嬉しそうではなかった。強張《こわば》った不安そうな顔でわたしを見詰めている。右の瞼《まぶた》がお岩のように腫れあがっていた。縫合手術を受けたばかりのような三、四センチほどの生々しい傷があった。わたしの片手がつられたように瞼に触れた。傷などない。しかし、鏡の中のわたしの瞼には紫色に腫れててらてらと盛り上がった醜い傷がある。

鏡を放り出し、わたしは両手で顔を覆った。見なければよかった。なんてこと。怪我をするのだ。それも顔に。こんなことが自分の身に起こるなんて。

気を取り直して、畳に転がった鏡を見ると、鏡の表面は闇色になっていた。

それからというもの、いつどこであんな怪我をするはめになるのかと、夜も眠れないほど脅えることになった。怪我そのものは数針縫う程度で、命にかかわるような大事故ではないだろうが、それでも恐ろしくてしかたがなかった。

そして、鏡を見てから二月《ふた》近くたった頃、わたしは事故に遭った。学校の帰り、ハンドル操作を誤り、乗っていた自転車ごと転倒して、転んだ拍子に石で顔を切ったのである。切れたのは右の瞼のところだった。すぐに病院にはこばれ縫合手術を受けた。医者は、今は腫れているが、腫れもそのうち引くだろうし、縫合したあとも時がたてば薄れて傷跡は残らないだろうと、気楽な口調で言った。

それでもわたしは不安だった。もしこの傷が一生残るようなことがあったら。そう思うと、いてもたってもいられなかった。うちへ帰ると、すぐに、あの鏡を押し入れから取り出した。

未来を知る怖さと戦いながら、蓋を取った。

鏡に映ったわたしの顔は笑っていた。

晴れやかな笑顔だ。自分の顔ながら、うっとりするような生き生きとした美しい笑顔だった。瞼の傷は完全には消えてはいないが、目を凝らさなければ分からないほど、目立たなくなっている。医者の言った通りだ。いずれ全く消えてしまうだろう。心配するほどのことではなかった。わたしは、ほっとして胸を撫でおろした。

それにしてもこの笑顔は――

鏡を覗き込んで、わたしが幸福そうに笑っている原因がすぐに分かった。黄色いセーターの胸に、銀色の蝶のペンダントが光っている。こんなペンダントをわたしは持っていなかった。ということは、いつか、こんなペンダントを手に入れるのだ。それが嬉しくて鏡を見たに違いない。

今度の「予言」は前と違ってワクワクするようなものだった。あの蝶のペンダントをいつどこでどんな形で手に入れるのだろうか。あんな晴れやかな顔をしているところをみると、何かとても嬉しい形であれを手に入れることになるのだろう。そんな想像をすると、わたしの未来にとても楽しいことが待ち受けているような気がした。

その年の冬。わたしは「運命」のペンダントと出会ってしまった。学校の帰り、友達とよく行くアクセサリーショップのショーウインドーの中に、昨日入荷したばかりだという、あの銀色の蝶のペンダントを見付けたのである。間違いない。あのペンダントだ。わたしの胸は躍った。ガラス越しに見ると、それは記憶の中のものより美しかった。少しのためらいもなかった。すぐに財布を取り出したが、あいにく、ペンダントの値段は、財布の中身よりも僅《わず》かに高かった。しかし買えない値段ではない。明日また出直せばいい。他の人が買わないように予約しておこうかとも思ったが、そんな必要はないことに気が付いた。

わたしはあのペンダントを手に入れるのだから。何があっても、あれはわたしの胸に飾られるのだから。そして、あの鏡を見るのだから。だから、そんなに慌てなくてもいいのだ。誰もあれを買わないし、あれを買うのはわたしだけなのだから。それをあの鏡が教えてくれた。

ところが、翌日、アクセサリーショップを訪れたわたしは愕然とさせられた。あのペンダントはショーウインドーには飾られていなかった。店員にたずねると、つい今しがた売れたばかりだという。買っていったのは若い男性で、ちょうどわたしが店に入ったとき、すれちがいに出て行った人らしい。

学生風の眉の濃い青年だった。

わたしは慌てた。あれはわたしのものだ。わたしのものにならなければならないものだ。そう決まっているのだから。あの青年から取り返さなければならない。

飛ぶようにして店を出ると、さっきの青年を捜した。わたしは息を切らして彼に追い付き、今買ったばかりのペンダントをわたしに売って欲しいと訴えた。

どちらかといえば引っ込み思案で、知らない人には話しかけることもしないわたしが、このときばかりは自分でも呆れるほど大胆になれた。

青年はびっくりしたような顔でわたしを見ていた。いきなり見も知らない少女から呼びとめられて、おかしなことを言われたら誰だって面食らうのも当然だった。それでも近くの喫茶店に入って、わたしの話を聞いてくれた。

あの鏡の話はしなかったが、あなたが買ったペンダントは昨日わたしが見付けて買おうと思っていたものだ。だからわたしに売って欲しいとだけ言った。ずいぶんずうずうしい女の子だと内心では思っていたのかもしれないが、青年は微笑したまま黙って聞いていた。

わたしの言い分を聞き終わると、このペンダントは、冬休みに郷里に帰るので、妹への土産のつもりで買ったものだが、そんなに欲しいなら譲ります。妹には何か別のものを買いますよ。そう言って、小さな包みを差し出した。

代金を払おうとしたが受け取ってくれない。その代わりと言ってはなんですが、妹への土産をあなたが見立ててくれませんか。妹はちょうどあなたくらいの年頃なので、ぼくが選ぶよりいいかもしれないと言う。わたしが頷くと、それじゃ明日またここで、ということになった。

その夜、わたしがあの鏡の蓋を取ったのは言うまでもない。そのときになって、鏡の中のわたしがなぜあんなに嬉しそうに笑っていたか分かったのである。奇麗なペンダントを手に入れたことだけを喜んでいたわけではなかったのだ。わたしはもっと別のものを手に入れた。いや、手に入れるだろうという予感に浮き立っていたのだ。

もうこの頃になると、あの鏡の不思議なからくりがおおかた呑み込めていた。あの鏡は、どういう作用でそうなるのかは全く分からなかったが、鏡像が時間的にずれて映るようになっていたのである。

だから、結果的には、今の自分ではなく、未来の自分の姿を見るはめになるというわけだ。祖母が亡くなる直前に、「昨日、鏡を見たらおまえが映っていたよ」と言ったのは、あれは、祖母の遺品を整理していて、はじめてあの鏡匣を開けたときのわたしの顔が映っていたのだろう。

それと、祖母が身内や近所の不幸を予知できたからくりも分かってきた。おそらく、祖母は鏡の中の自分が喪服を着ているのを見て、いずれ喪服を着るようなこと、すなわち身内か近所で葬式があるということを知ったに違いない。

しかし、青春の真っ只中にいて、はじめての恋の予感に舞い上がっていたわたしには、「あれは恐ろしい鏡なんだから」と言い遺して死んだ祖母の心中まではまだ測ることができなかった。わたしは、あの鏡のもつ本当の恐ろしさをまだ何も分かってはいなかったのだ。

ペンダントを譲ってくれた青年は、名前を相場《あいば》良一《よしかず》といい、ある私立大学の学生で、わたしより三つ年上だった。あのことがきっかけで、わたしたちは交際するようになっていた。

やがて時が過ぎ、わたしは高校を卒業する年を迎えた。女医にはなれそうもなかったので、短大に行くつもりだったが、その頃から、わたしはある深刻な悩みを抱えるようになった。

父が、知り合いの若いインターンとか友人の息子で医大に通っている学生とかを、なんらかの口実をもうけては家に招《よ》ぶことが多くなったのである。

父の魂胆はすぐによめた。はっきりと口に出しては言わなかったが、いずれわたしに養子を迎えて病院を継がせたがっていることは、薄々と感じていた。

つまりは、さりげなさを装った見合いというわけだった。ある時期までは、わたしもそれでいいと思っていたのだが、相場という青年を知ってしまってから、わたしの気持ちは微妙に揺れ動くようになった。

父に相場のことを打ち明けても、許してもらえるとはとうてい思えなかった。相場は長男ではなかったから、本人さえその気になれば養子に来るのはさほど問題はないだろうが、大学は文科だ。父の病院を継ぐことはできない。

それに、付き合って二年以上になるが、相場本人の気持ちも今ひとつハッキリしなかった。卒業したらどうするつもりなのか。わたしと結婚する意志があるのかどうか。それを確かめようと思いながら聞き出せないでいた。

こうして、思い悩んでいるうちに時間だけがいたずらに過ぎて行き、とうとう相場が大学を卒業する年になってしまった。しかも、それと機を同じくして、よく家に出入りしていた、大学病院に勤めている若い医師からプロポーズされたのである。わたしはどちらかを選ばなければならない。相場良一か、父のお気にいりの青年医師か。

ある夜、思いあまって、わたしはあの鏡の蓋を開けた。未来の自分の顔に答えを読み取ろうと思ったのである。

鏡の中のわたしははっと息を呑むほど美しかった。かつてこれほど輝いた笑顔があっただろうか。自分の顔とは信じられないほど輝いている。鏡の中のわたしは、まるで鏡の外にいるわたしに見せ付けるように、そろそろと片手を挙げて、その薬指に光る小さな光の粒を見せた。

ダイヤモンド?

小さいがそれはまぎれもなくダイヤの指輪だった。婚約指輪だ。ということは、わたしは、あの若い医師のプロポーズを受けたということなのだろうか。そう考えそうになって、首を振った。そんなはずはない。それならば、こんなに輝いた笑顔をするだろうか。それに、それに――

鏡がいつものように闇色になる前に、わたしは胸元に光るあの蝶のペンダントを見ていた。もし医師の方を選んだのならば、わたしは相場との思い出のあるペンダントをはずしたはずだ。二度とつけようとは思わなかったはずだ。それをまだ身につけている。しかも、この世の幸せを一身に集めたようなあの笑顔で。

間違いない。あの指輪は相場良一から贈られたものだ。わたしは相場を選んだのだ。

そう確信できると、もう爪を噛みながら待っているのが馬鹿らしくなった。結果は出ているのだ。それもこんなに良い結果が。わたしはもはや待つことはやめた。いつか、高校に受かるという自信を持って試験にのぞんだように、翌日、わたしの方から相場良一を呼び出して自分の気持ちをハッキリと伝えた。

　相場は、そのことはずっと考えていたのだが、きみのお父さんが許してくれないだろうと思って半ば諦めかけていた。もしきみが何も言ってくれなければ、このまま郷里に帰って向こうで就職するつもりだったと打ち明けた。彼もまた思い悩んでいたのだ。しかし、これで二人の気持ちがひとつになった。障害は父だけだった。

　やはり父は賛成しなかった。医者ではないという理由以上に、相場の人柄が信用できないと言った。わたしには誠実で優しい男性に見える相場も、父の目には、優柔不断でひ弱な男にしか見えなかったらしい。

　それでもわたしはひるまなかった。わたしと相場はどんな障害があっても結ばれる。わたしたちは赤い糸でつながっているのだ。あの鏡がそれを教えてくれている。そんな強い自信があったからだ。

　やがて、わたしたちの、というかわたしの情熱に押し切られたような形で父の方が折れ、わたしと相場は婚約した。相場は郷里には帰らず、ある大手の会社に就職した。婚約から一年後、わたしたちは結婚した。相場はわたしの姓を名乗るようになった。

　そして、さらに一年後、娘が生まれた。名前は文佳《ふみか》と付けた。思えば、この頃がわたしにとって、いや、わたしたち家族にとって一番幸福な時期だったと思う。

　といっても、何から何まで幸福だったというわけではない。ひとつ屋根の下に暮らすようになっても、父と夫との間の溝はけっして埋まることはなかった。幸福のさなかにいても、不幸の前兆は、隙間風のように、時折わたしの胸の内をヒヤリと吹き抜けることがあった。

夫の態度が目立って荒れはじめたのは、それから五年ほどした頃からだった。深酒をするようになり、家に帰ってこない日が多くなった。仕事が忙しいわけではなかった。むしろその逆で、社内での出世が遅れていること、ライバルだとみなしていた同僚に追い越されたことなどから、仕事への意欲をすっかり失い、酒やよその女に慰めを求めるようになっていた。

この頃から、顔を合わせるたびに、今の会社にいても、三流私大出のおれなんかせいぜい課長どまりだ。それなら、いっそ脱サラして商売でもはじめた方がいいかもしれないと愚痴るようになった。

そして、たいして儲かってもいない病院など廃業して、もっと商売になることに土地を利用した方が利口だとも言うようになった。

むろん、父もわたしも全く取り合わなかった。父は儲けるために病院を経営しているわけではなかったし、わたしにしても、夫が他にやりたいことがあって、そのために会社を辞めるなら、必ずしも反対はしなかったが、どう見ても、ただ現実から逃げたがっているようにしか見えなかった。これでは商売をはじめてもうまくはいかないだろうと思った。そのことを言うと、夫はひどく不機嫌になって、プイと家を空けたり、酔ってわたしや文佳に手をあげるようになった。

いっときわたしをのぼせあがらせていた恋の情熱もすっかりさめ果てて、夫の正体がようやく見えるようになっていた。わたしが優しさだと思い込んでいたのは、父が見抜いたように、ただの気弱さにすぎなかったことも、気弱なだけならまだしも、その気弱さが酒の力を借りると、一変して凶暴さに変わるということも、身にしみて知るようになっていた。

とうとうある日、夫は勝手に会社を辞めてしまった。それからというもの、他に就職するでもなく、死んだ魚のような目をして、ただブラブラと時をやりすごす毎日。そして、この頃から、父が亡くなったときにわたしが相続する財産のことをあれこれ調べはじめていた。

父は病院を建てた土地以外にも、いくらか不動産を所有していた。それがいずれわたしのものになるはずだった。夫はどうやらそれに目をつけたようだった。わたしはこの頃には、夫と離婚することを考え始めていた。もう何の愛情も残っていない。父もそれを望んでいるように見えた。ただ、まだ幼い文佳には父親が必要だと思うと、踏ん切りがつかないでいた。

そんなある日、わたしは久し振りで、あの鏡の蓋を取った。鏡を見るたびに、顔が日増しに老けていくような気がして、見るのが嫌になり、長いこと押し入れから取り出さなかったのだが。

鏡の中のわたしは喪服を着て、幽鬼のような顔をしていた。これがまだ三十前の女の顔かと目を疑うほどに窶《やつ》れ果てた表情だ。わたしはぞっとして、慌てて鏡に蓋をした。

喪服を着ていたということは、遠くない将来、わたしの近くで不幸があるということだ。それにしてもあの虚ろな表情。あれは近所や親戚の不幸などではなく、もっと身近な不幸、わたしが愛している者が亡くなったことを暗示しているのではないだろうか。

わたしが愛している者。今では文佳と父しかいない。ということは、父か文佳が？

そう考えると気が狂いそうになった。二人のどちらかに不幸が降りかかると分かっていながら、わたしにはなすすべがなかった。運命は苛酷な靴音をたててわたしに近付いていた。

それから一《ひと》月半後、夜中に急患があって出掛けた父が、途中、車の運転を誤って事故を起こしたという知らせが入った。父も、同乗していた看護婦も即死だった。

やはり鏡の知らせる「運命」を避けることはできなかったのである。

事故の原因はブレーキ系統の故障にあったらしい。警察の調べに、夫は、義父の車は古くなってあちこちにガタがきており、そろそろ新しいのに買い替えた方がいいと先日もすすめたばかりだったのにと神妙な顔で答えた。

しかし、このとき、わたしはあることを思い出していた。事故の起こる数日前、夜中にトイレに起きると、夫の布団がも抜けのからで、不審に思って外に出てみると、車庫の方から歩いてきた夫とでくわしたことを。夫は、そのときは、眠れないのでその辺を散歩してきたと言い訳していたが、まさか、あのとき――

その日からわたしは恐ろしい疑惑の虜《とりこ》になった。父の死はただの事故ではなく、夫が画策したものだとしたら。動機は明白だ。父が亡くなれば、財産がすべてわたしのものになる。それが狙いなのだ。よっぽど警察に訴え出ようかと思ったが、その後の騒ぎのことを考えるとそれもできない。そうこうするうちに、警察は単なる事故として片付けてしまった。

わたしの中でいったん芽生えた疑惑は晴れることはなかった。疑惑をいっそう駆り立てるように、夫は、葬儀もすまないうちから、わたしが相続する財産に強い興味を示した。父のやっていた病院を潰して、その跡に何を建てるか、どんな商売をするか、そんなことを浮き浮きとした口調で話すのだ。

わたしは思わずカッとして、あなたの好きなようにはさせないと言ってしまった。そのときの夫の目。わたしの中で新たな疑惑が芽生えた。父が死んでもまだわたしがいる。わたしがいる限り、動産も不動産も、夫の自由にはならない。それを知ったら、夫はどうするだろう。まさか?

葬儀の夜、いてもたってもいられない気持ちで、わたしは鏡の蓋を取った。そこに何が映るか。わななく指で手鏡を持った。

悲鳴をあげそうになった。

鏡の中のわたしは髪を振り乱した、もの凄い表情でわたしを見返している。白いパジャマの襟。夜叉《やしゃ》のようになった顔。点々と飛び散っているのは血ではないだろうか。それに、顔が真っ赤だ。炎だ。炎の照り返しで真っ赤になっている。鏡の中のわたしは何か言いたげに唇を動かした。だが、わたしには何と言っているのか分からない。そのうち、鏡はいつもの闇色に閉ざされた。

何かが起こる。わたしの身に一番恐れていたことが。顔やパジャマに飛び散った血。何かを訴えるような苦しげな表情。炎。

そうだ。もう考えられることはひとつしかない。わたしは夫に殺されるのだ。殺されて、家に火をつけられるのだ。そうすれば、わたしが相続した財産はすべて夫のものになる。文佳はまだ幼いから夫の思うがままだ。いや、もしかしたら、夫は自分の娘でさえも――

凶行は早ければ明日にでも起こるかもしれない。わたしの身に降りかかる運命は避けられないにしても、娘だけは救《たす》けなければならない。そう思いつくと、その日のうちに、文佳を母がたの親戚に預けることにした。

夫と二人きりになったのは翌日の夜。むろん眠ることなんてできなかった。文佳がいなくなったことで、夫は今がチャンスだと思っているかもしれなかった。窺《うかが》うと高いびきをかいて寝ているように見えたが、これもわたしを安心させるための芝居に違いない。わたしが寝入ったところを襲うつもりなのだ。わたしは枕に顔を押し付けてじっと息を殺していた。柱時計が一回鳴った。やがて時計は二回鳴った。夫は慎重だった。なかなか行動を起こさない。そのうち、わたしはあることに気が付いた。なぜ、夫の手にかかるまでじっと子羊のように待っている必要があるのだ。

それに――

もしかしたら、鏡に映っていた血は、わたしのものではなく、夫の血ではなかったのだろうか。そうだ。わたしが襲われたなら、顔にまで血が飛ぶなんてことは考えられない。あれは返り血だ。夫の血がわたしの顔に降りかかったのだ。ということは、夫がわたしを襲うのではなく、わたしが夫を殺すのだ。そうか。鏡が教えているのは、そういうことだったのだ。これは運命だ。けっして変えることのできない運命なのだ。

わたしはむっくりと起き上がった。夫の顔を見た。芝居ではない。本当にいびきをかいて熟睡していた。今がチャンスだ。布団を抜け出し、足音をたてずに居間へ行くと、夫のゴルフバッグを取り出した。中からゴルフクラブを出す。それを持って寝室に戻ると、両手で振りかざし、仰向けに寝入っている夫の頭に力いっぱい振りおろした。夫はぎゃっと悲鳴をあげて跳ね起きた。何が起きたのか分からぬような顔で頭を押えた。そこにさらに何度も何度も。生暖かいものが顔に降りかかり、両手にぐしゃりと何かが潰れたような嫌な感触があった。

肩で大きく息をしながら見下ろすと、白い布団カバーを鮮血で染めて夫は大の字になり、目を開けたまま死んでいた。

わたしはひん曲がったゴルフクラブを放り出すと、ふらふらと居間に行った。死体を隠さなければならない。それには、家に火をつけて燃やしてしまうのが一番だ。そんな声が耳の奥から耳鳴りのように聞こえてくる。居間のテーブルにあったライターでカーテンの裾に火をつけた。めらめらと炎がたち、小気味よい勢いで炎は拡がった。

祖父の代から続いた家が真っ赤な炎に包まれていくのを見ながら、わたしの頭は奇妙な明晰さを取り戻していた。錯乱のあとの、つかのまの澄んだ湖水のような、きよらかな明晰さだった。

本当に夫は父を殺そうとしたのだろうか。あの夜、車のブレーキに細工をしたのだろうか。多少とも他殺の疑いがあったら、警察だってもっと調べていたのではないか。それに、夫は機械の修理が苦手で、子供のおもちゃひとつ直せなかった。それが、警察にも分からないようにブレーキに細工などできただろうか。

あれはただの事故だったとしたら？　夫は何もしていなかったとしたら？　すべてはわたしの妄想だったとしたら？

わたしは髪を掻き毟《むし》った。

鏡だ。あの鏡だ。あの鏡がわたしに夫を疑うように仕向けたのだ。あの男が悪い、あの男が危険だと、わたしの耳元でささやき続けたのだ。

わたしはこのときはじめて、祖母が言っていた言葉の本当の意味を理解した。

あれは恐ろしい鏡なんだから。

あの言葉の本当の意味を。

もし、あの鏡を覗き込まなかったら、わたしはこんな人生を歩んでいただろうか。相場良一という男と出会い、夫に選んだだろうか。そしてあげくの果てに、その男を殺すはめになっただろうか。いや、彼と会うことすらしなかったに違いない。

すべてはあの蝶のペンダントからはじまっていたような気がする。あのペンダントが相場とわたしの人生の接点だった。もし鏡を見ていなければ、わたしはあのペンダントを手に入れようとあれほど躍起にはならなかっただろう。そうして、ペンダントを求めて、見知らぬ青年のあとを追い掛けるようなこともしなかっただろう。相場とも出会わぬまま父の勧める結婚をしていたかもしれない。わたしにはもっと平凡だが穏やかな人生があったのかもしれない。それが、あの鏡を覗いたときから、魔の森に踏み込んでしまったのだ。

鏡だ。鏡だ。わたしが滅ぼすべきなのは夫ではなかった。あの鏡だったのだ。奇麗なペンダントもハンサムな青年もすべて、わたしを魔の森に誘い込むための甘い餌にすぎなかった。あの鏡がもの言わぬ唇でささやき続け、わたしをここまで操ってきたのだ。

あの鏡を壊さなければ、魔の森に通じる入り口をふさいでしまわなければ。

わたしは炎につつまれた家の中を狂ったように走り、子供の頃から使っていた部屋の押入れを開けた。鏡を壊そう。こんなものを後に遺してはいけない。これを覗いた者はきっとわたしのように魔の森に誘い込まれる。

わたしは炎の照り返しを顔に受けながら、鏡匣を取り出し、蓋を開けた。鏡には何も映っていないはずだ。わたしがここで壊してしまうのだもの。もう未来の何も映さない。鏡は永遠に闇色に閉ざされるはずだ。もう誰も魔の森に踏み込ませない。

しかし、鏡を覗き込んだわたしの喉から呻き声が漏れた。

コレヲノゾイテハイケナイ！

そう叫ぼうとしても声にならなかった。

畳に落ちた円《まる》い鏡の中から、文佳の無邪気な双《ふた》つの目がじっとわたしを見あげていた。

茉莉花

出されたお茶を啜《すす》り終えた頃、応接室のドアが開いて、添田康子《そえだやすこ》が入ってきた。

「お待たせしました」

「文泉社《ぶんせんしゃ》の方ですって？」

ソファに座りながらたずねる。

九月も半ば。しまい忘れた風鈴がどこかで時折、かぼそい音をたてていた。開いた窓から差し込む日差しも、首筋を撫でていく風も、すっかり秋めいている。

「『小説北斗《ほくと》』編集部の吉川《よしかわ》と申します」

私は立ち上がると、名刺入れから名刺を出して渡した。

「吉川さん？」

添田康子は覚え込むように、名刺と私の顔を見比べた。

「それで、どんなご用件かしら」

名刺をテーブルの脇に置くと、添田は言った。

「実は、再来月号に女流作家ばかりを集めた特集を組むことになりまして、つきましては、先生にも五十枚ほどの短編をお願いできないかと――」

「私に？」

添田は少し意外そうな顔をした。

「はい」

「でも、『小説北斗』といえば、大人向けの雑誌でしょう？　私は今まで少女小説しか書いたことがないし」

添田は頰に軽く指をあて、考えるような顔になった。

「それは存じておりますが、いかがなものでしょう、これを機に、先生もそろそろ大人向けの小説に手を染められては」

「そうねえ、私もできればそうしたいとは思っていたんだけれど」

添田は幾分心を動かされたような表情で呟《つぶや》いた。

私は再来月号の企画を手短に説明した。

「おもしろそうね。やってみようかしら」

添田の目が輝いた。

「それで締め切りはいつなの？」

身を乗り出すようにたずねる。すっかりやる気になったようだ。

「締め切りは――」

私は手帳を取り出して開いた。

そのとき、庭の方からふいに琴の音が響いてきた。つい、その方に顔を向けると、添田は、

「母なんです」と弁解するように言った。

さっき、お茶を運んできてくれた和服の老婦人のことだろうか。そういえば、玄関に、「おこと教室」という看板が出ていたことを思い出した。

世田谷の閑静な住宅街の一角。しめやかな琴の音色がよく似合う。

手帳の方に顔を戻して、締め切り日を言うと、添田は壁にかかったカレンダーの方をちらっと見て、

「その日までなら大丈夫だと思うわ」

「そうですか。それではよろしくお願いいたします。あの、それで、少し気が早いかもしれませんが、忘れないうちに先生のプロフィールなどを伺っておきたいのですが」

私は畳み込むように言った。

「プロフィール?」

添田は怪訝《けげん》そうな顔をした。

「はい。うちの雑誌に先生に登場していただくのは今回がはじめてですので、少し詳しいプロフィールを巻末に載せたいと思いまして」

「ああ、そう」

「それで、生年月日とか、お生まれ、ご本名、出身校なんかを教えて頂きたいのですが」

「あらあ、生年月日なんか載せるの」

添田はすっとんきょうな声をあげた。

「さしつかえがなければ」

「読者に年がばれちゃうじゃない」

「ばれて困るようなら省略しますが」

「困るわけじゃないけど、おおっぴらに吹聴するほど若くもないしねえ」

添田康子は、まだ二十代の学生だった頃に、少女小説家としてデビューした。そこそこに名前が売れて、作家生活も十年を超えている。若くないといっても、まだ三十五にはなっていないはずである。私より少し上くらいだろう。

「それで、ご本名は――」

生年月日、生まれ、と聞いてきて、手帳に書き留めながら、私は先を促した。

少し沈黙があったあとで、

「添田マリカ」

という答えが返ってきたので、私は顔をあげた。

「康子というのは本名じゃないんですか」

「いいえ。本名はマリカ。マツリカと書くのよ」

「マツリカ……」

「ほら、森茉莉さんの茉莉という字に、花を付けて、茉莉花《まりか》」

そう言いながら、指でテーブルに書いてみせた。

「ああ、分かりました」

私は頷いて手帳に書き留めた。

「それにしても――」

「こっちの方がペンネームみたいでしょ？」

添田は苦笑しながら言った。

「はい」

「よく言われるのよ。本名を名乗ると」

「どうしてそのまま本名を使われなかったんですか。少女小説の作家だったら、添田康子よりも、添田茉莉花という方が似つかわしいような気がしますけれど」

「嫌いだったのよ。自分の名前が」

添田は険しい表情になった。吐き捨てるような語調である。

「というか、私には荷が重すぎたのね、美しすぎる名前が」

今度は溜息のような声だった。

「茉莉花というのは父がつけてくれたの。茉莉花《まつりか》という花から取った名前。茉莉花《まつりか》といってもピンとこないかもしれないけど、ジャスミンの和名と言えば分かるでしょ」

「はあ、ジャスミンですか」

「父は若い頃からこの花の名前が好きで、女の子が生まれたら、茉莉花《まりか》という名前にしようと決めていたらしいのね」

「先生のお父さまはロマンチックな方だったんですね」

「まあね」

添田は目をそらしてそっけなく言った。

「でも、この名前には泣かされたわ。小さい頃から名前負けだって言われて。茉莉花なんて私には荷が重すぎたのよ。美人にしか似合わない名前だもの。おまえ、茉莉花って顔かよって、男の子たちによくからかわれた」

添田康子は醜いわけではなかったが、目が細く、あごが張っていて、骨太そうながっちりした体格の持主で、まあ、どう贔屓《ひいき》目に見ても美人の部類には入らないだろう。確かに、茉莉花という美しすぎる名前は、彼女には似つかわしくなかったかもしれない。ペンネームに選んだ「康子」という名前の方がよっぽど似合っている。

「でも、子供の頃から嫌いだったわけじゃないのよ。荷は重かったけれど、それでも美しい名前が好きだった。私は一人っ子で、おまけにお父さんっ子だったから、父の付けてくれた名前ってだけで嬉しくてね。だけどある日を境に茉莉花という名前が嫌いになった。大嫌いになったのよ。捨ててしまいたいくらいに。私が小説を書き始めたのも、本当言うと、小説家になればペンネームというのが持てる。そうすれば、本名を捨てることができるかもしれないと思ったからだもの」

「茉莉花という名前が嫌いになったのには、何か理由があったんですか」

「あったわ。もう二十年近くも昔の話になるけれど、事のはじまりはちょっとしたミステリーだった――」

＊

「ミステリーというと？」

私は椅子に座り直した。革のソファがぎしりと軋《きし》む。

「あなた、リコンって知ってる？」

添田はふいに言った。

「リコン？」

「デヴォースの離婚じゃなくて、離れる魂と書いて離魂」

「ああ、はいはい」

「中国の伝説にこんなのがあるのをご存じかしら？　ある女の許婚《いいなずけ》が都に上ることになって、女もついて行こうとしたんだけれど、病気になって行けなくなってしまった。それで、女は離魂して、一体二形になり、一方は男の後を追って都に上り、共に住んで子供まで産む。そして、数年後、女は家族と共に家に戻ってきた。そうしたら、そこには寝たきりのもう一人の自分が待っていて、そこで二人の女は一人になったというお話」

「はい、はい」

「こんな話、信じる？」

「でも、それは作り話でしょう？」

「実を言うとね、これと同じことが私の身にも起きたことがあるのよ」

「えっ」

私は目を剝《む》いた。

「あの、先生も、その離魂、というか幽体離脱を経験したことがあるというのですか」

「ええ。もう二十年も昔、まだ私が中学生だった頃の話なんだけれど――」

添田康子は思い出すような目をして話しはじめた。

「私がお父さんっ子だったってこと、さっき話したわね。その父が、ある大手の家電メーカーに勤めていたんだけれど、私が中学に入った年に、札幌の支店に三年の間だけ、単身赴任したことがあったのよ。

あれは、父と離れ離れに暮らすようになって、半年が過ぎようとした頃だったかしら。ある日、父から私宛てに手紙が届いたの。わりと筆まめな人で、電話よりも、葉書や手紙を書くことが好きだったみたい。札幌へ行ってからも、ちょくちょく手紙なんか書いてくれたわ。

ところが、その手紙なんだけれど、妙なことが書いてあったのよ。昔のことだから、細かい内容は忘れたけれど、確かこんな内容だった。

『前略　先日は久し振りでおまえと過ごせて楽しかった。何の連絡もなくいきなり訪ねてきたので吃驚《びっくり》したよ。前もって連絡してくれていたら、もっと色々な所に連れて行ってやれたのだが。でも、今度からはちゃんとお母さんに断って来なければいけないよ。心配するからね。ところで、正月には帰れると思う。おまえとの約束通り、今年は箱根あたりの鄙《ひな》びた旅館で親子三人水入らずで新年を迎えることができそうだ。秋子にもそう伝えてくれ。茉莉花へ。父より』

もっと細々と何か書いてあったと思うけれど、大体はこんな風な内容だった。いつにもまして優しい手紙だったわ。今まで貰った手紙はもう少しそっけないものだったから。父はよっぽど私に会えたことが嬉しかったみたい。その興奮が覚めやらないままに手紙を書いた、そんな感じの文面だった。

でも、私はこれを読んで狐につままれたような気分になったのよ。というのも、私は父が札幌へ行ってから一度も父を訪ねたことはなかったし、手紙に書いてあったようなことをしたおぼえはまるでなかったから。手紙の内容からすると、父は何日か前に私と過ごしたように書いてある。しかも、筆跡は父のものに間違いない。これは一体どういうことかしらって思ったわ。

母に手紙を見せて、どう思うってたずねたら、母も不思議そうな顔をしていた。ああ、言い忘れていたけれど、秋子というのは母の名前なの。その夜、さっそく父のところに電話して、問いただしてみたんだけれど、父の方も電話口でとまどうばかり。確かに、数日前に私が独りで訪ねてきて一日一緒に過ごしたって言うのよ。しかも、帰りぎわに、正月は箱根で過ごす約束までしたというのよ。まじめ一方な人で、冗談や悪戯《いたずら》でそんなこと言うはずなかったから、父の言葉を信じるしかなかった。

そのとき、母が夜中にふと言ったの。もしかしたら、私が父恋しさのあまりに、離魂病にかかり、もう一人の私が札幌まで父を訪ねていったんじゃないかって。あの中国の伝説を引き合いに出して。

そんな馬鹿なと思ったけれど、そう言われてみると、そうだったのかもしれないと私も思い始めたのよ。お父さんっ子だった私は、父がそばにいないのが寂しくて、よく札幌まで訪ねて行くことを夢見ていたから。その思いが募ってもう一人の私が知らぬまに父に会いに行ったんじゃないかってね。でも、〝冗談から出た駒〟とでもいうのかしら、あの不思議体験のおかげで、その年の正月は私にとって忘れられないものになったわ」

「手紙にあったように、親子水入らず、箱根でお正月を過ごされたのですね」

「ええ。後にも先にもあんな楽しいお正月はなかった……」

添田は遠い日を懐かしむ目をした。

「不思議なことがあるものなんですね。離魂病なんて空想の世界の話だとばかり思ってました。本当にあるんですね」

そう言うと、添田康子はどういうつもりか、口元に意味不明の微笑を浮かべた。

「私もそのときはそう思ったわ」

「でも、その離魂現象と、茉莉花という名前が嫌いになったこととどうつながるんですか」

「それはこれから話すわ。このミステリーは、実を言うとこれだけでは終わらなかったの。後日談があるのよ」

添田はゆったりとソファの背にもたれながら、自分の手の爪を見詰めた。

「不思議現象に見えたけれど、実は何かからくりがあったってことですね」

「まあそんなところね。どういうからくりだったか、あなた、見当つかない？」

添田は謎かけをするスフィンクスみたいな目で私を見た。

「さあ」

私は首を傾げる。

「あの不思議な手紙のことがなければ、一生知らずにいたかもしれない父の秘密を知ってしまったのよ。それで、私は自分の名前が嫌いになった。もし取って捨てることができるならそうしたいくらいにね」

添田は爪を見詰めたまま、独り言のように呟いた。

「それはどういうことですか」

ややもったいぶった言い方に痺《しび》れを切らして私はたずねた。

「私があの離魂現象のからくりを知ったのは、あのことがあって、そうね、一カ月ほど過ぎた頃だったかしら。日曜日だった。私宛てに電話がかかってきたの。相手は若い女性の声で、滝口と名乗ったわ。全く聞き覚えのない声だった。その滝口という女性、というか、まだ子供ね、声の様子からは十二、三という年頃で、私とさして変わらない感じだった。一度、私に会って渡したいものがある。ううん、そうじゃない。交換したいものがあると言ったのよ」

「交換？」

「ええ。その子はそう言った。何のことかと思ったら、手紙だと言うの。札幌の父から私宛てに届いた手紙は、実は、その子宛てのもので、その子の元には、私宛ての手紙が届いたから、それを交換したいと言うのよ」

「どういうことなんでしょうか」

「私も最初は意味が全く分からなかった。でも、その子と話しているうちにだんだん事情が呑み込めてきたのよ。一カ月前の離魂現象は、ミステリーでもなんでもなくて、父のうっかりミスから起きたものだったってことが。つまりね、種明しをすれば簡単。父はあのとき二通の手紙を書いて出したのよ。ところが、同じ封筒と便箋を使ったものだから、うっかりして、それぞれの宛て名を書き間違えて出してしまったというわけなの」

「えっ。ということは、先生のもとに届いた手紙の中にあった、茉莉花というのは――」

「私のことじゃなかったの。茉莉花はもう一人いたのよ。電話をかけてきたのが、そのもう一人の茉莉花だった」

＊

「ちょっと待ってください。先生が貰った手紙の中には先生のお母さまの名前も書いてあったのでしょう？」

私は言った。

「ええ。その子の話だと、彼女の母親の名前も秋子だというの」

「それじゃ、茉莉花という珍しい名前が同じだけでなく、母親の名前まで同じだったということですか」

「そうなのよ」

「ということは、札幌のお父さんを訪ねて行ったのは、先生ではなくて、そのもう一人の茉莉花、滝口茉莉花という少女の方だったというわけですか」

「そういうことになるわね。不思議でも何でもありゃしない。種を聞いてみれば、なあんだという結末。父に会いに行ったのは滝口茉莉花の方だった。私が貰った手紙は、だから、父が彼女に宛てた手紙だったのよ」

「でも、どうして——」

「茉莉花という名前の少女が二人いたか。なぜ、父は娘に宛てたとしか思えない手紙をその少女に書いたのか。そう聞きたいんでしょ？」

「はい」

「それは私にも分からなかった。茉莉花という名前の少女が二人いたと考えれば、離魂現象の謎は難なく解けるけれど、そのかわり、今度はもっと現実的な別の謎に突き当たってしまったわけね。でも、もう一人の茉莉花にはそれも分かっているようだった。彼女は、そのことも話してあげるから、一度どこかで会いましょうと言ってきたのよ」

「それで会ったんですか」

「いいえ」

添田はかぶりを振った。

「待ち合わせの日時と場所まで決めたのに、私は結局行かなかった」

「なぜ？」

「もう一人の茉莉花に会うのが怖くなったのよ。彼女の口から本当のことを聞くのがたまらなく怖くなったから」

「それで、彼女からは？」

「それっきり。何の連絡もなかった。もしかしたら、彼女の方も行かなかったのかもしれないし、いくら待っても私が現れないので、諦めたのかもしれない」

「それじゃ、先生のお父さまと彼女の関係については分からずじまいだったんですか」

「いいえ。それはあとから母から聞いたわ」

添田は暗い目をして答えた。

「お母さまから？」

「母から。母は知っていたのよ。父から来たあの手紙を見せたときから、母は真相に気が付いていたらしい。あれが私の離魂現象なんかじゃなくて、父がもう一人の茉莉花に宛てた手紙を出し間違えたにすぎなかったことを。だから、あまり詮索せずに、不思議がる私には、真相を知らせまいとして、あんな中国の伝説なんか持ち出して、不思議現象のように思わせてしまおうとしたのよ。ずっと自分一人の胸におさめておいた夫の秘密を娘の私に悟らせせないために」

「それじゃ、滝口茉莉花というのは」

「父と滝口秋子という女性の間にできた娘だったというわけ。父はどういうつもりか、妻と同じ名前の愛人を持ち、娘と同じ名前のもう一人の娘を持っていたのよ。いわば影の家庭をね」

「影の家庭、ですか……」

私は思わず呟いた。

「そう。影の家庭よ。滝口秋子は母の影。滝口茉莉花は私の影にすぎなかった。その証拠に、父はけっして家庭を壊すことはしなかったわ。時々、向こうの家にも行ってたみたいだけれど、だからといって私たちのことを蔑《ないがし》ろにすることはなかった。だから、私も母から父の秘密を聞かされたあとも何も知らない振りをし続けたのよ。母がずっとそうしてきたように。父が札幌から帰ってきたあとも、何事もなかったように、ずっと私たちは仲の良い家族だった」

「でも、先生はその日から茉莉花という名前が嫌いになったんですね」

私は言った。

「ええ」

添田は素直に頷いた。

「この世でたった一人だと思い込んでいた茉莉花という名前がもう一つあると知ってからはね。前ほどこの名前が好きじゃなくなったわ」

「先生のお父さまはなぜ、もう一人の娘にも茉莉花という名前を与えたのでしょうか」

「さあ。よほどその名前が気にいっていたんじゃないかしら。その父も去年亡くなってしまった。何か理由があったとしても、黙ってお墓の中まで持っていってしまったようね」

それまで聞こえていた琴の音がピタリとやんだ。

「あら、いやだ。私ったら、初対面の人にこんなつまらないことまで話して」

添田ははっとしたような顔で口を押えた。

「すみません。立ち入ったことまで伺ってしまって」

私は慌てて謝った。

「いいのよ。どうせ過去のことだし」

「お父さまが亡くなられたというのは、ご病気か何かだったんですか。あ、また立ち入ったことを伺うようですが」

「ええ、まあ。病気みたいなものね。昨年の暮れ、夜中に心臓発作を起こしてね。私も母も気が付くのが遅れて、救急車を呼んだ頃にはもう手遅れだったわ」

「そうですか。それはお気の毒に。でも、そのあとが大変だったんじゃないですか」

私は話題をかえるように言った。

「大変って？」

添田はきょとんとした。

「相続税ですよ。このお宅はお父さまの名義だったんでしょう？」

「ええ」

「バブルのつけで、このあたりの地価が高騰して、巨額の相続税が課せられると聞きましたけれど。実は、私の知り合いにも麹町《こうじまち》で年老いた両親と住んでいる人がいるんですが、日頃から相続税対策には頭が痛いとよく愚痴をこぼしているものですから。このままでは巨額の税金を支払うために、長年住み慣れた家や土地を手放さなければならなくなるって。先生のお宅では何か対策を講じておられたんですか」

「まあね。父が数年前にかなり大口の保険に入っていてくれたので、その保険金の中から、全額というわけではないけれど、幾らかは捻出できたのよ。だから、家を売り払うことだけは避けられそうだわ」

添田はやや歯切れの悪い口調で言った。

「そうなんですか。その大口の保険って、もしかしたら、変額保険というのではありませんか？　何千万、何億という単位の一括払いの保険だから、高齢者でも入れるという」

「ええ、そうだったわ。相続税対策として、銀行の人に勧められてね、それで父が入ってくれたのよ」

「あれって、銀行に借金をして掛け金を払い込むのでしょう？」

「ええ。宅地なんかを担保にしてね」

「借金をしてまで保険に入るなんて、何か危険はないんですか」

「保険自体が巨額だから、年々運用益が加算されて、結局、保険金の方が、利子を計算にいれても借金よりは上回るようになっているのよ。だから、その差額を相続税分にあてられるというわけ」

「ああ、なるほど。でも、もし、その運用益が望めなくなったらどうなるのですか。たとえば、運用率ゼロなどということになったら、下手をすると何年か後には、借金の方が保険金よりも上回ってしまうという事態になるんじゃありませんか」

「そうね。そういうことも考えられるわね」

添田は目をそらした。

「いえね、さっき言った麴町に住む友人から聞いたことがあるんです。その変額保険というのには、恐ろしい落とし穴があるってことを。もともと、その変額保険が売り出されたのは、バブル経済がはじまった頃なんですってね。つまり、先生がおっしゃったようなシステムは、あくまでもバブル景気に支えられていたからこそできたことで、バブルが崩壊して、保険の運用が悪化したことで、最近、この保険に加入した人たちの間でトラブルが続出しているというではありませんか」

「そうらしいわね」

添田は短く言った。これみよがしに腕時計を眺める。もうこのへんで話を切り上げたいというそぶりを露骨にみせはじめた。

それでも私はかまわずに続けた。

「保険の運用が悪化すれば、当然、いずれ借金の方が保険金を上回ってしまい、差額を相続税分にあてるどころか、大変な借金を抱え込むはめになってしまうのです。言い換えれば、被保険者が健康で長生きすればするほど、借金の方がどんどん膨れ上がっていくという、家族にとっては、皮肉というか残酷な結果になってしまうんです。だから、この保険が有効なのは、被保険者がなるべく早く死んだときだけなんですよ。そう考えると、先生のお宅は、不幸中の幸いと言えますすね。最悪の事態になる前に、偶然、お父さまが心臓発作で亡くなられたのだから」

「ちょっと、あなた。人聞きの悪いこと、言わないでよ。まるで、それでは、私や母が父の死を望んでいたように聞こえるじゃないの」

添田康子は笑いとばそうとして失敗したような顔をした。

「望んでいたのではないのですか」

私は添田の目をまともに見詰めた。

「何ですって」

添田の細い目がぎょっとしたように見開かれた。

「今、なんて言ったの」

「先生はお父さまの死を望んでいたのではありませんか。さっき、お父さまが夜中に心臓発作を起こしたとき、気付くのが遅れたとおっしゃいましたが、本当にそうだったのですか。気付いていて、わざと救急車を呼ぶのを遅らせたのではないのですか」

「あ、あなた――」

添田は喘ぐように口をパクパクさせた。

「それだけではありません。もしかしたら、心臓発作そのものが、人為的なものだったとも考えられますね。たとえば、寝ている人の口と鼻を濡れた布とか枕を使って押え付ければ、心臓発作としか思えないような死に方をすると聞いたことがあります」

添田はいきなり立ち上がった。

「私たちが父を殺したとでも言うつもり？」

「そこまでは思いたくありません。それに、保険がおりたところをみると、お父さまの死に不自然なところはなかったのかもしれません。何か不審な点があったら、保険会社だって調査に乗り出すでしょうから。でも、お父さまが発作を起こされてから、救急車を呼ぶまでの間に、先生やお母さまが何を考え、何を話し合われたかは神のみぞ知ることです」

「ちょっと、あなた。言っていいことと悪いことがあるわよ。不愉快だわ。もう帰って。短編の話だけど、お断りします」

添田ははあはあと肩で息をしながら言った。

「そうはいきません。まだ帰るわけにはいきません。短編の話なんてどうでもいいんです。私が今日伺ったのは別の話をするためなんですから」

私は肩で息をしている添田康子を見上げながら、ひややかに言った。

「あ、あなた、本当に出版社の人なの――」

凍り付いたような形相で私を見ると、添田は、テーブルに置いた名刺をつかんだ。つかつかと、電話機の所まで行くと、名刺を見ながら番号を押す。たぶん出版社にかけているのだろう。

「あの、『小説北斗』編集部の、吉川さんをお願いします」

私の方をちらっと見て言った。私は動じなかった。

「え。あなたが吉川さん？　間違いなく、あなたが吉川瑞江《みずえ》さんね？　いいえ、それならいいんです。どうも失礼しました」

早口でそれだけ言うと、がちゃりと音をたてて受話器を置いた。

「これはどういうことなの？　編集部に電話をしたら、吉川瑞江という編集者が電話に出たわよ」

仁王立ちになって私を睨み付けた。

「あなた、出版社の人なんかじゃなかったのね。最初から何か変だと思っていたのよ。何者なの。保険会社の回し者か何かなの？」

「吉川瑞江は私の高校時代の同級生です。以前、同窓会で彼女から名刺を貰っていたので、それを使わせて貰いました」

「やっぱり。何者なの、言いなさい。そうでないと警察を呼ぶわよ」

「嘘をついたことは謝ります。出版社の編集者だと名乗れば、あなたが仕事の話かと思って会ってくれるだろうと思ったからです」

「なぜよ。本名を名乗ったら、私が会わないとでも思ったの？」

「ええ、そう思いました」

「なぜ。なぜよ」

「だって、あなたは二十年前も会ってはくれなかったじゃありませんか」

＊

「あなたは、まさか？」

添田康子は飛び出しそうな目で私を見詰めていた。

「私の声をお忘れですか。もう一人の茉莉花さん。無理もありませんね。もう二十年もたったのだから。あの日、私は喫茶店が閉店になるまで、ずっとあなたが来るのを待っていたんですよ。でも、結局、あなたは現れなかった。それに、昨年、父の葬儀のときも母とここに来てお焼香だけさせて貰ったんですけれど、私のこと、思い出してはくれなかったようですね」

添田は茫然《ぼうぜん》としたように立ち尽くしていた。

「立っていないで、お座りになったらどうですか。私は保険会社の回し者でも何でもありません。あなたと少しお話をしたかっただけです。二十年前にするべきだった話を。それから、あるものを返しにきただけですから。それが済んだら帰ります。だから、座ってください」

添田は呪文《じゅもん》にかけられたようにフラフラとソファに座り込んだ。

「は、話って何よ。あなたと話すことなんか、何もないわ」

青ざめた顔で言った。

「私の方はあるんです。あなたはとても大きな勘違いをしています。さっき、私たち母子のことを、あなたたちの影だと言いましたね。それは違う。全く逆です。私たちのことをお母さまから聞いたなら、あなただってそのことを知っていたはずです。それとも、お母さまはそこまではおっしゃらなかったのでしょうか」

「な、なんのこと」

「父がなぜ、あなたのお母さまと同じ名前を持つ母と親しくなったのか。なぜ、生まれてきた私に、あなたと同じ名前を付けたのか。その本当の理由をあなたは知っていたはずです。それを知ったからこそ、茉莉花という名前が嫌いになったのではありませんか？」

「……………」

添田は黙りこくっていたが、その顔つきから、私は彼女がすべてを知っていたことを察知した。

「父が最初に出会ったのは、あなたのお母さまではなくて、滝口秋子、つまり私の母の方だったんです。母は父のいわば初恋の相手でした。母の方も父に思いを寄せていましたが、そのとき、既に母には許婚がいて、どうしても父とは結婚できない事情がありました。

父があなたのお母さまと出会ったのは、母と別れたあとです。父があなたのお母さまに心ひかれた理由は、あなたのお母さまの容姿でも性格でもなかった。ひとえに秋子という名前だったんです。思い切れない人と同じ名前を持つ女性に、父はいっときの慰めを求めたのでしょう。影にすぎなかったのは、あなたのお母さまの方だったんです。

父は、あなたのお母さまと結婚したのではなく、秋子という名前と結婚したんです。やがて、あなたが生まれた。あなたのお母さまは、父が以前から女の子が生まれたら、『茉莉花』という名前を付けたいと言っていたのを覚えていて、あなたに茉莉花という名前を付けようとした。

でも、ちょうど、その頃、父は滝口秋子と再会してしまっていた。母は一度は結婚したものの、やはり父以外の人を愛せなかったのでしょう。結婚生活はうまくいかず、二年足らずで離婚して、実家に戻っていたんです。

父が茉莉花という名前を付けたかったのは、滝口秋子が産んだ娘の方だったんですよ。だから、あなたのお母さまからあなたに茉莉花という名前を付けようと言われたとき、ずいぶん悩んだと言います。その頃から父は、母の産んだ娘にこそ茉莉花という名前を与えようと思っていたのですから。でも、それを知ったあなたのお母さまは、半ば無理やり、先に生まれたあなたに茉莉花という名前を付けてしまった。まるでもぎ取るように。

あなたの名前は父が付けたものではなかったんです。父がためらっているうちに、あなたのお母さまが勝手に付けてしまったんです。あなたはそれを知ってしまったのではないですか。茉莉花という名前はあなたのためにあったのではないこと。あなたは私の影にすぎなかったこと。それを知ってしまったからこそ、あなたは茉莉花という名前が大嫌いになったんですね」

「…………」

「嫌いになったのは名前だけじゃない。たぶん、それを知ったことで、父のことも憎むようになったのではありませんか。確かに、世間の常識で言えば、法的に認められているあなたがた母子の方が正当で、私たちの方が影のように見えたかもしれません。でも、父の心の中ではそうではなかった。世間の常識とは価値が逆になっていたのです。父にとっては、私たちと作った家庭の方が本当の家庭で、あなたがたの方が影にすぎなかったのです」

「どうしてそんなことがあなたに言えるの？　父の心の中を覗いたとでもいうの」

添田は私を睨み付けながら言った。

「ええ。私には分かりました。父からあの手紙を貰ったとき分かったんです。父はあなたたちとの家庭を壊す気はなかった。それは、あなたのお母さまやあなたが、実は私たちの身代わりにすぎなかったということに対して、父があなたたちに申し訳なく思っていたからです。だから、あなたたちを捨ててまで、私たちのもとには来なかった。せめて、法的な意味での妻や子供という立場を確保し続けてやることが、あなたたちを私たちほどには愛せなかった父の、せめてもの罪ほろぼしだったんです」

「そんなこと、あなたの手前勝手な想像だわ」

添田はせせら笑うように言った。

「そう思うなら、これを読んでください。本来ならあなたが受け取るべき手紙でした。宛名を間違えて私のもとに届いてから、二十年の間私が保管しておいたものです。今これをお返しします。そして、できれば、私宛ての手紙の方も返して貰いたいのですが」

私は持っていたバッグの中から古びた封書を取り出した。それをテーブルに載せた。

「あんなもの、とっくに捨ててしまった」

添田は呟いた。

「あの日、私はたまらなく父に会いたくなって札幌まで会いに行きました。なんの連絡もしていなかったので、父は驚きながらも、とても喜んでくれました。そして、私が帰ったあと、あの手紙を書きました。でも、私にだけ手紙を書くことにうしろめたさを感じたのか、あなたにも書いたのでしょう。

手紙を貰ったとき、私は不思議に思いました。あなたが私宛ての手紙を読んで不思議に思ったように。それで、あなたと同じことをしたのです。母にそれを見せたのです。母はあなたたちのことを話してくれました。それで悩んだ末に、私はあなたに電話をかけたのです。あなたたちの家庭を壊す気はなかった。でも、私たちの立場も分かって欲しかったからです。ほんのささいな運命の悪戯から、こうなってしまったことを。誰が悪いわけでもなかったことを。ただ話したかっただけです」

添田はテーブルの上の封書をしばらく無言で睨み付けていたが、ようやく手を伸ばして取り上げると、中身を出して読み始めた。

便箋を持つ手がかすかに震えていた。

「あのお正月は私たちのために用意されていたんです」

私は呟くように言った。

それは短い手紙だった。この二十年の間、時折取り出しては読み返しているうちに、すっかり内容を暗記してしまったくらいに短くそっけない――

「前略。札幌へ来て、もうすぐ半年になります。おまえの顔をもう半年も見ていないのだね。ようやく一人暮らしにもなれたよ。なんとかあと二年半頑張ってみようと思う。ところで、今年の正月は仕事が忙しくて帰れそうもないが、秋子にもよろしく言ってくれ。茉莉花へ。父より」

手紙を読む異母姉《あね》の目からふいに涙がこぼれ落ちた。

時を重ねて

ここに一枚の写真がある。

古い木造建築の教会の前で寄り添って佇《たたず》む男女のスナップ写真である。

男は年の頃二十五、六。片手にオフホワイトのコートを持ち、額に髪を乱して少し笑っている。

女は三十一、二。仕立ての良いグレイのスーツに、目を射るような鮮やかな赤いショルダーバッグを肩から提げて、やはりほのかに微笑んでいる。

旅慣れた人ならば、二人の背景に写っている教会が、旧軽井沢にある聖パウロ・カトリック教会であることが一目で分かるだろう。

こんな写真を見て、あなたはどう思うか。

旅先のカップルを写した、ありふれたスナップ？

ちらと見ただけで、あなたはたいして興味もなくそう思うだろう。

あなたが男性なら、被写体の女の美しさにほんの二、三秒目を留めるくらいの興味は持つかもしれない。

しかし——

これはただのスナップではない。奇跡が写し出されているのだ。もし私がそう言ったら、あなたは信じるだろうか。

あなたは目をしばたたかせて、もう一度写真を見るだろう。そして、口を尖《とが》らせて、こう言うに違いない。奇跡？　こんな何のへんてつもないスナップのどこが奇跡なのだ。

あなたがそう反論するのも無理はない。

これを撮った私でさえ、この写真に写し出された奇跡が今でも信じられないのだから。これはあの女がこしらえた合成写真か何かに違いないと頑《かたく》なに思い込もうとしているのだから。写真技術に詳しい友人から、これは合成やトリック写真の類いではないとあれほど念を押されたにもかかわらずだ。

さて。

勿体ぶるのはこのくらいにして、こんな一見ありふれたスナップ写真のどこが奇跡なのか、そして、これが私の心の中に今なお一粒の黒真珠のように大切にしまわれているのはなぜなのか。そのいきさつを話すことにしよう。

たとえ最後まで話し終えたとしても、おそらく、あなたは私の話を信じないとは思うがね。まあ、信じる信じないは、あなたの自由というものだ。

とにかくやってみよう。

発端は十一月のある日――

＊

「七年目の浮気って本当にあるのかな」

それまで今年の景気の話をしていた小泉征夫《こいずみゆきお》が、ふと黙ったかと思うと、いきなりそう言った。

新橋にある料理屋の座敷である。

「え？」

急に景気から浮気の話になったので、私はいささか面食らって、大学時代の旧友の顔を見た。

小泉は俯いて銚子を傾けている。

「ほら、この前赤坂のホテルで会ったとき、言ってたじゃないか。七年目の浮気の調査中だって」

「ああ」

思い出した。確かそんな話をした覚えがある。

小泉征夫とは大学時代同じ山岳同好会に所属していた仲だったが、卒業後、次第に疎遠になり、一月《ひと》ほど前、偶然、赤坂のとあるホテルのロビーで十五年振りに再会するまではほとんど付き合いがなかった。

小泉は大手出版社で営業の仕事をしており、私の方は、吹けば飛ぶようなささやかな探偵事務所を西新宿の雑居ビルの一室に構えている。

私たちが再会したとき、私は結婚七年目という主婦から依頼を受けて、その夫の浮気調査をしていたのである。

密会場所に獲物が現れるのを張っていたとき、そのホテルで催されていた某有名作家の出版記念パーティに出ていた旧友とばったり出くわしてしまったというわけだった。

「あの夫婦どうなった？」

小泉は上目遣いで私を見た。

「どうなったって？」

「夫は本当に浮気してたのか、それとも妻の妄想にすぎなかったのか」

「それは言えないね。職業上の秘密ってやつだ」

「実はさ、うちも七年目なんだよ」

小泉はぼそりと言った。

「へえ。もうそんなになるのか」

「美砂子《みさこ》には会ってるよな？」

小泉は妻の名前を言った。

「いや、会ってないよ」

「結婚式に招《よ》ばなかったっけ？」

「招ばれた記憶はあるが、出席した記憶がない」

「そうか。会ってないのか」

小泉は何か思案するように呟いた。

「でも噂には聞いてるよ。類い稀《まれ》なる美人だってことは」

「それほどでもないさ」

顔をツルリと撫でて、満更でもないような顔をした。

「苦労したんだって？」

私はにやにやしながら言った。

「何が？」

「結婚にこぎつけるまでにさ」

「まあな」

私は人づてに聞いた話を思い出した。

小泉の妻になった女性は、ある大手デパートのネクタイ売り場にいた人で、彼女の美貌に一目惚れした小泉は、深草の少将よろしく、足繁く通い、彼女を食事に誘うまでに、かなり高額のネクタイばかり、店が開けるほど買わされたという笑い話だった。

「子供には恵まれなかったが、家も持ったし、まあ人並みの幸せくらいは与えてやったつもりでいたんだよ。ところが、あいつ――」

小泉の顔が歪んだ。

「七年目の浮気って、まさか」

私ははっとした。

「奥方の方か？」

小泉は難しい顔で頷いた。

ようやく、今夜、小泉が私の事務所に連絡してきて、「会って相談したいことがある」と、私をなじみの料理屋に誘った理由に思い当たった。

「どうも男がいるみたいなんだよ」

浮かぬ顔のまま旧友は言った。

「疑う根拠はあるのか」

「ある。ついせんだっての日曜、美砂子が句会の集まりに出掛けて留守のときに――あいつ、俳句を趣味でやってるんだ」

「ふーん。良い趣味だな」

「旅行代理店に勤めている、あれのいとこという女がやってきて、頼まれていた軽井沢行きの往復切符が取れたからって置いていったんだよ。見ると、切符は二枚ある。二枚だぜ？　日付からして一泊旅行らしい。軽井沢へ行くなんて話は聞いてなかったから、あれが帰ったとき、すぐに聞いてみた。すると、句会で知り合った女友達と気晴らしに出掛けるっていうんだ」

「女友達ねえ」

「疑わしいだろう？　なんかとっさに取り繕ったって感じだったな。句会の女友達なんて嘘に決まってる。きっと男と行くんだ」

「しかし、本当に女友達かもしれないじゃないか」

「うん。そこで相談なんだが、ひとつ、あいつを尾行してくれないか。このままじゃ、どうも落ち着かない」

「おれが？」

「おまえがだよ。探偵やってるんだろ。浮気調査なんてお手のもんだろうが」

「でも、友人のはやらないことにしてるんだよ」

正直言って、私はあまり気がすすまなかった。もし、小泉の妻が浮気旅行に出掛けたことがばれたら、学生時代から自分には甘く他人には厳しかったこの男のことだ、とんだ騒動になるだろう。そんな犬も食わない夫婦喧嘩に巻き込まれるのは真っ平御免だった。

「友人たって、先月バッタリ再会するまでは赤の他人も同然だったじゃないか。それに、さっきの話だと美砂子には会ったことないんだろ。尾行しても面が割れる心配はない。頼むよ。男が恥をしのんでここまで打ち明けたんだ。引き受けてくれよ。むろん、ただとは言わない」

「当たり前だ」

引き受けるからにはビジネスである。

「なあ、頼む。友達じゃないか」

さっきは「赤の他人も同然だ」と言った口でそんなことを言う。

「分かった」

私は渋々承知した。気はすすまなかったが、引き受けざるをえなかった。あいにく、不景気は私の懐にまで入り込んでシッカリ根を張っていたからだ。気がすすむとかすすまないとか、仕事を選べるような経済状態ではなかった。

「やってくれるか」

髭《ひげ》の剃りあとの青々とした、小泉の四角い顔が輝いた。

「で、旅行に出るのはいつ？」

「あさって」

「あさってェ？　なんだ、ずいぶん急な話だな」

「無理か」

「ということもないが。切符が取れるかな」

「それなら心配ない。いやあ、実は引き受けてくれると思ったから、切符は手配しといた。あれが取った席と同じ車両だ。席も近い。それから、これが美砂子の写真だ」

呆れるほどの手回しの良さで、小泉はそう言うと、背広の内ポケットから切符と写真を取り出した。まるでマジックでも見ているようだった。

それにしても――

写真を見て溜息が出そうになった。和服を着た小泉の妻は聞きしにまさる美女だった。楚々《そそ》とした風情とは、こういうのを言うのだろうか。小泉がこの女にのぼせてネクタイを山のように買うはめになった話を人から聞いたときには、馬鹿な奴よと腹を抱えて笑ったが、今ならあれほど笑う気にはなれないだろうと思うくらいに。

「もしも」

この女なら一人どころか、男が鈴なりになってついても不思議はない。そう思ったので、私はつい聞いてみたくなった。

「もしもだよ。浮気旅行だったことが分かったら、どうするつもりだ？」

「それは」

小泉は天井を見上げて唸《うな》るように言った。

「そうなったときに考える」

＊

当日。既に到着していたL特急「あさま11号」に乗り込んで、それとなく見張っていると、発車時刻十分前になって、ようやく小泉美砂子は現れた。

品の良いグレイのスーツに、肩には赤いショルダーバッグ。手には小さめのルイ・ヴィトンのボストンを提げていた。

美砂子は独りだった。

切符を見ながら私の目の前を通り過ぎ、通路を挟んで斜め前方の窓際の席に座った。様子を窺うのに、これほどどうってつけの席はない。よくまあこんな理想的な席が取れたものだ。

広げた朝刊の陰から、美砂子の様子を見守りながら私は変なことに感心していた。

女の隣はまだ空いたままだった。連れは遅れているようだ。彼女の隣に座るのは、果たして本当に女友達なのか、あるいは浮気相手なのか。私は彼女の連れの来る瞬間を今か今かと固唾《かたず》を呑んで待っていた。

ところが――

発車時刻寸前になっても連れは現れない。女の隣は空いたままである。

乗り遅れたのか。それとも相手は来ないのか。まるで我がことのようにやきもきした。美砂子の方も頻繁に腕時計を眺めては、なんとなくそわそわしているように見えた。

と、そのとき、彼女はいきなり立ち上がった。私は慌てて新聞の陰に顔を引っ込めた。

美砂子はつかつかと通路を歩いて、同じ側の三つほど前の席に行くと、少し身をかがめ、

「不躾《ぶしつけ》なお願いで申し訳ありませんが、席を代わってはいただけないでしょうか」

そんなことを言い出した。

私は思わず新聞から顔を出した。

席を代わる？

どういうことだ。

ややあって、学生風の若いカップルがもそもそと立ち上がった。脱いでフックに引っ掛けておいたブルゾンやらを抱えて、二人とも狐につままれたような顔で通路に出た。

美砂子の方はといえば、二人に何度も礼を言い、さっきの席に取って返して、荷物を持っ

てくると前の席に移動する。代わりに、若いカップルが後ろの席に移ってきた。

「なにあれ？」

「さあ」

二人でひそひそやっている。

私はあっけに取られていた。周りの乗客もじろじろと美砂子の方を眺めている。

どうも腑に落ちない行動だった。

若いカップルと席を交換して何をしようというのだろう。同じ側だから、窓から見える景色は同じはずである。反対側の席に移るというなら、まだ分かるのだが。

もしかしたら――

私はふと思った。

彼女は私の存在に気付いたのではないか？

それで、私の目の届きにくい前方の席に移ったのか。

そんなことをあれこれ考えているうちに、列車が動き出した。

とうとう美砂子の連れは現れなかった。

間に合わなかったのか。来られない事情でも出来たのか。あるいは、美砂子の夫が疑っていることに気付いて、用心のために違う車両に乗り込んだか、はてさて、切符は取ったものの、現地で落ち合うように計画を変更したか。

もし、連れが浮気相手なら後の二つのケースもありうると私は勘ぐった。

まあ、どちらにせよ、軽井沢に着いて、美砂子が泊まるホテルまで尾行していけば、それはいずれ分かるに違いない。

私はそれまでゆったり構えることにした。

駅の売店で買った朝刊と週刊誌をくまなく読み返し、釜飯を平らげ、缶ビールを一本空けた頃には、車窓の景色は晩秋の信州の趣を見せ始めていた。

少しうとうとしかけた頃に、碓氷《うすい》峠のトンネルを抜け、列車は軽井沢に到着した。

私は慌てて降りる準備をした。美砂子は前方の出口に歩いて行ったので、私は後方から降りることにした。

尾行に気付かれないように、かなりの間隔を置いて、旅行客のような顔をしてプラットホームに降り立った。さわやかな冷気が肺を充たす。シーズンオフとはいえ、秋の軽井沢も捨て難いものがあるのか、ホームに吐き出された観光客の数は少なくなかった。

それでも、ボストンを提げ、肩から赤いショルダーを提げたグレイのほっそりとした後姿を見失う心配はなかった。派手な恰好ではなかったが、周囲の風景から際立って見えたからである。もっとも、たとえ見失っても、彼女の泊まるホテルは分かっていた。小泉がそれとなく美砂子から聞き出していたからだ。私もそこに予約を入れておいた。

駅を出ると、タクシーも拾わず、美砂子はそのまま歩き始めた。
六、七分、歩いて、欧風のリゾートホテルにたどり着くと、吸い込まれるように彼女の姿は中に消えた。

私も少し間を置いて中に入った。ロビーをブラつきながら、腕時計を眺める。十二時を少し過ぎたところ。チェックインにはまだ早い。

美砂子は宿泊手続きを済ますと、ボストンバッグだけをフロントに預けて出て行った。

私はフロントに行った。宿泊カードに名前を書きながら、「今の女性、後ろ姿が知り合いに似てたんだけど、小泉っていうんじゃない？」と、さりげなく、フロント係に聞いてみた。

「さきほどの方なら宮脇《みやわき》さんとおっしゃいましたが」

フロント係はそう言った。

「宮脇？　ああそうだ。やっぱり彼女だ。小泉ってのは旧姓でね。今の姓が確か宮脇だったっけ。偶然だなあ。後で挨拶に行かなくちゃ。部屋、分かる？」

私はすかさずたずねた。

フロント係は部屋番号を言った。

「その部屋はシングル？」

「いいえ。ツインのお部屋でございます」

それを聞くと、胸の奥がなぜかキュンと痛んだ。やはり、小泉美砂子はここで男と落ち合う手筈になっているのだ。

もしかすると、相手の名で部屋を取ったとも考えられる。

宮脇というのが男の姓か。

とまあ、詮索していても仕方がないので、私はとりあえず、彼女の後を追うことにした。

小泉から旅先での美砂子の行動は洗いざらい報告するように依頼されていたからだ。

ホテルの外に出ると美砂子の姿を目で追った。小泉美砂子は駅前のタクシー乗場まで歩いて行くと、運転手らしい初老の男としばらく立ち話をしていたが、すぐにそのタクシーに乗り込んだ。私もすぐに別のを拾う。

「前のタクシーを追ってくれ」

運転手にそう頼んだ。

美砂子を乗せたタクシーは旧軽井沢方面に向かったが、旧軽ロータリーに出る前に右手に曲がり、モミの並木道を走って行った。このまま行けば、たしか旧軽の老舗《しにせ》ホテルとして名高い万平ホテルに行き着くはずだ。

やがて、タクシーは万平ホテルの前の車寄せに停まると、美砂子が降りてきた。こちらも少し離れて停まり、車の中でしばらく様子を見ていると、美砂子の姿がホテルの中に消えても、タクシーは帰るそぶりを見せない。

ホテルのカフェテラスに美砂子の姿がガラス窓越しに見えた。中に入らなくても、ここから見ていれば、彼女の行動がよく見える。

窓際のテーブルには、泊まり客か、上品そうな老カップルの姿があった。

シーズンオフだからか、カフェテラスには客らしい姿はこの二人しか見えなかった。ところが、美砂子はすぐに空いている席には座らず、老カップルが向かい合ってくつろいでいるテーブルに近付くと、にこやかに何か話し掛けた。

しばらくして、老カップルが立ち上がった。美砂子は何度も頭をさげている。老カップルは席を移動する。そして、老カップルが座っていた窓際の席に彼女は独りで座った。

え？

これはどういうことだ。私は目をしばたたいた。小泉美砂子はまた奇妙なことをした。窓際のテーブルなら空いているのが他にもあるのに、そこには座らず、わざわざ先客のいるテーブルに着く。これは、行きの列車の中で見せた奇妙な行動とよく似ていた。

彼女は一体何をしているのだろう。

やがてウエイターが運んできたコーヒーとケーキのようなものをゆっくりと平らげた。十五分ほどして、彼女は出てきた。待っていたタクシーに乗り込む。タクシーは、天皇と皇后が知り合うきっかけになったことで有名な例のテニスコートの脇を通り抜けて、旧軽銀座に出た。

夏場ほどではないにしても、観光客の姿はやはり目につく。

旧軽銀座をゆるゆると行き、堀辰雄や芥川龍之介など文人が常宿にしたという、つるや旅館を過ぎて、ショー記念礼拝堂まで行くと、車はそこで停まった。美砂子が降りてきた。私も今度は車を降り、尾行をけどられぬように、間隔を置いてついていった。

美砂子は観光客の群れに混じって、何枚か写真を撮り、ひととおり見て回ると、またタクシーに乗り込んだ。

彼女を乗せたタクシーは、来たのとは逆の方向に少し走ったかと思うと、すぐに停まった。

聖パウロ・カトリック教会の前である。美砂子が降りた。私の方は、なんとなく降りるのが面倒になって、車の中で彼女が出てくるのを待っていたが、なかなか戻ってこないので、仕方なくタクシーを降りて、教会の手前まで来ると、間の悪いことに、教会をぐるりと見て回って戻ってきた美砂子本人と出くわしてしまった。私はとっさに教会の建物をカメラのレンズにおさめようとしている観光客の振りをした。

しかし、美砂子は私から目を離さなかった。じっとこちらを見ている。そして、何かを決心したように、

「あの――」

と、少しためらうように声をかけてきた。

もしや尾行がばれたか。一瞬私はそう思って慌てた。だが、すぐに胸を撫で下ろした。彼女がコンパクトカメラを差し出しながら、こう言ったからである。

「すみませんが、シャッターを押して戴けないでしょうか」

なんだ。内心冷汗をかきながら、「いいですよ」と私は笑ってみせた。

美砂子は教会の前に立った。ちょうど、おばさんの三人組がわあわあしゃべりながら、前を通り過ぎようとしていたので、私はシャッターボタンに指をかけたまま、彼女たちが通り過ぎるのを待った。

「撮りますよ」

美砂子はかすかに頷き、ほのかに微笑《わら》った。シャッターを切った。切ったあとで舌打ちし

た。通り過ぎたと思ったおばさんの最後の一人の青いジャケットが僅《わず》かに写ってしまったような気がしたからだ。

「観光ですか」

私は美砂子にカメラを返しながらたずねた。

「ええ」

「お独りで？」

重ねて聞くと、

「いいえ」

彼女はふと視線を浮かして遠くを見るまなざしをした。

いいえ？

ということは、やはり、このあと、彼女は男と落ち合うつもりなのだ。

礼を言うと、美砂子はまたタクシーに乗り込んだ。私はそれをやり過ごしてから、再び尾行を続けた。

美砂子を乗せたタクシーは、北軽井沢の方向に向かった。から松並木を上っていけば、旧三笠ホテルに出るはずだ。それを見ようというのだろうか。

案の定、タクシーは旧三笠ホテルの脇で停まった。降りる彼女の姿。私は今度は降りなかった。いくら観光客の振りをしても、また出くわしてしまったらまずい。タクシーの中で待っていると、三、四十分くらいして彼女は出てきた。

こうして、タクシーは来た道を戻り、ホテル鹿島ノ森と雲場池《うんばいけ》を経由して、例のホテルの玄関前に停まる頃には、あたりは既に薄暗くなっていた。

美砂子はフロントに行き、鍵と預けておいたボストンを受け取るとエレベーターの方に歩いて行った。

私は少し遅れてタクシーを帰すとフロントに行き、鍵を受け取った。

もしかしたら、私たちが留守の間に、美砂子の相手が来たかもしれない。そう思い、またさりげなさを装って、フロント係に聞いてみた。

「〇号室の宮脇さんだけど、午後にご主人も来るって聞いたけれど、もう着いたかな」

「いいえ。まだ奥様しかみえてはおりません」

ちょっと調べてフロント係はそう答えた。

ということは、まだ男は来てないということか。

私はいったん自分の部屋に戻ると、ざっとシャワーを浴びた。彼女もしばらくは部屋で休んでいるだろう。それに日が落ちてしまえば、夏場と違ってたいして見る所もない。外に出るとしたら夕食をどこかでとるときだけだ。そう踏んで、小一時間ほど休んでから、下のロビーに降りて行った。

ガラス越しにフロントが見渡せるカフェラウンジに行くと、そこに陣取った。ここで張っていれば、フロントを通る客をみのがすことはない。

コーヒーをお代わりして、灰皿を煙草の吸い殻でてんこ盛りにして暇を潰した。その間、美砂子の相手らしき男は現れず、彼女が外に出ることもなかった。ふと腕時計を見ると、八時を過ぎようとしている。二階にレストランがある。この時間帯になっても降りてこないところをみると、彼女はそこで夕食をとったのだろう。

私は張り込みをやめて、フロントへ行くと、「宮脇夫妻」の主人の方が着くか、あるいは奥さんの方が外出するときは、私の部屋に連絡してくれと頼んでから、六階の自分の部屋に戻った。

二階のレストランで腹ごしらえしたかったが、万が一、そこで美砂子と出くわしてしまったらまずい。そう考え、こんなときのために持参してきたパンで飢えをしのぎ、テレビを見ながら、携帯用のウイスキーボトルをベッドに寝転がってちびちびと空けた。

そのまま寝入ってしまい、翌朝になるまで電話は一度も鳴らなかった。

＊

「それじゃ、美砂子はずっと独りだったというのか」

私の報告を聞き終わって、小泉は疑わしそうな表情でたずねた。

翌日、午後の列車で東京に戻ってきた私は、例の店でさっそく小泉と落ち合った。本来ならちゃんと報告書を作るのだが、まあそこは知り合いということで省略した。小泉が一刻も早く、結果を知りたがったということもあるが。

「ああ本当だ。彼女はチェックアウトするまでずっと独りだった」

そうは言ったものの、実は、チェックアウトする美砂子の姿を私は見ていなかった。朝方、つい寝過ごしてしまい、フロントからの電話で下に降りて行った頃には、彼女は既にチェックアウトを済ませてしまっていたからだ。しかし、フロント係の話によれば、チェックアウトするときも一人だったということだった。

私はそれでも念のため、彼女が泊まった部屋のある階に行き、部屋を清掃していた係の女性にそれとなく聞いてみた。すると、彼女が泊まったツインルームのベッドの片側は全く使用されておらず、備え付けの浴衣《ゆかた》も一人分しか手を通した跡がなかったということが分かった。

「つまり、美砂子の連れは結局現れなかったということか」

小泉は鼻毛を抜きながら言った。

「そういうことになるね」

「男だろうか」

「そうだな。女友達なら同じ部屋に泊まることもあるかもしれないが、彼女は、『宮脇』という偽名で部屋を取っていたからね――」

「宮脇？」

小泉の眉がピクリと動いた。

「心あたりでもあるのか」

「いや、まさかね。奴のはずがない」

小泉は頭を振った。

「心あたりがあるんだな。誰なんだ」

今度は私が聞く番だった。

「昔、といっても三年ほど前のことだが、おれの部下に宮脇保《たもつ》という男がいたんだよ。うちにも何度か連れてきたことがあるから、美砂子とも顔見知りだった」

「すると、その男が？」

部下が上司の美人妻とできてしまう。ありがちな話だ。

「いや、それはありえない」

しかし、小泉はきっぱりと否定した。

「なぜそう言い切れる？」

「言い切れるさ。宮脇保は既に死んでいるんだから。死人に間男はできない」

「死んだ？」

「三年前、体調を悪くして社を辞め、郷里で養生していたんだが、半年後に亡くなった。あとで聞いた話だが、社を辞めた頃に、既に末期の肝臓癌に冒されて手の施しようがなかったらしい。元上司ということで葬儀にも出たから間違いないよ」

「そうか。それじゃ、その宮脇ではありえないな。しかし、まあ、宮脇が誰であれ、結局何事もなかったんだから、よかったじゃないか」

私がそう慰めると、小泉は憮然とした表情のまま、抜いた鼻毛をふっと吹いた。

「ちっともよかないよ。まだ何も解決しちゃいないじゃないか。美砂子が浮気しているらしいという疑惑そのものは解明されてないんだからな。そこで、ものは相談なんだが」

小泉はぐいと身を乗り出した。

「乗り掛かった舟と言っちゃなんだが、もう少しあいつのことを探ってみちゃくれまいか」

「え？」

「絶対男がいるにきまってる。そのうち、必ずしっぽを出すと思うんだ。雌狐《めぎつね》め。今度こそぎゃふんと言わせてやる」

小泉は鶏の首でも捻《ひね》るような仕草をしてみせた。

私は呆れて旧友を見た。そのときまで小泉は愛妻家だとばかり思っていたので、この反応は意外だった。もっとも愛妻家だからこそ、妻の不貞が許せないと言えばそれまでだが。

「なあ、もうこのことは忘れたらどうだ？」

私はなんとなくうんざりして、旧友に言った。

他人の尻を嗅ぎ回るようなこの商売に、ふと嫌気がさすことがある。今回は今までになく自己嫌悪を感じていた。

「忘れる？　忘れるってどういうことだ」

「だからさ。美砂子さんがたとえ浮気していたとしても、一回くらい目をつぶってやれって言ってるんだよ。それとも彼女には前歴があるのか」

「まさか」

「だったらさ」

「そんなことできるか」

小泉はとんでもないというように目を吊り上げた。

「なぜだ？　噂だと、きみだって、ずいぶんあちこちでつまみ食いしてるっていうじゃないか。これでおあいこだろうが」

「何がおあいこだ。冗談じゃないぜ。これだからチョンガーは話にならない。男の浮気と女の浮気を一緒くたにする奴があるか」

どこが違うんだ。自分の欲望のために相手を傷付けていることに変わりはないだろうが。

私の不快度は頂点に達した。もともと、学生時代からこの男とはそりが合わなかったことを思い出した。だからこそ、卒業と同時にいともたやすく疎遠になったのである。

私だってきわめて俗な人間だから、あまりえらそうなことは言えないが、こういう鈍感きわまる利己主義には時々へどが出そうになる。

「話の分からないチョンガーで悪かったな。あいにくこちとら、話の分かる中年にはなりたくないんでね。とにかくおれはもうおりるよ。まだ嗅ぎ回りたいなら、他を当たってくれ」

私はむかっ腹をたてて立ち上がった。

「成長しない奴だなあ」

旧友の薄笑いを含んだつぶやきを背中で聞きながら店を出た。

もうこの件は忘れようと思った。小泉夫妻がどうなろうと知ったことではない。とは言うものの、抜けない刺《とげ》のように引っ掛かっていることが一つだけあった。

それは、小泉美砂子が行きの列車や万平ホテルのカフェテラスで見せたあの奇妙な行動だった。あれのことは小泉には報告しなかった。何か意味があったのだろうか。そして、聖パウロ・カトリック教会で、「お独りで?」とたずねたとき、彼女が見せた遠いまなざし。「いいえ」というはっきりとした返事。あれも謎といえば謎だった。あのあと、彼女は誰とも会わなかった。それなのに、なぜあんな答え方をしたのだろう。

もしできるならば、小泉美砂子に会って、あのときの奇妙な行動の理由を聞いてみたい気がしたが、それはできない相談ということは分かっていた。

もう彼女に会うことはないだろう。

彼女の行動の謎は、あの美しい後ろ姿の印象と共におそらく私の胸で永遠にくすぶり続けるのだろうと思っていた。

ところが——

ところがである。そうではなかった。なんと、それからたった三日後に、謎の方から解かれにやって来たのである。

＊

その日、遅い昼食を外の蕎麦屋で済ませて事務所に戻ってきた私は、来客用の椅子に人待ち顔で座っている女性を一目見るやいなや、くわえていた爪楊枝を飲み込みそうになった。

小泉美砂子だった。

「あの節はどうも」

美砂子は椅子から立ち上がり、今にも笑い出しそうな目でそう挨拶した。

「あ、どうも——」

そう言ったきり、私は二の句が継げなかった。

なんでここに彼女がいるんだ。

事務所には電話番の女の子しかいなかった。それが好奇心が洋服を着て座っているような顔でこちらを見ている。

「あ、きみ、飯でも食べてきたら？」

その娘に言うと、

「もう食べました」

「そ、それじゃ、これでお茶でも飲んできなさい」

財布から皺くちゃの千円札を出して渡すと、娘はそれを汚いものでもつまむような手付きで受け取って出て行った。

「小泉とは大学が一緒だったんですってね」

美砂子は世間話でもするような気楽な口調で話しかけてきた。

「ええまあ」

私は椅子に座りながら、煙草を探す振りをした。その間に頭を整理しようとしたのだ。彼女がここへ来たということは、当然軽井沢の一件がばれたということだろうが、小泉がしゃべってしまったのだろうか。

「尾行していらしたんでしょう？」

美砂子はやんわりと言った。

「………」

「小泉に頼まれたのですか」

と聞くところを見ると、小泉がしゃべったわけではないのか。

「上野で『あさま』に乗ったときから、あなたのことは気が付いていたんですよ」

彼女は真珠のような歯を見せて笑った。

上野から？　そんな馬鹿な。勘の良い女だったら、途中で尾行に気付くことはあるかもしれないが、上野からなんてことはありえない。彼女は私の顔を知らないはずだ。

「し、しかしどうして？」

思わずそう言ってしまった。

「先月、赤坂のホテルで小泉と十五年振りで再会したのでしょう？　あの夜遅く、小泉は酔っ払って帰ってきて、大学時代の友人に会ったと言って、わざわざ古いアルバムを引っ張りだして見せてくれたのです。穂高に登ったときのあなたがたの写真を」

小泉め。そんなことはおくびにも出さなかったじゃないか。おおかた、「ほらこいつだよ、今探偵をやっているんだぜ」とか言いながら、私のことを指さしたのだろう。酔っ払っていたから、翌日には奇麗に忘れてしまったのだ。

しかも、幸か不幸か、私ときたら、外見も中身もあの当時とたいして変わっていなかった。

「あなたを見たときすぐにピンときました。小泉の大学時代の友人で、しかも探偵をしている人が、偶然わたしと同じ車両に乗り合わせたとは思えなかったからです」

「そうか。それであなたは席を移ったのですね。私から少しでも離れるために」

ようやく、彼女のあの不可解な行動の謎が解けたような気がして私は言った。

「いいえ。そうではありません」

しかし、彼女は頭を振った。

「席を移ったのはもっと違う理由からです」

「と言いますと？」

「それをお話しする前に、わたしが今日、ここに伺った理由からお話ししなければなりません」

彼女は笑みを消して真顔になると言った。

「実は、わたし、小泉と別れようと思っています」

「えっ。それはどうして」

「あの一泊旅行に出る前から、それは決心しておりました。というか、その決心がついたからこそ、あの旅行に出たのです。わたしはもう小泉とは暮らせません。暮らす資格がないと思います。夫以外の男性と旅先で一夜を共にし、身も心もその男性のものになってしまった今となっては」

「ちょ、ちょっと待って下さい」

私は慌てて口をはさんだ。どうも彼女の言わんとすることが呑み込めない。

「一夜を共にしたとおっしゃいますが、結局、相手の男性は来なかったじゃありませんか。あなたはずっと独りで――」

「いいえ。わたしは独りではありませんでした。上野からある男性と一緒でした。その人と同じホテルに泊まり、一緒に軽井沢の町を見て回りました。聖パウロ・カトリック教会の前では、二人で並んでいるところをあなたに写真まで撮って貰ったではありませんか」

美砂子は微笑を含んだ顔でそう言った。私は穴のあくほど彼女を見詰めた。

これほど穏やかな澄んだ目をしていなければ、目の前の女は少しいかれてるんじゃないかと思うところだった。

「そんな馬鹿な。おっしゃる通り、私はあなたをずっと尾《つ》けていました。だからこそ断言できる。あなたはずっと独りだった」

私はやっきになって言った。

「いいえ。宮脇は片時も離れずわたしのそばにいました。あなたにはそれが見えなかっただけです」

「宮脇？　相手の男性は宮脇というのですか」

「宮脇保。小泉の部下だった人です」

「馬鹿な。そんなはずはない。その男のことは小泉から聞きました。もう二年以上も前に亡くなったそうじゃありませんか」

「ええ宮脇保は亡くなりました。でも、わたしと旅をしたのは宮脇だったのです」

私は唖然《あぜん》として黙ってしまった。幽霊と旅したとでも言いたいのだろうか。

「こんなことを言っても、とても信じては貰えないでしょうね。あなたの目にはわたししか見えなかったでしょうから。でも宮脇保はわたしと共にいたのです」

美砂子は溜息まじりに呟いた。

「どうもあなたのおっしゃることが分からない」

「それではもっと分かりやすく話します。最初から話すとこうなのです。宮脇保は小泉の部下でした。小泉は飲んだ勢いでよく部下を何人も引き連れて帰って来ることがありました。宮脇もその一人でした。いつしかわたしたちは互いに惹かれるようになりました。最初は小泉の女性問題で悩んでいたわたしが宮脇に相談したのがきっかけでした。彼は親身になって聞いてくれ、わたしは小泉といるよりも、彼といるときの方が気持ちが安らぎ、本来の自分に戻れるような気がしました。ぜひにと望まれた結婚でしたが、わたしは夫になった人を心の底から尊敬することも愛することもできないで苦しんでいたのです。ですが、わたしたちの間には、人に知られて恥ずかしいようなことは何も起こりませんでした。

ところが、たった一度だけ、わたしは宮脇から軽井沢への一泊旅行を誘われたことがありました。彼が会社を辞める数日前のことです。わたしの心は揺れ動きました。もし一緒に行ったら、ただの浮気旅行では終わらない、必ず家庭を壊すことになるだろうという予感があったからです。そして、ぎりぎりまで迷った末に、わたしは行きませんでした。今ひとつ宮脇の真意がつかみきれず、その不安から、小泉との安定した生活を捨てる決心がつかなかったからです。

数日後、彼が会社を辞めたと聞かされました。体を壊して養生するために郷里に帰ったのだと。そして半年後、彼の訃報が届きました。末期の癌だったと知りました。わたしを旅行に誘ったときから、彼は自分の命が限られていることを知っていたのです。いいえ、知っていたからこそ、思い切ってあんなことをしたのだと言うべきかもしれません。それほど内気な人でした。あいつは営業には全く向いていないと小泉がよく愚痴をこぼすほど。

葬儀が済んで、しばらくしてから彼の姉という人からわたし宛てに小包が届きました。開けてみると、宮脇の日記が入っていました。宮脇の遺書に、自分が死んだらこの日記をわたしに送ってくれとあったのだそうです。そんなことが添えられた手紙に書いてありました。

日記には独りで行った軽井沢旅行のことが事細かに記してありました。行きの列車の座席番号から泊まったホテルの部屋番号、軽井沢の町を見るのに足として使ったタクシーの運転手の名前まで。宮脇は何もかも書き残していました。日記の最後に、いつかわたしが彼の気持ちを受け入れる気になってくれたら、彼がたどったのと同じコースを回って、独りで行かなければならなかった旅の寂しさを埋めて欲しいと書いてありました。

それはいわば、宮脇保の署名捺印《なついん》だけをした婚姻届のようなものでした。空白のままの半分をわたしの署名と捺印で埋めようというのです。

わたしは彼の日記を読んでから、二年半たって、ようやく、宮脇の希望通りのことをしようという決心がつきました。それは、この旅を終えたら小泉との安定した生活を捨てるという決意でもありました。決心がつくと、旅行代理店に勤めているいとこに頼んで軽井沢行きの切符を二枚手配しました。三年前に宮脇が手に入れた切符と日付も車両も座席番号も全く同じものを手に入れたいと思ったのです。それだけではありません。ホテルも足に使うタクシーもすべて何もかも三年前と同じにしようと思いました。ホテルには早めに予約をいれ、ツインの部屋まで指定しました。タクシーの方は会社に問い合わせてみると、宮脇を乗せた運転手はまだ勤務しているというので、その人を指名して予約を入れておいたのです。

ところが、切符に関しては、車両は同じだったのですが、座席までは同じものを取ることはできませんでした」

「それであなたはあのとき――」

私は口を挟んだ。

「そうです。非常識だとは分かっていましたが、どうしても同じ席にしたかったので、その席に座っていた二人連れに頼んで代わって貰ったのです」

そうだったのか。そういうことだったのか。

「もしかしたら、万平ホテルのカフェテラスでも？」

「ええ。あのときもそうでした。三年前、宮脇が座ったテーブルは、あいにく老夫婦が座っていました。でも、わたしはあのテーブルに座らなければならなかったのです。宮脇が座った席と向かい合う席に。それで、お願いしてテーブルを代わって貰ったのです」

これでやっと謎が解けた。奇妙に見えた行動にもちゃんと彼女なりの切実な理由があったというわけだった。

「聖パウロ・カトリック教会の前であなたにシャッターを押して貰って写真を撮ったのも、やはり宮脇が三年前に同じことをしたからです。通り掛かりの男性に頼んでシャッターを押して貰ったと書いてありました」

「私を小泉に頼まれた探偵と知りながら？」

つい恨みがましい口調でそう言うと、小泉美砂子は少し笑って、

「あれはほんの悪戯《いたずら》心でした。あのときのあなたの慌てた顔といったら、今思い出してもおかしくなります」

私はいささかバツの悪い思いをして、耳のうしろを掻いた。

つまるところ、彼女が言った、宮脇保とずっと一緒だったという言葉は、三年間という二人を隔てた時間を超えて、という意味だったのだ。

時間というものを無視して考えれば、空間的には、確かに彼女は宮脇と行動を共にしたとも言えるわけである。

「しかし、なぜ私に話してくれたのですか。今あなたが話してくれたことは小泉にこそ話すべきではありませんか」

私は彼女の話を聞きながら、さっきから疑問に思っていたことを口に出してみた。

「小泉には話す気はありません。こんな話をして理解してくれるような人だったら、別れようとは思わなかったでしょう」

美砂子は寂しそうに微笑んだ。

「実はわたしが今日ここへ来たのは、あなたにある写真をお見せするためです。あの旅行のいきさつをお話ししたのは、なぜこんな写真になったのかそれを理解していただくためでした」

「写真？」

「ええ。あなたが撮ってくれた写真です。聖パウロ・カトリック教会の前で」

「ああ」

「あれが出来てきたのです。ぜひあなたに見ていただきたいと思いました」

美砂子の目が異様なまでに輝いていた。

「しかし、なぜ？」

「この写真が奇跡の写真であることが分かるのは、この世ではわたしとあなたしかいないからです」

そんな訳の分からないことを言いながら、彼女はハンドバッグを探って、一枚のスナップ写真を取り出すと差し出した。

それを受け取り、なにげなく見た私は我が目を疑った。写っているのは美砂子だけではなかったからだ。寄り添って一人の青年が写っていた。

「こ、これは――」

「それが宮脇保です。彼が写っていたんです」

「そんなことはありえない」

私は茫然《ぼうぜん》として写真に目を落とした。私は美砂子しか写さなかった。なぜ彼が写っているのだ？

「わたしも信じられませんでした。でも彼です。間違いありません。三年前の同じ日、ほぼ同じ時刻にあそこを訪れた宮脇が一緒に写っていたんです。わたしたちを隔てていた時が、あなたがシャッターを押した一瞬、重なったのだとしか思えません」

「そんな馬鹿な」

私の目はまだ写真に釘付けになっていた。これは何かのトリックだ。合成写真か何かだ。私の理性がそうささやいていた。しかし、なぜ彼女がそんな小細工を弄する必要があるのだろう。それに――

私は写真の片隅に何か青いものが写っているのを見てはっと胸をつかれる思いがした。

この青いものは、確かシャッターを押した瞬間、フレームの中にちらっと入ってしまった、観光客の青いジャケットではないか。ということは、これはあのとき私が撮った写真であることは間違いない。あんな偶然がそう何度もあるとは思えなかった。

「わたしが話したことを信じてくれなくてもいいのです。たとえ誰も信じてくれなくても、真実は真実なのですから」

　小泉美砂子は立ち上がった。脱いでいたコートを羽織りながら言った。

　彼女はまだ茫然としている私を残して、軽く頭をさげると、事務所を出て行こうとした。

「あ、これ」

　私は手の中にあった写真を返そうと中腰になった。

「それは差し上げます。わたしの方はいくらでも焼増しができますから」

　彼女は振り返ってにっこりするとそう言った。私は手に写真を持ったまま、階段を降りて行く彼女のハイヒールの音だけをただボンヤリと聞いていた。


　とまあ、これが、この一枚のスナップ写真にまつわる、不思議なミステリーの一部始終である。どうです。あなたは私の、いや、小泉美砂子の話を信じるだろうか。

　とても信じられない？

　でしょうな。

　後日談になるが、あのあと意外にあっさりと小泉との間で協議離婚が成立した美砂子は、小泉の家を出て実家に帰ったということだった。その後、その実家も出て、どこかへ行ったと風の便りに聞いていたが、それっきり消息は途絶えてしまった。これは勘だが、小泉、いや宮脇美砂子は宮脇保の故郷で今も独りで暮らしているのではないか。私にはそんな気がしてならない。

一方、小泉の方はといえば、美砂子と別れて半年もしないうちに、エアロビクスのインストラクターをしていたという、以前からわけありの若い女と再婚した。すぐに子宝にも恵まれ、それまでの家が手狭になったので家を買い替えるとかで、今まで以上に張り切っているそうである。

そして、かくいう私はどうかというと、相も変わらぬ探偵稼業。こそこそと他人の尻を嗅ぎ回って日銭を稼ぐ野良犬人生。世の中にも自分にもほとほと愛想が尽きるような夜は、こっそり、この写真を出しては眺めている。「奇跡なんて起こるわけがねえだろうが」なんて毒づきながら、何時間も。

ハーフ・アンド・ハーフ

「別れてくれないか」

思い切ってそう切り出したとき、真由子《まゆこ》は風呂からあがったばかりの恰好で、リビングのソファに立て膝になって、足の爪を切っていた。

何も言わなかった。まるで辰彦《たつひこ》の言葉が聞こえなかったように、俯いて、爪を切り続けている。

柔らかくなっていて切り易いのだと言って、真由子は風呂あがりに爪を切るのが好きだった。

辰彦は立ち上がって、ラテン風の音楽がかかっていたラジカセのボリュームを下げた。そして、もう一度言った。

「別れて欲しいんだ」

真由子は俯いたまま、くすりと笑った。

「二度も言うところを見ると、本気みたいね」

そう言った真由子の声は、辰彦が予想していた通り、なんの動揺も感じられない、淡々としたものだった。

「で、理由は？」

真由子はあくびをこらえるような声でそうたずねた。実際、彼女は俯いたまま、あくびをこらえるような顔をしていた。

「理由は――」

言いかけて、辰彦は少し迷った。どこまで話そう。全部か、それとも……。

「こういう生活に疲れたというか、普通の生活がしたくなったんだ」

そう言うと、真由子はようやく顔をあげた。驚いてもいない。怒ってもいない。無表情に近い顔だった。

目尻に涙が浮かんでいるのは、あくびをこらえたせいだろう。深海魚の腹を思わせるような青白い、背丈の割りには小さく見える顔で、彼女はまばたきもせず、まじまじと夫の顔を見詰めて言った。

「普通の生活って？」

「だからさ」

辰彦は両手をズボンのポケットに突っ込んだまま、天井を見上げた。

「世間並の結婚生活のことだよ。来月で三十五になる。そろそろ子供も欲しいなって思うようになったし。郷里のおふくろもそのことを最近、しきりに心配するようになってきた。このことに関しては、きみの方だって同じだろ。そろそろ限界じゃないのかな、おれたち」

覚えたてのセリフを喋るように一気にまくしたてた。

「そうねえ。そう言われてみればそうかもね。あたしも母に変な期待を持たせるのが心苦しくなってきたし。電話するたびに、孫はまだかって言われちゃね……」

真由子は苦笑した。

「子供のいない夫婦は世間にざらにあるけれど、おれたちの場合――」

辰彦はそう言いかけて黙った。

「とにかくもう限界だよ。最初の約束では、とりあえず半年の間だけってことだった。それなのに、気が付いたら三年もたっていた……」

辰彦は過去を振り返るような目をした。

「しかたないわ。父の寿命が思ったより延びたんだもの……」

「でも、そのお父さんも亡くなった。だから、おれたちが一緒にいる理由もなくなったはずだ。きみが幸福な結婚生活をしている振りをする必要もね」

「あら」

真由子は抗議するように小さく声をあげた。「あたし、幸福の振りなんかしたことないわ。この三年間、本当に幸福だったわよ。てっきり、あなたもそうだと思ってた。そうじゃなかったの？」

「快適ではあったよ」

辰彦は肩を竦《すく》めた。

「でも、幸福とは言えなかったかもしれない」

「残念だわ」

真由子は本当に残念そうな顔で言った。

「あたし、もしかしたら、あなたとはこのまま一生やっていけるんじゃないかと思い始めていたのに」

「無理だよ。やっぱり無理だ。三年が限界だよ。おれはきみと違って、凡人だから」

「分かったわ」

真由子はあっさりと頷いた。

「別れてくれる？」

辰彦は期待を込めて真由子の顔を見た。

「勿論だわ。半年さえ過ぎたら、あなたが別れたいときに別れる。そういう約束だったんだもの。あたしだって忘れてやしないわ。ただ、別れるとなると、それなりに理由が必要ね。お互いの友人や、親たちを納得させるだけの――」

真由子は思案するような顔になった。

「そのことなんだけどさ」

辰彦はやや言いにくそうに言った。

「おれが浮気して、他の女を好きになってしまったという風にしてくれないかな……」

「そんなことしたら、あなた、悪者になっちゃうわよ」

真由子はびっくりしたように目を丸くした。

「いいよ。別に悪者になったって。それに、他の女を好きになって、結婚したいと思ってるってのは嘘じゃないし」

辰彦は妻の目から視線をそらして、そう呟くように付け加えた。

「本気なの？」

真由子の声が鋭くなった。

辰彦はちらと妻の方を見た。一瞬、嫉妬《しっと》されたのかと勘違いしそうになった。それほど鋭い声だった。しかし、真由子の穏やかな目を見て、勘違いだとすぐに分かった。真由子は嫉妬などしやしない。辰彦がどんな女と付き合おうと、どんな女と愛し合おうと、けっして嫉妬などはしない。それは結婚した当初から、厭というほど分かっていた。

それでいながら、辰彦は真由子の嫉妬を恐れていた。この石像のようにつめたく静かな肉体のどこかに巣くっているであろう、嫉妬という名の害虫を……。

「そんな人がいるの」

真由子は静かな声でたずねた。

「……いるよ」

辰彦は低い声でぼそりと答えた。

「誰？」

「…………」

「あたしの知ってる人？」

「うん」

辰彦は頷いた。もし名前を聞かれたら言ってしまおう。そう思いながら。

「そうだったの。ちっとも知らなかったわ」

真由子はそれ以上、追及する気がないような顔でかすかに笑った。

「それじゃ、あたしと別れたら、その人と一緒になるのね」

「そうしたいと思ってる。彼女の方もそれを望んでるし。だから――別れて欲しいんだ」

辰彦は最後の言葉を肺から絞り出すようにして口にした。

「いやあね。そんなに、『別れてくれ』『別れてくれ』って何度も言わないでよ。あたし、それほど未練がましい女じゃないわ」

真由子はとうとう噴き出した。夫に別れ話を切り出されて、噴き出す妻というのも珍しい。

「そりゃ、あなたのことは好きよ。好きじゃなければ、結婚しようなんて気にもならなかったはずだから。でも、前にも言ったように、あなたのこと、愛してはいないわ。だから、あなたがどんな女と一緒になろうと、あたしには関心ないの。邪魔しようなんて絶対に思わないから安心してよ」

「そうじゃないんだ」

辰彦はまだ笑っている妻の顔を哀れむように見ながら言った。

「そうじゃないんだよ」

「そうじゃないって、何が？」

「今言ったのは、そういう意味じゃないんだ」

「え？」

「おれと別れて欲しいって言ってるんじゃない。別れて欲しいのは――」

辰彦はそこまで言って言葉を呑んだ。さすがにすぐにあとが続かなかった。ここまではいい。厄介なのはこれからだ。一波乱あるとしたら、これからだ。

頭の片隅でそう呟《つぶや》いた。

何かを察したように、真由子の顔から笑みが消えた。

「何が言いたいの」

「彼女の方なんだ」

「彼女？」

真由子はおうむ返しに繰り返した。

「彼女だよ」

辰彦は妻の目をまともに見た。

「彼女って――」

「だから、彼女だよ」

睨みあうように二人は見詰めあった。

それまで冷静だった真由子の顔に変化が現れていた。ただでさえ大きな目が、脅えたようにさらに大きくなって、目の下の筋肉がひくついていた。

「まさか、あなたが結婚したい女って」

「彼女のことだよ」

「うそでしょ？」

真由子の顔が笑おうとして歪んだ。その瞬間、人形のように整った顔がびっくりするほど醜く見えた。

「うそじゃないよ。彼女の方も同じ気持ちなんだ。おれと結婚して子供を産みたがっている。普通の生活をしたがっている。だから――」

辰彦は必死な形相で言った。

「彼女と別れて欲しいんだ」

＊

辰彦が真由子とはじめて会ったのは、都心にあるホテルのバーだった。

その頃付き合っていた女友達と待ち合わせをしていたのだが、一時間たっても相手は現れず、すっぽかされたと判断して、席を立とうとしたとき、向こうのカウンターにいた見知らぬ女がいきなり話しかけてきたのである。

辰彦が入ってきたときから、独りで黄色いカクテルを飲んでいた。グレイ系のパンツスーツをマニッシュに着こなした、かなりの美人だった。

最初、モデルか何かかな、と辰彦は思った。そんな垢抜けた雰囲気が細身の身体にそれとなく漂っていたからだ。

「あなたも振られたくち？」

女は店の照明に白い歯を輝かせて笑いかけてきた。

「そうみたいです」

腰を浮かしかけたままで、苦笑すると、

「あたしもそうなの。よかったら、振られた者同士で飲みませんか？」

その一言で、約束をすっぽかされた腹立ちなど奇麗に消えてしまった。腹立ちどころか、当の女友達の顔さえ、瞬時にして、どこかに消し飛んでしまった。どう贔屓《ひいき》目に見ても、今まで待っていたその女友達よりも、カウンターの女の方が魅力的に見えたからだ。

それが真由子だった。

そんな偶然の出会いがきっかけで、辰彦と真由子の付き合いがはじまった。真由子は赤坂で輸入雑貨の小さな店を経営していた。モデルかと思ったのも、まんざら見当違いではなく、学生の頃はアルバイトでモデルをしていたこともあったそうだ。

ヒールの高い靴をはかなくても、一メートル七十はゆうにあるように見えた。しかし、骨格が華奢で贅肉がないせいか、大女という印象はなかった。

二人の会話の中に、結婚という二文字が出たのは、付き合いはじめて一月《ひと》くらいしてからのことで、言い出したのは真由子の方だった。

それも、あらたまった様子も思い詰めた風もなく、バーで話しかけてきたときのような気楽な口調で、「ねえ、あたしと結婚しない？」と言ったのだ。

　真由子の車で奥多摩まで日帰りドライブに行った帰り道だった。

「え」

　辰彦は空耳かと思って、ポカンとした顔で、運転席の彼女を見た。

「結婚よ」

　真由子は幾分投げやりな調子でそう繰り返した。

「あなた、まだ独身なんでしょ」

「もちろん」

「いつか結婚する気があるんでしょ」

「そりゃ、あるけど」

「だったら、あたしとしようよ」

「ちょっと待てよ。おれたち、まだ付き合いはじめて一月たらずだぜ」

「それが何だっていうの」

「だって、結婚といえば一生のことだし、そう簡単に」

　しどろもどろにそう答えると、真由子は声をあげて笑った。

「そんなに堅苦しく考えなくてもいいじゃない。厭になったら別れればいいんだし。それとも、あたしのこと、嫌い？　同居なんてとんでもないってくらいに」

「そ、そんなことないよ」

出会った当初よりもずっと好きになっていた。このとらえどころのない女に、夢中になりはじめていたと言ってもよかった。

「嫌いじゃないなら、一緒に暮らそうよ」

「とりあえず、同棲ってことなら――」

願ってもないと辰彦は思った。しかし、みなまで言わせないで、真由子は即座に言った。

「同棲はだめ」

厳しい口調だった。

「同棲はだめよ。ちゃんと籍入れて結婚するのでなければ。お互いの両親を招《よ》んで、盛大な披露宴をやるのでなければ意味ないわ。あたし、男と同棲したいわけじゃないんだから。結婚したいのよ」

真由子は最後のセリフを吐き捨てるように言った。

辰彦は面食らっていた。まだ真由子という女のことは何も分かっていないに等しかったが、結婚願望の強い女のようには見えなかった。年齢的には、二十九になっていて、焦っても不思議ではない年頃かもしれないが、辰彦の見た限りでは、真由子にはそんなそぶりは微塵も見られなかった。

輸入雑貨の店を持っていて、規模の拡大を図っているというくらいだから、店はそれなりに繁盛しているようだった。一介の安サラリーマンである辰彦よりも年収ははるかに多いらしい。経済的に自立しているし、これだけの容姿を持っていれば、異性にも不自由はしていないだろう。結婚を焦る必要はないように見える……。

それなのになぜ、と思いかけたとき、真由子はポツンと言った。

「父が死にかけてるの」

「えっ」

辰彦はたまげて、思わず声をあげた。

「末期の肝臓癌。持って、せいぜい半年ですって。酒が命取りになったわ」

乾いた声が幾分しんみりとした。真由子の実家が新潟の旧家だということは聞いていた。父親が市会議員をしていることも。

「その父があたしの花嫁姿を見たがってるって言うのよ。臭《くさ》いホームドラマみたいな話だけど」

「それで？」

ようやく合点がいった。そういえば、真由子は小さい頃から父親に可愛がられて育った、お父さんっ子だったと聞いたことがある。

「父が生きているうちに、結婚しようと思いたったたってわけ。これでもけっこう孝行娘なのよ」

真由子は自分で自分の言った言葉に照れたように、フンと笑った。

「そうでもなきゃ、あたし、一生、結婚なんて考えなかったと思うわ」

「……誰でもいいのか、相手は」

辰彦はなんとなくがっかりしてそう言ってみた。

「誰でもよかないわよ。変なこと言わないでよ」

真由子は怒った顔で睨んだ。

「でも、おれのことを愛してるってわけじゃないんだろ」

「愛してはいないわ」

真由子は悪びれもせず、はっきりと言った。

「ハッキリ、言ってくれるね」

「でも、好きよ。この人なら、同居してもいいなと思うくらいに好きだわ。あなたとはいろいろな意味で趣味が合いそうだし」

「だけどさ、結婚となれば、ただの同居とはわけが違うんだぜ。男と女が同居するんだから、当然――」

「浮気してもいいわよ」

真由子は唐突にそう言った。

「う……」

辰彦は首でも絞められたような声をあげた。

「浮気してもいいわ。他の女の人と付き合ってもいいわよ。あたしと結婚したあとも、そういうことは好きにしていいわ。あたし、全然気にしないから」

「ずいぶん」

辰彦はたっぷり呆れたあとで、ようやく皮肉っぽく言い返した。

「さばけてるんだね、きみは」

「さばけてるってわけじゃないわ。公平でいたいだけよ」

「公平？」

意味が分からなかった。

「あたしと結婚したら、きっとあなたは浮気したくなるでしょうから」

真由子は含み笑いをしながら、そんな謎めいたことを言った。

「どうして、そんなことが分かるんだ」

辰彦は食ってかかるような口調でたずねた。

「分かるわよ。必ずそうなるんだから。だから、それはいいって言ってるのよ。ただ、あんまりおおっぴらにやられると、あたしとしても困るから、ちょっと隠すくらいの心遣いさえしてくれたら、何も文句は言わないわ。あたしの方もそうするから」

「待てよ」

辰彦は慌てて遮った。今、妙なことを聞いたぞ。あたしの方もそうするから？

「あたしの方もそうするって、どういう意味だよ」

「だから、言葉通りの意味よ。あたしの方も恋人と会うときは、なるべく、あなたが不快な思いをしないように気を付けるから」

「き、きみ、恋人がいるのか」

辰彦は思わず吃《ども》った。

「もちろん、いるわよ」

当然じゃないという顔で真由子はちらと助手席の方を見た。

「恋人がいるなら、なんで、そいつと結婚しないいんだ。そいつのことを愛しているんだろ?」

「愛してるわ。でも、結婚はできないのよ」

真由子はちょっと淋しそうな顔をした。

「あたしが結婚したがってる理由、さっきも話したでしょ。父のためなのよ。死にかけてる父に少しでも喜んで貰いたいためなの。だから、あたしの結婚相手は、父やうちの者が一目で気に入るような人でないと困るのよ。あなたならまず大丈夫だわ」

「その、きみの恋人というのは、親が認めないような相手なのか」

「親がというより――」

真由子はそう言いかけて、次の言葉を探すように黙っていたが、薄い笑いを口元に浮かべて、こう続けた。

「法律が認めない相手なのよ」

*

真由子が同性愛者だと分かっても、なぜ結婚しようという気になったのか、今から考えれば不思議だった。

あの頃の辰彦は、女の同性愛というものを、男のそれほど認めていないようなところがあったせいかもしれない。真由子を知るまでは、女が同性愛に走るケースは二通りしかないと思いこんでいた。

男に相手にされないような不幸な容姿に生まれついた女性が、しかたなく（と当人は思ってはいないだろうが）同性に走る場合。あるいは、子供の頃に何か性がらみの厭な体験、たとえば、レイプとか悪戯《いたずら》をされた経験のある女性が、男に対する恐怖と嫌悪感から、「安全な」同性を相手にするようになる場合。

どちらも真正の同性愛というよりも、ある種の不幸に基づいた代償行為にすぎないのではないかと思っていた。

真由子の場合、前者のケースは考えられなかったから、もしかしたら、後者のケースかもしれないと密かに思った。それならば、いずれ自分の愛情で彼女を「正常」に引き戻してみせる、とたかをくくっていたところもあった。

それに、辰彦の方も、三十を過ぎて、そろそろ、「結婚」ということを真剣に考えなければならない時期にきていた。親元や会社の上司からもそれとなく見合いの話が舞い込むようになったし、このへんが「年貢の納め時」かと思っていた矢先でもあった。

真由子なら、同性愛者ということにさえ目をつぶれば、妻として申し分のない女性に思えた。

しかも、真由子は、他の女性とならとうてい望めそうもないことを、「結婚の条件」として提案してきた。まず浮気は公認。ただし、これは、二人の間でいわゆる夫婦生活をしないことを大前提としてではあるが。しかも、半年たって、真由子の父親が亡くなったら、辰彦が望みさえすれば、いつでもこの関係を白紙に戻すことができるということ。

さらに、夫婦になっても家計は別々。つまり、辰彦が自分の給料で真由子という妻を養う必要はないということ。今まで通り、給料はすべて自分のためだけに使っていいというのである。

ようするに、独身の頃と何も変わらないのだ。妻帯することで男が我慢しなければならないことを我慢しなくてもいいのである。それでいて、妻帯することで、男が得るもの、たとえば社会的な信用のようなものはシッカリ得ることができる。

しかも、どちらかといえば、女性に不自由しないタイプの辰彦としては、浮気ひとつするにしても、独身でいるよりも、妻帯している方が何かと都合がいいのだ。相手が深みにはまりそうな気配を見せはじめたら、それとなく、自分には既に妻がいることをほのめかせばいいからである。かえって、独身のときよりも、やり易い気がした。

こんなうまい話があり、かよ。

真由子が同性愛者だと知ったショックがおさまったあとで、辰彦がにんまりほくそ笑んでそう思ったのも無理はなかった。

そして、真由子と結婚してみると、すべてが想像通りというか、想像以上だった。

真由子の提案で、真由子の店と辰彦の勤め先を結んで、そのちょうど中間点にあたる所に、4LDKの高級マンションを借りた。

家賃は辰彦の給料ではとうてい手の届く額ではなかったが、光熱費ともども、真由子と「折半」ということで、独身時代とほぼ同じくらいの出費で、はるかに快適な住まいを確保できたのである。

それにしても、真由子は「折半」ということに、病的なまでにこだわる女だった。

結婚前のデートのときも、食事やタクシー代などは、いつも「折半」だった。他人が同席しているときは、辰彦の顔をたてて、奢《おご》ってもらう振りをしていたが、二人きりになると、いささか白けるような几帳面さで、一円単位までミニ電卓で弾き出して、自分の分を清算しないと気が済まないようだった。

二人で住むには少し広すぎる4LDKという部屋を選んだのも、リビングやトイレなどの共有部分をのぞけば、ちょうど私室の数が2で割り切れるというのが理由だった。つまり、生活空間を「折半」しやすいというのである。

同居とはいっても、電話線はそれぞれ別に引き、表札も、真由子は旧姓で出していた。真由子の部屋には許可がなければ入れなかったし、真由子の方も、辰彦の部屋に入るときは、必ず許可を取った。

辰彦は、真由子のこの「折半」好きを、自立している女にありがちな、「平等」意識の現れだろうと、幾分苦笑混じりに思っていた。

少々窮屈な気はしたが、こうすればプライバシーは守れるし、いつまでも独身の気楽さを味わうことができる。余分な出費を抑えることができるのも有り難かった。

ただ、快適ずくめの新婚生活のなかで、予想と違っていたことがないわけではなかった。ひとつは、真由子の性的な嗜好は、どうやら生まれついてのものらしく、辰彦が軽く考えていたような、代償行為の類いではなかったらしいということである。

真由子はいわゆる男嫌いではなかった。男には触れられただけでぞっとするというような、そういうタイプではなかった。辰彦が密かに想像していたような、不幸な幼児体験も真由子にはなかったようだ。

「べつに男が嫌いだってわけじゃないのよ。ただ、あたしの場合、男性が相手だと何も感じないの」

真由子は、もの心ついたときから、自分に備わっていたという性癖について、そんな風に語った。

実際、辰彦は真由子と一緒になって、一度だけ、「夫婦生活はしない」という約束を破ったことがある。酒の力を借りて真由子を抱こうとした。彼女は拒否はしなかった。かすかに眉をひそめて嫌悪を表したが、「そんなにしたいなら」と呟いて、自分の方から衣服を脱ぎさえした。しかし、最後まで行く前に、辰彦の方から行為をやめた。死んだまぐろのような目をして仰向けになっている女を抱いている自分が馬鹿のように思えて白けてしまったからだ。それ以来、二度と約束は破らなかった。あの死んだまぐろのような目を思い出すと、鳥肌すらたって、約束を破ろうという気さえ起きなかった。

幸い、外にはけ口をいくらでも見付けることができたので、そのうち、こんな生活にも慣れてしまった。

予想外はもうひとつあった。長くて半年と言われていた真由子の父親の寿命が思いのほか延びて、亡くなったのは、二人が結婚してから、一年近くたった頃だったこと。それでも、辰彦は、義父が亡くなったあとも、真由子との「偽装結婚」を解消しようとは全く思わなかった。それほど彼女との奇妙な同居生活は快適だったからだ。

ところが——

その快適な生活にとうとう影がさしはじめたのである。不吉な影は、一人の女の形をしていた。

＊

「妙実《たえみ》のこと言ってるんじゃないでしょうね」

真由子は歪んだ顔のまま言った。

妙実というのは、輸入雑貨の店を手伝わせるために、昨年の夏に真由子が雇い入れた、アルバイトの娘の名前だった。辰彦が知っている限りでは、真由子の三人目の恋人だった。

暴走族《レディース》あがりの、無愛想な猫のような顔をした女だった。はじめて紹介されたとき、妙実は吊り上がった大きな目をギラリと光らせて、辰彦の方を敵でも見るように睨みつけた。ガンをとばすという表現がピッタリくるような目付きだった。

　真由子から聞いた話だと、妙実は男嫌いだということだった。なんでも、幼い頃に父親に死に別れ、養父代わりの男に性的な虐待を受けて育ったらしい。あの子は世の中の男という男を呪っている。真由子はそう言った。

　真由子はそんな妙実のことを、「可愛い、可愛い」としきりに言っていたが、辰彦は、こんな娘のどこが可愛いのか、さっぱり分からなかった。

　印象は悪かった。妙実のことを可愛いとも奇麗だとも思わなかった。そんな気持ちが百八十度ひっくり返ったのは、知り合って二月《ふた》くらいしてからだった。

　ふとした戯れから、あの、人になつかない野良猫のような娘をなつかせてみたいなどと思ったことがそもそものはじまりだった。最初はゲーム感覚のごく軽い気持ちだった。それが、いつの間にか、気が付いたら、どっぷりと深みにはまっていた。妙実が今まで付き合ったどの女よりも気になる存在になっていた。妙実の方も、はじめて男に愛情を持ったようだった。いったん心が開かれると、妙実はいじらしくなるほど一途だった。今では、真由子とのこの快適な生活を捨ててまで、この娘と一緒になりたいと辰彦は思い詰めていた。

「彼女のことだよ」

　辰彦は根気よく繰り返した。

「妙実があなたと結婚したがってる？」

　真由子は小馬鹿にしたように眉をつりあげた。もともと青白い顔が真っ青になっていた。

怒ると顔色が蒼白になる女だった。

「そうだ」

「結婚して子供を産みたがってる？」

「そうだよ」

「ありえない。そんなこと」

真由子は吐き捨てるように言った。

「それがありえるんだよ。嘘だと思うなら、これから彼女のところに電話をかける。きみの耳でじかに聞いてみればいい。この話をするとき、一緒にいたいと言ったんだが、きみのショックを考えて、おれが遠慮してもらったんだ。でも、うちにいると思う。電話するかもしれないって言っておいたから」

辰彦はそう言いながら、自分用の電話機の前まで行くと、既に暗記している番号を押した。そんな夫の姿を真由子は燃えるような目で睨みつけていた。

「……あ、おれだけど。今、あの話を真由子にしたよ。やっぱり、信じてくれないみたいだ。だから、きみから話してくれ」

それだけ言うと、受話器を真由子の方に差し出した。

真由子はすぐにはそれを受け取らなかった。

「話せよ。彼女が話したいって」

ようやく真由子は受話器に向かって手を伸ばした。

「もしもし……」

くるりと背中を向けて、低い声でそう言った。そう言ったきり黙っている。淡いピンクのバスローブに包まれた華奢な背中が、棒でも呑んだようにピンと張り詰めていた。

早口で必死に弁解しているような妙実の様子が、そばにいる辰彦にも伝わってきた。真由子は返事もしなかった。相槌もうたず、罵声もあげず、ただ黙って聞いていた。

そんな状態で十分ほど、受話器を耳にあてたまま、石像のように身じろぎもしなかったが、

「分かったわ。あなたの気持ちは全部。あとは辰彦さんと話すから……」

真由子は静かな声でそう言った。それだけ言うと、コトンと音をたてて受話器を置いた。

受話器が手を離せば跳ね上がる生き物でもあるかのように、しばらく、片手で押え付けていたが、くるりと振り向いた。

辰彦は一瞬、真由子が何か手近なものをつかんで自分に向かって投げ付けるのではないかと思った。

そんな殺気だったものが、彼女が振り向いた瞬間、空気の中を走ったからだ。

でも、それは気のせいだったらしい。

振り向いたとき、真由子は微笑していた。

＊

しょせん、真由子という女は嫉妬などという醜い感情とは縁のない女だったのかもしれな

い。幾分拍子抜けしたような、ほっとしたような気持ちで、辰彦はあとになって思った。

妙実とのことを打ち明けたあと、へたをすると血を見るような修羅場になるのではないかと恐れていた。自分とはあっさり別れてくれるかもしれない。しかし、妙実とはそう簡単には別れられないのではないか。辰彦が妙実に夢中になったように、真由子の方も、今までの恋人には見せなかったような執着を彼女には見せていた。妙実には、そんな大人の保護欲をかきたてるような、へんな魅力があった。だから、一波乱あるとしたら、妙実とのことがばれたあとだと覚悟していたのだが――

しかし、幸いなことに、辰彦が恐れていたような事態には至らなかった。さすがに、妙実とのことを知ったときは、少なからずショックを受けたようだったが、そのショックがおさまったあとで真由子が言った言葉は、「しかたないわ」の一言だった。

「じゃ、おれたちのこと、許してくれるのか」

辰彦はおそるおそる、真由子の顔色を窺《うかが》いながら言った。

「許すもなにも、こうなってしまったんだから、どうしようもないじゃない」

真由子はそう答えて、肩を竦めてみせた。

これですべてのけりがついてしまった。辰彦が離婚届の用紙をおずおずと差し出すと、婚姻届を書いたときと同じような気軽さで、真由子はその場でそれにサインした。

「これから、あなた、どうするの」

真由子は用紙にサインし終わると、そうたずねた。もういつもの平静な顔に戻っていた。

とても夫から離婚を切り出された妻の顔には見えなかった。ましてや、その夫が再婚する相手が自分の恋人だったことを知らされた女の顔には。

「もちろん、おれはここを出るよ。もっと安いところを探す。これからは妙実を食わしていかなければならないからね。きみはこのままここに住めばいいじゃないか」

「あたしも出るわ。独りじゃ広すぎるもの」

「そうか」

「となると、ここの家具や何かを分配する必要があるわね」

真由子はビジネスライクな口調でそう言うと、リビングの中を見回した。

「困ったわね。どうやって分けようか」

真由子はかすかに眉をしかめて、呟くように言った。

私室のものは互いに好き勝手に揃えたものだから問題はないとしても、共有部分のリビングルームや玄関の調度品などは、二人で検討し合い、費用を半分ずつ出し合って求めたものばかりだった。

「この絨毯《じゅうたん》とか、テーブルとか、どうやって分けたらいいのかしら」

いかにも「折半」好きな真由子らしく、早くもそんなことに頭を悩ませているようだった。

「あの金魚なら、全部で六匹いるから、三匹ずつ分ければいいけど」

真由子は華麗ならんちゅうが泳いでいる水槽の方を見ながら言った。辰彦は呆れたように妻だった女を見た。冗談を言ってるのかと思ったからだ。しかし、真由子の顔はいたってまじめで、冗談を言っているようには見えなかった。

「きみが全部引き取ってくれていいよ。おれたちは新しいのを買うから」

辰彦はすぐにそう言った。どうせ妙実と住むことになる新居は、こんなに広いリビングは望めないだろう。この部屋の家具や調度を貰っても持て余すだけだ。それに、自分は真由子の一番大事なものを奪って行くのだ。家具や調度など、全部のしをつけてくれてやってもいいと思った。

「そう？　それじゃ、ここの家具や何かは全部あたしが引き取ることにするわ。あなたが出した分の費用はちゃんと払うから」

真由子は当然のようにそう付け加えた。

「いいよ、金なんか」

辰彦は苦笑した。

「よかないわよ。こういうことはきちんとしておかなくちゃ」

真由子は柳眉《りゅうび》をさかだてた。

「それじゃ、きみの好きなようにしてくれていい。ただ――」

辰彦はふと視線を壁に掛かった一枚の絵に移した。五十号くらいの大きさの風景画である。以前、新婚旅行と雑貨の買い付けを兼ねた海外旅行に出掛けたとき、パリの街角で売られていたものを買ってきたものだった。南欧かどこかの田園風景だった。無名の画家のものだったが、その鄙《ひな》びたタッチは好ましく、見ていると郷愁のような感情が呼びさまされ、気持ちが和む絵だった。真由子も辰彦も殆《ほとん》ど同時にその絵が気にいって手にいれたものだった。むろん「折半」で。

「あの絵だけど、もしよかったら、あれだけは譲ってくれないかな。きみが払った分は払うから」

つい真由子みたいなことを言ってしまった。

「あれは駄目よ」

しかし、期待に反して、真由子はそっけなく首を振った。

「あの絵はあたしも気にいってるんだもの。譲りたくないわ」

「困ったな。他のものはどうでもいいんだが、あれだけは欲しいんだ。妙実が——」

そう言いかけて、辰彦は黙った。妙実があの絵を気にいっているんだ。そう言いそうになったのである。辰彦もあの絵が気にいっていたが、それ以上に、妙実もあの絵を気にいっている。あれを新居に飾ることができたら、彼女がさぞ喜ぶだろうと思うと、どうしても手に入れたかった。

しかし、今ここでそれを言うのは憚《はばか》られた。せっかく、事が思ったよりも穏便に運んでいるというのに、ここで妙実の名を出すのは、真由子の神経をいたずらに刺激することになると思ったからだ。

「あの絵は困るわ。あたしも手元に置いておきたいもの」

真由子は頑《かたく》なだった。彼女もよほどあの絵が気にいっているらしい。もともと、辰彦と真由子は、好みが似通っているのだ。だから、セックスレスでも、三年も「夫婦」として快適に暮らしてこれたのだろうし、妙実という一人の女に夫婦揃って夢中になってしまったのだ。

「真っ二つに切断するわけにもいかないしね」

真由子は絵の方を見ながらポツンとそう言った。

「まさか」と言って、辰彦は笑って聞き流した。

真由子の目は笑ってはいなかった。

＊

それから半月がたった。真由子との離婚が成立したあと、辰彦は妙実と住むための新居を探した。幸い、2LDKの手頃な物件が見付かったので、それを借りる手続きを済ませた。

あんなことがあったあとも、妙実と真由子の仲は険悪になることもなく、前と変わりないように見えた。妙実はそのまま真由子の店に勤めていた。真由子は、「離婚してもあなたのことは好きだから、今まで通り、友達でいましょう」と辰彦に言った。こんなさばけた女は世界中探したってめったにいるものじゃない。辰彦は心の底から真由子という女に感謝した。

ところが、新居も決まり、真由子と暮らしたマンションから自分の荷物を運び出すだけという段になって、会社から福岡の支社に出張を命じられてしまった。出張期間は一週間の予定だったが、あいにく引っ越しの予定日と重なってしまった。

しかたなく、引っ越しの方は妙実に任せて、辰彦は福岡に飛んだ。力仕事は運送業者に任せてある。荷造りと荷解きだけなら独りでもできるからと妙実は言った。

だから、出張から帰ってきたとき、当然、新居は既に奇麗に片付いているものとばかり思い込んでいた。

ところが――

合鍵で新居に入り、部屋の明かりをつけた辰彦は唖然《あぜん》とした。

リビングルームにはまだ荷解きしていないダンボール箱が山と積まれており、まるで片付いていない。運送業者が荷物を運びいれたままの状態で放置してあるように見えた。引っ越しの日から丸三日が過ぎているというのに、妙実は何をしていたのだろう、と疲労も手伝って、少し腹がたった。

玄関の鍵がかかっていたところを見ると妙実は外出しているようだった。既に夜の十時を過ぎていた。真由子の店の手伝いは七時までのはずである。とっくに帰っていていい頃だった。

それに、生ゴミか何かを出し忘れているらしく、新居だというのに、部屋の中には厭な臭いがこもっていた。

向かっ腹をたてながら、とにかく着替えをすまそうと、奥の寝室に入った辰彦をさらに愕然とさせるようなことが待っていた。

寝室の壁に、あの南欧風の風景画が掛かっていたのである。絵が掛かっていただけならべつに驚きはしなかった。その絵が無残にも真ん中から鋸《のこぎり》か何かで真っ二つに切断されていたのだ。

辰彦はそれを見ると、口をあんぐりとあけた。これはどういうことだ。真由子のしたことか。だとしたら、あくどすぎる冗談だ。辰彦は思わずかっとした。真由子はやはりおれたちのことを恨んでいたのかもしれない。だから、こんないやがらせを――

すぐに寝室を出ると、リビングに引いたばかりの電話から受話器を取った。まず真由子の店に電話をしてみた。呼び出し音しか鳴らなかった。マンションの方かもしれない。そう思って、あのマンションにかけ直した。すぐに受話器のはずされる音がした。

「もしもし」

真由子の声だった。

「どういうつもりなんだ」

辰彦はかみつくように言った。

「ああ、あなた？　何を興奮しているの」

ひややかな声で真由子は聞き返した。

「あ、あんなことをしたのはきみかっ」

「なんのこと」

「あ、あんなこと――よくあんなことができたな。鋸で真っ二つに切断するなんて、よくも」

怒りで声が出なくなった。

「ああ、あれ。しかたないじゃない。あれしか、あなたと分ける方法、思いつかなかったんだもの」

「分けるって」

「あなたにあげるとは一言も言わなかったわよ。だとしたら、ああするしか――」

「正気で言ってるのか。きみがあんなことをすると分かっていたら、おれは諦めていたよ」

「ほんと？」

真由子は子供のような声を出した。

「あなた、本当に諦めてた？」

「もちろんさ。あんなことして、絵が台なしになってしまったじゃないか」

そうどなりつけると、真由子は少し黙った。

「なんだ、絵のこと言ってるの……」

そう呟くのが聞こえた。

「何の話をしてると思ったんだ？」

「ううん、べつに」

「まあ、あの絵のことはいい。妙実のことだけど、もう店を出たんだろう？　まだ帰ってないみたいなんだ。まさか、そっちに――」

「帰ってるはずよ」

真由子が静かな声で言った。

「え」

「妙実なら帰ってるはずよ」

「でも、部屋にいないんだ……」

「そんなはずないわ。ちゃんと探してみた？」

「探したよ。そんな大邸宅じゃないんだから」

「変ねえ。あたし、ちゃんと運送屋に頼んでおいたんだけど」

また真由子の呟く声がした。運送屋に頼んでおいた？　辰彦には真由子の言っている意味が分からなかった。それが妙実の不在とどういう関係があるんだ。

「ポケベル」

突然、真由子が何かを思いついたような声で言った。

「ポケベル？」

「ポケベル、鳴らしてみたら？　ほら、あの子、あなたから貰ったポケベル、肌身離さず持っているって言ってたから。今も持ってるはずよ。あれを鳴らしてみれば、どこにいるか、すぐに分かるから――」

「ああ……」

辰彦はなんとなく釈然としないまま、電話を切った。どうも真由子の言っていることはどこかおかしかった。しかし、ポケベルを鳴らしてみるというのは、いい考えかもしれないと思った。

真由子の言った通り、妙実は辰彦から貰ったポケベルを大事にしていた。あれを鳴らせば、どこにいるにせよ、妙実の方から連絡を取ってくるだろう。

辰彦はもう一度受話器を取ると、妙実のポケベルの番号を押した。

一体、どこで遊んでいるんだ。どうせディスコか何かだろうが――

そう思いかけたとき、どこかでピーピーという音がした。辰彦は振り返った。ピーピーという音は、リビングに積まれたダンボールの山の中から聞こえてきた。

ポケベルの音?

なぜ妙実のポケベルがダンボールの山の中から聞こえてくるんだ?

辰彦は訳が分からないまま、ダンボールの山に近付いた。

音は、以前、和歌山の母が送ってくれたみかん箱の中から聞こえてくるようだった。ガムテープをべたべたとはりつけた、古いダンボールのみかん箱の中から……。

この中から?

そのとき、辰彦は思わず鼻を押えた。この部屋に入ったときから気になっていた得体の知れない腐臭がふいに強くなったような気がしたからだ。臭いはこのダンボール箱から発せられているようだ……。

何が入っているんだ。

見ると、ダンボールの底の部分に中から滲み出たような赤黒い染みがついていた。

それを見た途端、辰彦はぐらぐらと天井が回るような強いめまいに襲われた。

めまいに襲われながら、真由子が言っていた言葉を思い出していた。

「ああ、あれ。しかたないじゃない。あれしか、あなたと分ける方法、思いつかなかったんだもの」

「分けるって」

「あなたにあげるとは一言も言わなかったわよ。だとしたら、ああするしか――」

辰彦は口を押えてリビングを走り出ると、洗面所に駆け込んだ。身体を折り曲げるようにして、胃の中のものを吐いた。その間も、ポケベルの音は鳴り続けていた。

双頭の影

国立《くにたち》駅前から南に向かって真っすぐ延びる大きな通りがある。通り沿いに一橋大学の校舎があるせいか、通称、大学通りと呼ばれていた。

桜や銀杏《いちょう》の街路樹が夏でも涼しげな木陰を作り、フランスから直輸入したという街灯が立ち並ぶ通りには、洋書や煙草の専門店、輸入雑貨の店に瀬戸物の店、洒落た喫茶店やレストランがずらりと軒を並べている。

文教地区ということもあってかパチンコ店や風俗営業の店もない。大通りにしては大型車の行き来も少なく、ゆったりとして歩き易い道なので、今までにも何度かそぞろ歩きをしたことがあったが、その小さな店の存在に気付いたのは、そのときがはじめてだった。

華やかで現代的な装いの店に挟まれるようにして、あるいは、それらの店のはざまに出来た不吉な影のように、その店は、多摩の田園調布と呼ばれるこのあたりにはいささか場違いな雰囲気でひっそりとそこにあった。

ふと立ち止まって、ガラスの窓ごしに中を覗き込んでみると、店内はやけに暗く、店主らしき男の姿が見えるだけで、客の影も形もない。しかも窓ガラスが妙に歪んで見えるところを見ると、古い昔のガラスを使っているようだ。

棚には汚れたままの陶器やら人形やらが雑然と置かれている。骨董《こっとう》屋らしい。骨董には興味があったが、なんとなく入りにくい雰囲気の店である。

行き交う人たちは、まるでそんな店など目に入らないとでもいうように、わき目もふらずに通りすぎて行く。私のように足を止めて窓を覗き込むような物好きはいない。

客の全く入っていない店に入るのはちょっと勇気のいるものである。

どうしようかなと思っているると、前方から、高校生風の若い子たちが集団でやって来た。道幅いっぱいに広がって歩いている。なんとなく前を阻まれたような気がして、私はその店のガラス戸を開けた。

おずおずと足を踏みいれてみると、椅子に座って本のようなものを読んでいた店主らしき男が顔をあげた。いらっしゃいとも言わず、にこりともしない。私の方をちらと見ただけで、また広げた本の上に目を伏せてしまった。

若いのか年寄りなのか、年齢の見当の全くつかない顔立ちをした男だった。

こんな得体の知れない店にものの弾みで入ってしまったことをすぐに後悔したが、直ちに回れ右をして出ていくということもできかねた。しかたなく、ざっと店の中を見回してから、さりげなく立ち去ろうと思い、棚の上に並べるというより、雑然と積み上げたという風情《ふぜい》の骨董品を見て回った。

もとより買う気はないから、どの品もさっと視線で撫でるだけである。店主は二度ほどゴホンゴホンと咳をしていた。

一通り見たからもう帰ろうかなと思いかけたとき、ふと、通りとは反対側の壁にあった棚の上のものが目に入った。箸箱くらいの小さな箱だった。それが八個ほど並んでいる。なんだろうと思って、顔を近付けてよく見ると、箱の上には、何か文字が書いてある。どの箱にも下手くそな字で何か書いてある。その中のひとつをなんとなく手に取ってみた。軽い。でも何か入っている。振るとコトコトと音がした。箱を開けて中を見ようとすると、「あ、開けないで」と突然、背後から声がかかった。

驚いて振り向くと、やや睨み付けるような表情で店主がこちらを見ている。見ないような顔をして、ちゃんとこちらの動きを観察していたらしい。

「買わないなら開けないでね」

店主はもう一度言った。

「これ、何ですか」

私は万引を見付けられたような恥ずかしさをおぼえながらそうたずねた。

「そこに書いてあるでしょ」

店主の返事はそっけない。

「『双頭の影』……?」

手にした小箱の上の文字はそう読める。しかし、何のことやらさっぱり分からない。

「はなし、ですよ」

店主が言った。

「はなし？」

「そう。そこには私が若い頃から集めたいろんな話が入ってる」

「…………」

私はもう一度手の中の箱を見た。この中に話が入っているというのか。なにかの冗談かなと思って、店主の方を見たが、店主の顔は冗談を言っているような顔つきではなかった。

「この中に話が？」

そう念を押すと、店主は頷いた。

「それにしても」

私は呆れながら言った。

「ずいぶん高いんですね。これひとつが一万五千円ですか」

値札には１５０００とある。ゼロが一つ、二つ多いんじゃないかともう一度見直したくらいだ。中に何が入っているのか知らないが、箱そのものは、何のへんてつもない紙の安箱で、百円の価値もないように思えた。この軽さからすると、入っているものもあまりたいしたものではないような気がした。

「高いと思うなら買わないことだね」

店主の返事はいよいよそっけない。本当にここで商売しているのかと聞きたくなった。

「値段はみんな違うんですね」

それでも気を取り直して、他の箱を見ながら言うと、店主はこう答えた。

「そりゃ、みんな違う話だし、集めた時代も違うからね。古くなるほど値段は高くなる。骨董と同じさね」

「話を集めるって、どうやって集めたんです？」

「人に聞いたのさ」

「この箱、開けると、その話を書いた巻物でも出てくるんですか」

私は茶化すように言った。

「そうじゃない」

店主は相変わらずにこりともしないで首を振った。

「それじゃ、一体、何が入ってるんです。振ると音がするけど」

振って見せた。コトコトとかぼそい音がする。

「買えば分かるよ」

店主はそう言ってはじめて笑った。口の端に縫い付けた糸を誰かに引っ張られたような不自然な笑い方で、あまり気持ちのいいものではなかった。前歯が一本欠けている。

「売るくらいだから、おもしろい話、なんでしょうね」

ついさっきまではこの店でものを買う気などさらさらなかったのだが、少し興味がわいてきた。箱の中身は何だろうという、たんに好奇心だけの問題ではなく、私には今切実な悩みがあった。

そもそも、この大学通りをぶらついていたのは、暇だからというわけではなく、ある雑誌から頼まれた短編の締め切りが明日に迫っているというのに、書き出すことはおろか、何を書くかさえ未だに決まらず、朝から頭を抱えていたのだ。そのうち、どうにも部屋にいたたまれなくなって表に飛び出してきたというわけだった。

もし、この箱に入っているという話とやらがおもしろいものならば、これを短編のネタにしてやろうかという、なかばやけくその思いが鎌首をもたげていた。全く無の状態から書き上げるよりは少しは楽に違いない……。

「おもしろいかと言われても、何がおもしろくて何がおもしろくないかは、人の好き好きってもんだからね」

店主の返事はどこまでいってもそっけなかった。およそ商売人としての愛想というものに欠けている。

「まあ、おもしろいというより、どちらかといえば、ぞっとするような話かもしれないね」

店主はそう付け加えた。

「ぞっとする話？」

途端に気持ちが動いた。あまり大きな声では言えないが、私は何の因果か、けっこう血《ち》腥《なまぐさ》い話が好きなのである。ここは騙されたつもりでひとつ買ってみようかという気になった。店主の呆れるほどの商売っけのなさも、裏を返せば、商売人としての誠実さの表れとも取れる。商品に自信があるから、客に媚びへつらうなんてことはしないのかもしれない。インチキ商品ならば、もう少しへつらって買わせようとするだろう。そう考え、ようやく腹が決まった。

「これ、買います」

私はそう言って、ちょうど手にしていた箱を差し出した。店主は毎度ありとも言わないで、むしろ面倒くさそうな物腰で椅子から立ち上がってきた。片足が不自由なようで少し引きずっていた。

「一万に、まかりませんかね」

財布から万札を引き抜きながら、一応聞いてみた。

「いや、まからないね」

予想していた通りの答えが返ってきたので、しかたなく、あと五千円札を引き抜いた。店主は二枚の札を受け取ると、偽札でないことを確かめるように、じっくり眺めていたが、それを無造作にズボンのポケットに突っ込んだ。そして、例の小箱を包んでくれるのかと思ったら、そうではなく、いきなり中を開けた。

え、と思って見ていると、中から出てきたのは一本のろうそくだった。

ろうそく……？

私は狐につままれたような気分で、箱の中から転がり出てきた、か細いろうそくを見ていた。

どう見てもただのろうそくだ。とても一万五千円もはたいて買うしろものではない。これだけの金があれば、こんなろうそくくらい、それこそ売るほど買えるのではないかと思えるほどに……。

「そこに座って」

店主は、破れて中の詰物がはみ出している古ぼけた椅子をあごで示した。何がなにやら訳が分からないまま、それでも私はその椅子に腰掛けた。世の中にこれほど座りごこちの悪い椅子は他にあるだろうかと感心するほど座りごこちの悪い椅子だった。

「これからこのろうそく一本分の話をしよう。途中で話を遮ったり、よけいな質問をしたりすると、話が終わるまでにろうそくが燃え尽きることもある。そうなっても、ろうそくが燃え尽きたら、そこで話はやめるから、最後まで聞きたければ黙って聞くがいいよ」

店主はそんなことを言いながら、マッチを擦って、ろうそくの芯に火を灯した。そして、火のついたろうそくを、三本足の危なっかしい小さな卓の上に置いた。

天井から裸電球がぶらさがっているだけの薄暗い店の中で、ろうそくの火が、どこからか入ってくる隙間風に吹かれて、ゆらゆらと揺れている。その火に照らされて、店主の顔には無気味なくまどりが出来ている。なんだか不安になってきた。

窓の外を見ると、外は別世界のように明るく、行き来する人びとの横顔が見える。一人としてこちらを眺める顔はない。まるでこんな店など存在していないかのような顔をして通り過ぎて行く――

「この話は、私がまだ若い時分、あちこちを旅して歩いていた頃に、フラリと立ち寄った修《しゅ》善寺《ぜんじ》の温泉宿で出会った人から聞いた話なんだよ……」

店主はぼそぼそと陰気な声で話しはじめた。

＊

私はあの頃、石に興味を持っていてね。石と言ってもただの石ころじゃない。道祖神とか塞《さい》の神とか、道端とか橋のたもととかに立っている石神さまがあるだろう。ああいう石のことだよ。ああいったものに興味を持っていて、あちこち歩いては調べ回っていた。

修善寺へもそうした興味で足が向いたのだが、まあ、しかし、あちこち歩いて疲れていたし、せっかく温泉町に来たのだから、どこかの温泉にでも浸かって旅の疲れを癒そうと思い、桂川《かつらがわ》沿いに建った古い和風旅館に宿を取った。

さっそく宿の内湯に入りに行くと、先客が一人いた。四十くらいの男で、天然石をあしらった湯舟に気持ち良さそうに浸かっている顔には見覚えがあった。

修善寺の宝物殿に寄ったとき——あの漆でかぶれた源頼家の顔をうつしたと言われている無気味な古面のある宝物殿だよ——やはり夫婦ものらしき先客がいたのだが、その男は、その夫婦ものの片割れだった。

先方も私に気が付いたらしく、湯舟の中から軽く頭をさげた。ほどよい湯かげんの温泉に足をのばして浸かっているうちに、身も心もほのぼのと暖まってきて、私とその男はどちらからともなく話しかけ、湯からあがる頃にはすっかり打ち解け合っていた。

男は自分の部屋に来て一杯やらないかと私を誘った。私は喜んで男の部屋に行った。開け放した窓から桂川に架かった赤い橋が見える、私のより数倍も上等の部屋だった。男の女房らしき浴衣《ゆかた》姿の婦人がいた。婦人はこれから湯に行くのだと言って、後《おく》れ毛を掻きあげながら会釈すると出て行った。

二人でビール一本を空ける頃には、男は問わず語りに自分のことを語りはじめていた。男は信州にある小さな寺の生まれだと言った。父親はその寺の住職だった。男は長男だったから、本来は寺を継ぐはずだったのだが、どうしてもそうする気になれなくて、大学に入るために上京したきり、そのまま郷里には帰らず、普通のサラリーマンになったのだという。

寺は一歳年下の妹が婿養子を取って継いだらしい。

「私はね、どうしても自分の生まれた寺が好きになれなかったんですよ……」

男は視線を桂川の方に向けながら言った。

「あの寺は何かに呪われているんじゃないかって気がしてね」

「呪われている？」

「ええ。そうでなければ、あんな無気味な人影が本堂の廊下の天井に出来るわけがない」

「その人影というのは？」

私は身を乗り出して聞き返した。なにやらおもしろい話をこの男から聞き出せそうな予感がしていた。

「本堂の廊下の天井にね、こう、人間みたいな形をした黒い染みが出来ていたんですよ。それを見付けたのは、私が七歳になったばかりの夏休みのことでした。母に言われて廊下の雑巾がけを妹と一緒にしていたときのことです。あの日のことは今でもよく覚えています。墓地になっている裏山の蟬が降るように鳴いていた、真夏の暑い盛りでした。

　雑巾がけにくたびれた私は、大の字になって廊下に寝転びました。そのときです。ひょいと天井を見上げた私は、ぎょっとするようなものをそこに見付けたのです。なにやらモヤモヤとした黒い影でした。それが天井に見えるのです。最初は雨漏りの染みか何かだと思いました。しかし、じっと見ているうちに、それが人の形のように見えてきたのです。頭があって、腕があって、腕の先には五本の指らしき形がありありと見て取れました。足らしきものもあります。どう見ても、ただの模様ではなく、人間の姿をしているのです。しかも、それは、普通の人間ではなく――」

　男はそこでいったん言葉を切った。何か思案するように黙っている。が、それもほんのつかのまのことで、すぐに話しはじめた。

「異形《いぎょう》なんです」

「え？」と私は言った。

「頭が二つあったんです。一つの体に頭が二つ、しかも腕は三本で、足が四本ある化物の姿だったんです。私は妹を呼んで天井を指さしました。妹も廊下の天井にそんなものがあったことを知らなかったらしく、驚いて見上げていました。『何に見える？』と訊くと、『頭が二つある怪物に見える』と妹は答えました。私の目の錯覚ではなかったのです。妹の目にも、その影は双頭の化物のように見えたのです。

私たちは大騒ぎをして母を呼び立てました。父は檀家巡りをしていて留守でした。庫裏《くり》の方にいた母は何事かとやって来ました。天井のことを言うと、母もあの染みのことには気付いていたようですが、興味を持ってしげしげと見たことはなかったらしく、驚いたように見上げています。母の目にもやはりそれは双頭の化物に見えたようです。

その夜、父が帰ってきてから、私たちは父に本堂の廊下の天井にあるものについてたずねました。父ならあの無気味な人影について、明快な答えを出してくれると思ったからです。ところが、意外にも、父もその影のことは知らなかったようなのです。いつのまにこんなものが、とただ驚いているばかりです。

父の話では、父が子供の頃には天井にこんな染みはなかったそうです。おそらく、本堂を再建したあとでこんな染みが出来たのだろうと父は言いました。

というのは、亡くなった祖父がこの寺の住職だった頃、一度、本堂が燈明《とうみょう》の火の不始末から半焼けになったことがあったそうなのです。私が生まれる前、父がまだ東京の大学にいた頃の話だそうです。檀家の助けで本堂は前よりも立派に再建されて事無きを得たのだそうですが、廊下の天井もそのときに新しく造り替えられたというのです。

父は懐中電灯で天井を照らしながら、気味悪そうに、その影を調べていましたが、結局は、雨漏りの仕業ということに話は落ち着きました。たまたま、雨漏りの染みが人間の、いや、双頭の化物のような形になっただけだと……。

しかし、そう説明されても、私はどうしても納得がいきませんでした。あれはただの雨漏りの染みなどではない。そう思えてならなかったのです。それでも、天井にあんな奇怪な模様が出来ることなど、雨漏り以外に考えようもなく、この寺は何かに呪われているのではないかとさえ思えてきたのです。

その頃からです。あの天井に住み着いた双頭の化物が私の夢の中に出てくるようになったのは。双頭の化物に追いかけられる夢を毎日のように見るようになったのです。逃げても逃げても双頭の化物は追いかけてきて、最後には私をつかまえてしまうのです。私は悲鳴をあげて夜中に何度も飛び起きました。その頃、私は妹と布団を並べて寝ていたのですが、私の恐怖は妹にも感染したらしく、妹までが同じような悪夢に脅かされるようになったのです。

でも、私が怖かったのは、双頭の化物に追いかけられるからではありませんでした。いや、それももちろん怖かったのですが、それよりももっと恐ろしかったのは、化物につかまえられた私が、気が付くと、化物と同じような体にされていたことでした。夢の中で私自身がしまいには双頭の化物になっていたのです。私にはこれがたまらなく怖いことに思えました。

私がこんな夢を見るようになったのも、もとはといえば、本堂の廊下の天井にあの影を見付けてからですが、もう一つ原因がありました。それは、ある女の人の言葉でした。

その女というのは、田嶋という姓の、檀家の中でも一番力のある旧家の奥さんでした。田嶋家はもとはこのあたり一帯を仕切る庄屋の家柄で、大地主でもありました。寺の本堂が焼けたとき、再建のための費用の殆《ほとん》どがこの田嶋家から出ていたと聞きます。

この田嶋の奥さんが、ある日、法事か何かの用でうちの寺に来たときです。私は妹と一緒に本堂のそばで遊んでいたのですが、この奥さんが本堂の廊下の途中に立ち止まって、じっと天井を見上げているのに気が付きました。例の天井の影のことを、母の口からでも聞いたのでしょうか。田嶋の奥さんはふと私の姿に気が付くと、手招きして、私を呼び寄せました。私はなんとなく厭な気持ちがしながら、奥さんのそばに行きました。私はなぜかこの奥さんが怖くて、あまりそばに寄りたくなかったのです。

年のほどは、母よりも二つ三つ年上の、四十半ばというところだったと思いますが、白髪の目立つ髪のせいか、いつ見ても暗く沈んだ目の色のせいか、なんとなくおばあさんという印象のある人でした。

私はこの人が笑うのを一度も見たことがありませんでした。そのことを母にたずねたことがあります。『田嶋のおばさんはいつもどうしてあんな暗い顔をしているの』と。すると、母は、『あのおばさんは気の毒な人だ。田嶋家にお嫁に来てすぐに旦那さんが行方不明になってしまったのよ』と答えました。行方不明になって、二十年近くになるというのに、旦那さんは未だにどこにいるのか消息が知れないのだそうです。

そのおばさんが私を手招きして、呼び寄せると、珍しく薄く笑いながら、あることを私の耳にささやいたのです。それは呪文のように恐ろしい言葉でした。おばさんは、『あんまり……と、あんたも、あの天井の化物になってしまうよ』。

おばさんはそう言ったのです。老婆のようにしゃがれた声で。ささやき声があまりに低かったので、私には、『あんまり……と』というところがよく聞き取れませんでした。それでも戦慄《せんりつ》が私の背中を駆け抜けました。何かをすると、あの天井の化物のようになってしまうのか。それは分からなかったけれど、とにかく、田嶋のおばさんのその一言が、猛毒のひとたらしのように私の耳に注ぎ込まれたのです。

こうしたわけで、私は中学へ入る年まで、双頭の化物に追いかけられる悪夢に悩まされ続けました。それでも、中学へ入って、多少は分別がつくようになると、さすがに夢を見ることも少なくなりました。そして、高校二年のとき、私はひょんなことから、あの化物の正体を知ることになったのです」

＊　＊

「あれは雨漏りの染みなどではなかったのです。あの人影には恐ろしい秘密が隠されていたことを、高校二年の秋に知ったのです。

それというのも、修学旅行で生まれてはじめて京都へ行ったときのことです。私は京都のある寺で、あの天井の黒い影と同じようなものに出くわしたのです。三十三間堂のそばにある養源院《ようげんいん》という寺でした。

淀君が父浅井長政の追善のために建てたと言われ、その後は、徳川家の菩提《ぼだい》所として歴代の将軍の位牌が祀《まつ》ってあるという寺です。私はそこで桃山の血天井なるものをはじめて見たのです。

その寺の本堂の廊下には、伏見城落城のおり、城を死守して自刃した鳥居元忠ら多くの部将たちの死体が転がっていたという廊下の板の間が、供養のために、天井にして祀ってあったのです。

何カ月も死体が放置されていたために、死体から出た血と脂が廊下に染み込んで、どんなに洗っても拭いても落ちなかったと言われる通り、天井には部将たちの血の手がたや足がたが生々しく残っており、足が悪かったという鳥居元忠の片足を折り曲げたままで切腹したらしい姿までが、黒ずんだ無気味な影となってハッキリと見て取れるのです。

私はそれを見たとき、あっと思いました。それまで私を密かに悩ませてきたあの黒い影の正体が分かったと直感的に思ったのです。

あれは天井に出来た染みではなく、廊下に出来た染みだったのではないか。それをうちの寺の天井として祀っていたのではないか。それも雨漏りの染みなどではない。あれは人間の体から滲み出た血と脂の染みだったのだ。そう考えれば、あの人影が雨漏りの染みにしては、あまりに人間の形に似すぎていること、よりにもよって、うちの寺の天井に付いていたことの理由が納得できるのです。

おそらく、この養源院の血天井のことを知っていた何者かが、自分の身内かあるいは親しい者の死体が横たわっていた板の間を剝《は》いで、供養のために、うちの寺の天井にして祀っていたのです。

そして、それは、住職である父が知らなかったところをみると、祖父が住職だった頃になされたことだったに違いありません。それも、おそらく、火の不始末で本堂が半焼けになり、再建したときに、祖父と誰かの間で、こっそりとなされたことではなかったのか。私はそう考えました。

しかし、そうだとすると、あの人影の主は一体、誰なのか。今は天井になっている板の間に死体として横たわっていたのは誰なのか。そして、それをこっそりとあのような形で供養していたのは誰なのか。当然、そんな疑問が私の頭に噴出しました。

祖父があの天井のことを父に話さなかったところをみると、あの天井のことは、祖父に供養を頼んだ人物と祖父との間の、誰にも漏らしてはならない秘密だったのではないか。そうも考えました。

そうすると、考えられる人物は一人しかいません。あの田嶋家の人間です。さきにも話したように、田嶋家はうちの寺の檀家の中でも一番力を持つ家でした。しかも、聞くところによると、祖父と田嶋家の当時の当主とは幼なじみの間がらだったとも言います。

田嶋家の人から頼まれたことなら、祖父は否とは言えなかったでしょう。それに、本堂が半焼けになったとき、再建のための費用は殆どが田嶋家から出ていたのです。おそらく、そうしたしがらみから、祖父は田嶋家の人に頼まれて、あんなことをしたのではないかと思います。

本堂の廊下の天井など、ふつうは見上げたりしないものですから、寺が再建された頃は東京で下宿暮らしをしていた父も、その後、お嫁に来た母もずっと気が付かなかったのでしょう。

しかし、あの天井の染みが出来た理由は分かっても、奇妙なことはまだあります。供養を頼んだのは田嶋家の者だったとしても、それでは、あの影の主は誰だったのか。あの影が実際に生きていた人間の血と脂で出来たものだとすれば、頭が二つに、腕が三本、脚が四本もある人間がいたことになります。考えられるのは結合双生児でしたが、田舎町でしたから、そんな人間がいたら、すぐに噂《うわさ》になっているはずです。しかし、そんな話は全く聞いたことがありません。

しかも、その人物は田嶋家にとって縁もゆかりもない人間のはずがありません。身内か親戚かそれに近い者のはずです。そうでなければ、あんな形で供養しようとは思わないでしょう。でも、父に聞いても母に聞いても、それらしき人物の心当たりがないというのです。

あんな血の染みが出来るくらいですから、尋常な死に方ではありません。自殺か他殺かは分かりませんが、布団の中で迎えた病死などでなかったことは言うまでもありません。田嶋家にゆかりのある誰かが死体になって、あんな血の影を作るまで板の間に何日も何週間も、ことによったら何カ月も放置されていたということは確かなのです。でも、そんな不審な死に方をした者は誰もいないというのです。

しかし、一人だけいました。死んだとは聞いていませんが、二十年前に行方不明になったきり、未だに消息の知れない人物が一人だけ……」

＊　＊

「あの田嶋の奥さんの旦那さん、つまり、田嶋家の跡取り息子です。名前はたしか宗一郎《そういちろう》と言いました。花嫁を貰って、半月もたたないうちに、忽然と姿を消したという人です。

私は、もしかしたら、あの人影はこの宗一郎さんではないかと思いました。花嫁を貰ったばかりの男が忽然と姿を消してしまうのも妙な話だし、二十年も行方知れずというのもおかしな話です。宗一郎さんは行方不明なのではなく、既に死んでいるのではないか。どこかで非業の死をとげ、そのことは秘密にされたまま、あんな形で密かに供養されていたのではないか。

しかし、聞いた話では、宗一郎さんはごく正常な身体の持主で、言うまでもなく、頭が二つもある化物などではありませんでした。あの影が宗一郎さんだとすると、なぜ、影には頭が二つあるのか。手が三本もあるのか。足が四本もあるのか。

それと、謎はもう一つ。もし宗一郎さんが既に亡くなっているとしたら、そして、それを田嶋家の人が知っているとしたら、なぜそれを隠しているのか。宗一郎さんの死を世間に隠している限り、まともな葬式をあげることもできず、死者の霊をねんごろに弔うこともできないのです。これでは宗一郎さんの霊は浮かばれないでしょう。それを知りながら、田嶋家がなぜ宗一郎さんの死を隠しているのか、その理由が分からないのです。

ただ、この二つの謎を同時に説き明かす答えを私はすぐに見付けました。やはりあの天井の影は宗一郎さんだったのです。私は今でもそう確信しています。おそらく、宗一郎さんは自殺したのではないかと思いました。板の間のある部屋で刃物を使って自殺したのです。もし、誰かに殺されたとしたなら、息子の死体を見付けた両親が黙っていないでしょう。とっくに警察ざたになっていたはずです。そうはならなかったところをみると、あれは自殺だったのです。自殺したことが明らかだったから、田嶋夫妻は息子の死を隠したのです。

では、なぜ息子の死を隠したのか。自殺にしても、葬式をあげて霊を弔う必要があることに変わりはないはずです。それに、息子が自殺したことをそこまでして世間に隠しておくのも妙な話です。そう考えると、宗一郎さんの自殺はただの自殺ではなかった。その自殺の原因には、何か田嶋家が世間に秘密にしなければならない深刻な理由があったのではないか。私はそう思い至りました。その原因とはなにか。花嫁を貰ったばかりの男が、常識的に考えれば幸福の絶頂にいるはずの男が、なぜ自らの命を絶たなければならなかったのか。

私はこれを逆に考えてみました。花嫁を貰ったからこそ、宗一郎さんは自殺しなければならなくなったのではないかと。つまり、結婚したことが自殺の原因になったのではないか。母の話では、宗一郎さんと田嶋の奥さんとは見合いで知り合ったらしく、恋愛の末の結婚ではなかったそうなのです。もしかすると、宗一郎さんには他に好きな女性がいたのではないか。それが、親の勧めるままにズルズルと見合いをして、結婚してしまった。しかし、どうしても、はじめから気のすすまぬ結婚生活にはなじめなかった。そこまで考えたとき、私ははっと思い付いたのです。天井の影がなぜあんな異形の姿をしているのか。その理由がようやく分かったのです。

あれを一人の人間と考えたから、奇怪な姿に見えたのです。もし、あれが二人の人間が折り重なって倒れている姿としたらどうでしょう。頭が二つあることも、足が四本あることも簡単に説明がつきます。腕が三本に見えるのは、どちらかの腕が一本、血がたとなって残らなかっただけのことです。

あれは二人の人間の影だったのです。抱き合い重なり合った二人の人間の影だったのです。一人は宗一郎さんでしょう。そして、もう一人、宗一郎さんと抱き合うようにして死んでいたのは、宗一郎さんの愛した女性だったのです。宗一郎さんは自殺したのではなく、彼が密かに愛していた女性と心中か、あるいは無理心中をしたのではないか。私はそう思い至ったのです……」

＊　＊

男はそう言ってまた黙ってしまった。今度はさきほどより長い沈黙だった。痺れをきらした私が口を開こうとしたとき、男はようやく続きを語り始めた。

「これは私の憶測にすぎませんが、宗一郎さんとその女性は、二人だけの隠れ家のようなものを持っていたのかもしれません。そこへ行って心中ないしは無理心中をした。二人の死体はその家の板の間に横たわり、二人の重なった体から流れ出た血と脂が、二人の姿をあのような奇怪な形で板の間に永遠に刻み付けるまで、誰にも発見されなかったのでしょう。そして、何日、何週間、あるいは何カ月もたってから、ようやく田嶋家の人によって発見された」

「しかし――」

私は思わず口を挟んだ。腑に落ちないことがあった。

「たとえ心中だったとしても、それを田嶋家の人たちはなぜ今まで隠していたんでしょうか。確かに、花嫁を貰ったばかりの息子が、その花嫁をうっちゃって、他の女性と心中したというのは、あまり外聞のいいものではないでしょうが、だからといって、心中事件そのものを隠してしまったというのは――」

「ええ。私も同じようなことを考えました」

男は当然のように頷いた。

「天井の人影が、田嶋宗一郎とその心中相手だと考えると、幾つかの謎は奇麗に解けるし、田嶋家の人が二人の遺体が横たわっていた板の間をあのような形で供養しようとしたことも分かります。しかし、そんなことをするよりも、二人の死を明らかにして、ちゃんと葬式をあげ、宗一郎さんのお骨をお墓に入れてやる方がはるかに供養になるはずです。いくら、世間に憚ることだからといって、息子の死そのものを隠してしまうものだろうか。私もそのへんが疑問として残りました。でも――」

男はふと眉をひそめた。

「もし、その心中事件がただの心中事件ではなかったとしたらどうでしょう。ただの心中事件というのも妙な言い草ですが、つまり、宗一郎さんが心中した相手というのが、田嶋家にとって縁もゆかりもない女性だったらという意味なんです。たとえば、なじみになっていた酒場のホステスとか、まあ、そういうことです。それならば、田嶋家にとって、息子の心中騒ぎは不名誉なこととはいえ、世間にひた隠しに隠さなければならないほどのこととは思えません。

もしかすると、田嶋家が隠そうとしたのは、息子の心中事件そのものではなく、息子が心中した相手の素性だったのではないか。私はそう思い付きました。

ひょっとすると、宗一郎さんの心中相手は、田嶋家にとって縁もゆかりもない女性ではなかったのかもしれません。それどころか、田嶋家に深く関わった人だった。宗一郎さんがその女性と心中したということを絶対に世間に知られてはならないほどに。

私はそのときふと一人の女性のことを思い出したのです。田嶋家にゆかりのある人で、若い頃から胸を病んで、どこか遠い療養所で暮らしていたが、そこで亡くなったと聞かされていたある女性のことを。小町と言われるほどの美しい人で、名前は確かキクコさんと言いました。どんな字を書くのかは知りません。母たちの噂話に出てくるのをちらと小耳に挟んだだけですから。

私はふいに稲妻に打たれたような衝撃で、真相に思い至りました。これ以外に真実はないという強い直感に襲われたのです。宗一郎さんの心中相手はこの人だったに違いない。療養所で死んだと聞かされていても、誰もそれを確認したわけではないのです。母にしても、そんな話を田嶋家の人から聞かされていたにすぎないのです。誰もが、キクコさんは療養所で病気で亡くなったと思い込んでいたのです。

私は自分の直感を確かめるために、キクコさんが入院していたという療養所を探しあて訪ねて行きました。そして、古くからそこで働いていたという人から、私の直感を裏付けるような話を聞き出すことができたのです。やはり、キクコさんは療養所で死んだのではなかったのです。二十年も前に、ある日、ある男性が彼女を連れ出したきり、療養所には戻ってこなかったというのです——」

「その男性というのが」

私は生唾《なまつば》をごくりと飲んで言った。男は続けた。

「たぶん宗一郎さんだったのです。二人は療養所を出た足で、二人だけの隠れ家に行き、そこで心中したのです。あとになって、田嶋家の人から、キクコはもっと大きな病院に入れることにしたという連絡が入ったそうです。おそらく、二人の失踪を知った田嶋家が、療養所の人に騒がれるのを避けるためにそう言い繕ったのでしょう」

「そのキクコさんというのは一体——」

私は思わずたずねた。

「誰なのかということですね」

男は静かに聞き返した。

「田嶋家に縁のある人なんですか」

「もちろんそうです」

「親戚か何か？」

「いいえ。もっと近い身内です。だから、宗一郎さんがキクコさんを連れ出すために療養所を訪れたとき、療養所の人たちは怪しまずにキクコさんを渡したのです」

「まさか」

「キクコさんは宗一郎さんの実の妹だったのです」

＊　＊

「田嶋宗一郎は実の妹と心中したのです。田嶋家が隠したかったのはこのことだったのだと思います。ただの心中ではなかったのです。血を分けた兄妹が愛し合った末に心中したのです。双子が生まれただけで畜生腹などと陰口をたたかれた片田舎のことです。花嫁を貰ったばかりの男が他の女性と心中したというだけでも、スキャンダラスなことなのに、よりによって、その相手というのが実の妹だったというのですから、田嶋家としては何としてでもこのことは秘密にしておかなければならなかったのです。

おそらく、二人の遺体は身内の手でこっそりと葬られたのだと思います。そのときも、祖父が一役買って経のひとつくらい読んだのかもしれません。それでも、やはり、田嶋家としては、これだけでは二人の霊が浮かばれないと思ったのでしょう。うちの寺の本堂が焼けて再建の必要が出たのをもっけの幸いとばかりに、二人の血と脂の染み込んだ板の間を剝がして天井として祀ることを祖父に頼み込んだのでしょう。

そう思い至って、あらためてあの天井を見ると、それまではただ無気味でしかなかったあの双頭の人影が、何やらものの悲しいものに見えてきたのでした。

それだけではありません。田嶋の奥さんのあの暗いまなざしの理由も納得がいったのです。あの奥さんは何もかも知っていたのでしょう。夫が行方不明になったのではなく、実の妹と心中したということを。だから、あの日、奥さんは私を呼んであんなことをささやいたのです。

私はあの日、奥さんからささやかれた言葉を全部聞き取ることができなかったと言いましたが、本当はそうではありません。いや、この真相に気が付くまではそうとばかり思い込んでいましたが、キクコさんのことを思い出したとき、ふいに、あのとき、田嶋の奥さんに何と言われたか思い出したのです。奥さんの言葉を、私の無意識がちゃんと聞き取っていたのです。あのとき、奥さんはおそらくこう言ったのだと思います。

『あんまり妹とばかり仲良くしていると、あんたも、あの天井の化物になってしまうよ』

あのとき、私は妹と本堂のそばで遊んでいたのです。あのときだけではありません。私は中学に入るまで、学校の友達とよりは、妹と二人きりで遊ぶことが多かったのです。田嶋の奥さんはそんな私のことを母の口からでも聞いていたのかもしれません。それで、あんなことを言ったのでしょう。夫とその妹のことを思い出しながら悪意をこめて。

私が双頭の化物の悪夢を見るようになったのはそれからだったのです。それは、ただ得体の知れない天井の影に脅えただけではなかったのかもしれません。本当に恐れていたのは、それまでは無邪気な遊び相手でしかなかった一つ年下の妹、いや私自身だったのかもしれません。

それは妹も同じでした。私たちは何の自覚もないままに、あの天井の影の正体を、なぜあんな影が出来たかということを、本能的に知っていたのかもしれません。私たちが本当に恐れたのは、あの双頭の化物ではなくて、私たち自身だったのです。

だから、私は高校を出ると、東京の大学に入って、下宿生活をはじめました。うちを離れた方がいいと思ったからです。そして、そのまま東京の会社に就職し、その職場で知り合った女性と結婚しました。妹の方は、地元の短大を出ると、寺を継ぐ気のない私に代わって、婿養子を取ったのです。互いに子供にも恵まれ、円満な家庭を築くことができました。

盆や正月には、家族を連れて郷里に帰ることもあります。あの天井の影は相変わらずそこにありました。でも、もうあれを見ても私は少しも怖いとは思いません。むしろ懐かしいくらいです。妹も同じことを言っていました。私たちはもうあの悪夢から解放されたのです。もう二度と、あの双頭の影に追いかけられる夢を見ることはないのです。双頭の影が私たちをつかまえにくることはないのですから……」

男はそう言って静かに微笑した。

＊　＊

「翌朝、私が起き出した頃には、あの男もその連れ合いも既に旅立ったあとだった。前の晩に聞いた話では、修善寺に一泊したあと、熊野の方に立ち寄るつもりだと言っていたから、そちらに向けて旅立ったのだろうと思った——」

店主はそう話をしめくくった。三本足の卓の上のろうそくは既に燃え尽きようとしていた。

「そして、その男にはそれっきり会わなかった。男が私にしてくれた話が果たしてどこまで本当だったのかは分からない。全部本当だったのかもしれないし、案外、全部作り話だったのかもしれない。あるいは半分は本当で半分は嘘だったのかもしれない。男の名前も聞かなかったし、私の名も教えなかった。まあ、そんなことはどうでもいいことだが」

ろうそくの火は今にも消えそうだった。

「ただ」と、その火が消える直前に、店主は思い出したようにこう付け加えた。

「長く連れ添った夫婦というのは顔まで似てくるものなのだね」

家に着くまで

「お客さん――」

運転手の声に私は目を開けた。

「お客さん、テレビに出ている人じゃない？」

私より一回りは若そうな運転手は、客の顔をよく見るためか、ルームミラーを直しながらそんなことを言った。

「え……」

私はドキリとして身じろぎした。

「あの、何て言ったっけかな、ほら、マジック漫才っていうんですか、漫才みたいなことやりながらマジックを見せる二人組がいるじゃないですか――」

「違うよ」

私は短く答え、顔をそむけて眠った振りを続けようとした。

「違いますか」

「違う」

「本当に？」

「違うってば」

「でも、似てるなあ。あの二人組の大きい方に。うちの女房がファンなんですよ」

私は黙って答えなかった。

「ほんとに違うんですか。似てるって言われたことないですか」

運転手はなおも話しかけてくる。声のトーンが高い。こういう声の持主は例外なく話し好きだ。私はこのタクシーに乗ったことを後悔した。ここは人違いの振りをして無視しようと思った。

「まあね、だいたい有名人てのは人違いみたいな振りをするんだ。別にこっちはサインをねだろうと思って聞いたわけじゃないんだけどね」

運転手は愚痴るように呟《つぶや》いた。

「前もね、人見明《ひとみあきら》を乗せたことがあるんですよ」

「…………」

「人見明。ご存じでしょ。ニュース・アイのキャスターの。あの人見明ですよ。彼を乗せたんですよ。なんかホステス風の若い女と一緒だったな。そのせいか知らないけど、『人見さんでしょ』って聞いても、『違う』の一点ばりですよ。あんなアクの強い顔が二人といるわけがない。あれは絶対に人見明だったんだ。それなのに、慌ててサングラスかけて、『人違いだ』ですもんね。人違いなら、なんで慌ててサングラスかけるのよってんだ」

運転手は私の無視などものともせずに勝手にしゃべりはじめていた。

「しかし、なんですね、ニュース・アイも最近つまらなくなりましたね。そうは思いませんか」

「そうかな」

私はつい答えてしまった。どうせ寝た振りをしていても、この運転手は一人でしゃべり続けそうな気がしたからだ。それに、とても眠れるような心境ではなかった。それならいっそ、家に着くまで、このおしゃべりな運転手の相手をしてやろうかという気になりはじめていた。

「そうですよ。ぼくはあれのファンでね、いつも女房に頼んで録画しておいて貰うんですよ。うちに帰って、あれを見ながら一杯やるのが楽しみでね。でも最近はだめです。録画する気にもなれません」

「そう言えば視聴率も少し下がってるみたいだね。女性キャスターが替わったことが原因なのかな」

「もちろんそうですよ。やっぱり、あれは鳥飼《とりがい》久美《くみ》じゃなければ駄目です。あの新米の女性キャスター、あれ、なんですか。もう見てられませんよ。声がうわずって目がおどおどしてて。この前なんか、ためしに何回トチるか数えていたら、十分間で十回もトチってましたよ。一分に一回の割合でトチるんですからね、聞いてる方はたまったもんじゃありません」

「見てる分にはいいじゃないか。若くて顔が可愛いから」

「見てくれが良ければいいってもんじゃありませんよ、キャスターは。実力ですよ。実力がなくちゃね。それに美人ということなら、鳥飼久美の方がずっと美人でしたよ。それに実力があった。ニュース・アイの顔はなんと言っても鳥飼久美でしたよ。あの番組は彼女で持っていたようなもんです」

「それにしても、もう半年になるのか。彼女があんなことになって——」

「ええ。早いものですね……」

人気女性キャスターの鳥飼久美が、成城にある自宅の階段の下で冷たい遺体となって発見されたのは、今年の一月のことだった。

死因は脳挫傷《のうざしょう》だった。階段を転げ落ちたときに後頭部を強打したらしい。しかし、現場の状況から見て、ただの事故とは考えられなかった。発見されたとき、二階のベランダ側の窓が開いたままになっており、ベランダには、男ものと思われる泥の付いた靴跡が残っていたからである。

久美は貸家に独りで住んでいた。帰宅したばかりだったようで、コートを着たままの恰好で、遺体の手にはゴルフクラブが握られていた。

このような状況から見て、おそらく、深夜、帰宅した彼女は、二階で怪しい物音か何かを聞き、用心のために、玄関にあったゴルフバッグからゴルフクラブを取り出して、それを持って二階にあがって行ったところ、ベランダから侵入してきたと思われる犯人と鉢合わせになり、争った末に犯人につきとばされて階段を転げ落ちたものと見られていた。

あれから半年がたとうとしているが、鳥飼久美を殺した犯人はまだつかまってはいない。

「やはり、あれは彼女の熱狂的なファンの仕業なのかな……」

私は呟くように言った。

今のところ、いわゆるストーカー説が有力だった。折しも、海外でストーキングなる犯罪が話題になっており、日本でも、人気タレントや歌手などの有名人を狙った、熱狂的なファンによる犯罪が何かと話題にのぼっていた時期でもあった。

鳥飼久美の事件も、このケースの最悪なものと思われていた。

「物盗りという線はなさそうだというから、それしか考えられないですよね」

運転手は頷いた。

「彼女の知人の話では、あの事件が起きる二カ月ほど前から、彼女は悪戯《いたずら》電話や脅迫状に悩まされていたと言いますからね、犯人はそいつかもしれませんね」

鳥飼久美の大ファンだったらしい運転手は事件のことをよく知っていた。人気美人キャスターの変死ということで、一時はマスコミが大騒ぎをして、こぞってワイドショーや新聞、週刊誌等で取り上げた事件だったから、一般市民といえども情報にはことかかなかった。

「でも、どうやって、犯人は彼女の住所や電話番号を知ったんだろうね」

私は言った。

「そういえば、ある週刊誌で読んだんですが、悪戯電話がかかってくるようになったのは、彼女がタクシーの中でシステム手帳をなくした頃からだと言うんです。なんでも、料金を払うときに、バッグから財布を出そうとした弾みに一緒に入れておいた手帳を落としたのではないかと、鳥飼久美が親しい友人に漏らしていたことがあったそうです。結局、乗ったタクシーがどこのタクシーかも分からなくて、その手帳は出てこなかったらしいんですが」

「犯人がその手帳を拾って、彼女の住所や電話番号を知ったというわけか」

「そういうことになりますね……」

「とすれば、犯人はそのタクシーに次に乗った客か、あるいは――」

私がそう言いかけると、

「そのタクシー運転手か」

運転手は苦り切った口調で続けた。

「しかし、彼女の勘違いということも考えられるし、犯人が彼女の住所を知ったのは別のルートからとも考えられるね」

「ええ、まあ、そうであって欲しいところですがね」

運転手は気を取り直したような声で相槌を打った。

「犯人は何をするつもりで鳥飼久美の家に侵入したんだろうか」

「盗み目的ではないことは確かですね。盗られたものは何もなかったみたいだから。それに、彼女に危害を加えるつもりもなかったような気がします。彼女が階段から落ちたのは、争った末の弾みであって、犯人の意志ではなかったんじゃないでしょうか。もし、熱狂的なファンの仕業だとしたら、これといった目的もなく、ただ、なんとなく入ってみたかったのかもしれませんよ……」

「なるほどね」

「ただ、あの事件のことで、ぼくはずっと腑に落ちないことがあるんですよ」

運転手が言った。

「腑に落ちないことって？」

私は聞き返した。

「犯人が彼女の住所を知ったのは、拾った手帳からだったかもしれないし、あるいは、お客さんの言うように、別のルートからだったかもしれません。でも——」

そう言って、運転手は言い澱《よど》んだ。

「でも？」

「どうやって、彼女の家の二階のベランダ側の窓に施錠がしてなかったことを知ったんでしょうかね」

「…………」

「犯人は二階のベランダの窓から侵入したわけでしょう？」

「うん」

「それは確かですよね。ベランダや下の敷地に靴跡が残っていたというし、彼女の家のベランダ寄りに柿の木があって、どうやら、犯人はその木を伝わってベランダに入ったらしいことが、警察の調べで分かっているわけでしょう？」

「そうだね」

「しかも、ベランダの窓ガラスはどこも割れてはいなかった。ということは、犯人は施錠してなかった窓から入ったということになるじゃありませんか」

「そうだな」

「そこが不思議なんですよ。どうして、犯人に、二階のベランダの窓が施錠してないことが分かったのか」

「たまたまベランダによじ登ってみたら、窓に施錠がしてなかったんじゃないのかな。もしくは、二階の窓なら施錠してないかもしれないと思ってよじ登ってみたか――」

「それはおかしいですよ」

運転手は即座に言った。

「なぜ？」

「もし、犯人が家の周りをぐるりと回って、一階の窓が全部施錠されているのを確認してから、そう考えたのだとしたら、それもありえると思いますよ。でも、犯人はそうはしてはいないんです。犯人は一階の窓を全部見回る前に、柿の木をよじ登って二階に行ってるんです」

「どうしてそんなことが――」

分かるのかと言いかけると、

「分かりますよ。足跡です。犯人の足跡が残っていたのは、門の所から柿の木の下までだったそうです。言い換えると、家の周囲の半分までしか足跡がついていなかったんです。あの事件のあった日は前日雪が降って、敷地内にはまだ雪が残っていました。だから、足跡がハッキリと残っていたんです。その足跡からすると、犯人は、家の周囲をぐるりと見て回ったわけではなかった。どうして一階の窓を全部調べる前に、二階に行こうとしたんでしょうかね。ふつう、木をよじ登って二階から入るよりも、一階の窓で開いている所があったらそこから忍び込もうと思うもんじゃないでしょうか。その方がよっぽど楽なはずです。それなのに、犯人は、一階の窓を全部確かめる前に、二階のベランダによじ登っているんです。これは妙だと思いませんか」

「そう言われてみると、確かに——」

「変でしょう？　まるで、犯人は二階のベランダの窓が施錠してないことを知っていたみたいじゃありませんか」

「二階の窓が少し開いていたのかな……」

私はそう言ってみた。

「窓が開いていた？　事件が起きたのは、一月の真冬ですよ？　鳥飼久美が窓を開けたまま外出したって言うんですか」

「ありえないかな」

「考えられませんよ。まあ、うっかり窓の施錠を忘れるというなら、考えられないこともないけれど、真冬に窓を開けたまま出掛けるなんて——」

「そうだな。ちょっと考えられないな」

「犯人はどうしていきなり二階の窓から入ろうとしたんでしょうか。もし、二階の窓の施錠がしてないことを知っていたとすれば、どうしてそれが分かったんでしょうか」

「…………」

「このことがずっと腑に落ちなかったんですがね、つい最近、あることがきっかけでとんでもないことを思い付いたんですよ」

運転手は声を潜めて言った。

「とんでもないこと？」

私は思わず身を乗り出した。

「あの事件の真相です」

「真相って――」

「犯人は誰かから教えられていたんじゃないでしょうか」

「教えられるって、何を？」

「鳥飼久美の家の二階の窓には施錠がされていなかったことを。もっと言えば、施錠されていないのは、あそこの窓だけだったことを。だから、犯人は、まっすぐ、迷わずに木を伝わって二階によじ登ったんです」

「そんなことを誰に教えられたっていうんだ。鳥飼久美は独身だったんだろう？　あの家に独りで住んでいたんだろう？　だとしたら、そんなことを知っているのは――」

「被害者本人だけということになりますね」

「…………」

「つまり、犯人に二階の窓のことを教えたのは被害者本人だったんじゃないでしょうか」

「被害者本人って、まさか――」

「犯人は鳥飼久美に頼まれてベランダから侵入したんじゃないでしょうか」

＊

「頼まれて？　それじゃ、鳥飼久美と犯人は顔見知りだったというのか」

私はびっくりして聞き返した。

「おそらくね。今までの報道からすると、犯人が二階から忍び込んだあとで、鳥飼久美が帰宅したと思われているようですが、そうじゃない。久美は犯人と一緒に帰ってきたんですよ。たぶん彼女の車で」

運転手は確信ありげな口調で言った。

「し、しかし、もしそうだとしたら、なぜ――」

「実は、こんなことを思い付いたのも、姪の話からなんです。ぼくには大学に通っている姪がいましてね、その姪がせんだってうちに遊びに来たとき、こんな話をしてくれたんです……」

運転手の話はこうだった。

夜遅く、ボーイフレンドと一緒に下宿先のアパートに帰ってきたその姪は、いざ部屋に入ろうとして、部屋の鍵をなくしたことに気が付いたのだという。

姪は管理人にマスターキーを借りようとしたが、管理人は不在だった。姪とボーイフレンドは途方に暮れていたが、そのうち、姪がベランダの窓の施錠をしていなかったことを思い出した。姪の部屋は二階にあった。そこで、ボーイフレンドに頼んで、二階のベランダまでよじ登って貰い、窓から入ろうとしたのだが、そのとき、隣の住人に見付かって、一騒動になったというのである。

「もう少しでパトカーを呼ばれるところだったそうです。そんな姪の話を笑って聞いているうちに、はっとひらめいたんです。もしかしたら、鳥飼久美のときもこういうことだったんじゃないかってね。犯人は、家の鍵をなくしたと久美に言われて、しかたなく、柿の木をよじ登って、ベランダから入ろうとしたのではないか」

「………」

「女の彼女には無理でも、男なら柿の木をよじ登ってベランダから入るのも難しいことじゃありません。寒空で震えているよりその方がいい。久美に頼まれて男はすぐに承知した。だから、まっすぐ、迷わずに柿の木まで行くと、それによじ登り、ベランダから中に入ったんです」

「ちょっと待てよ。それはおかしい」

私は慌てて遮った。しかたなく始めた会話だったが、思わぬ話の成り行きに、興味を持ち始めていた。

「何がおかしいんです？」

「いいかい。もし、きみの推理が正しいとすれば、鳥飼久美は家の鍵を持っていなかったはずだ。そうだろう？」

「そういうことになりますね」

運転手の声は落ち着いていた。

「しかし、彼女が鍵を持っていなかったら、当然、警察だって、不審に思ったはずだ。どうやって家の中に入ったのか――」

「そうですね。警察が不審に思わず、鍵のことについて何も報道されなかったところをみると、鳥飼久美は家の鍵を持っていたのでしょうね。だから、誰も怪しまなかった」

「だったら、きみの推理は成り立たないじゃないか。久美は鍵をなくしたわけじゃなかったとしたら」

「それが成り立つんです」

運転手はやけに自信ありげに言いきった。

「どうして？」

「久美が鍵を持っていても、ちゃんと成り立つんですよ、ぼくの推理は」

「どういうことだ？」

「嘘だったんですよ」

「え」

「鍵をなくしたというのは嘘だったんです。すべては鳥飼久美の策略だったとしたらどうでしょう？　彼女は家の鍵をなくしてなんかいなかった。連れの男を侵入者のように見せ掛けるために、鍵をなくしたなんて嘘をついたんです。男が裏に回って木に登っている間に、彼女は持っていた鍵で玄関から入ると、ゴルフバッグからゴルフクラブを引っ張り出し、それを持って階段を昇った。何も知らずにベランダから入ってくるはずの男を待ち受けて、それで殴りつけるためにです」

「そ、それじゃ、まさか――」

私はびっくり仰天した。

「あの事件の被害者は久美ではなかったんですよ。殺される運命にあったのは、連れの男の方だったんです。いや、連れの男のはずだったんです。鳥飼久美はある男を殺したいと思っていた。そこで、知恵をしぼって、あの頃、話題になっていたストーカーにその男を仕立てて、正当防衛に見せ掛けて、殺そうと思いついたんです。それには、男を侵入者に見せ掛ける必要があった。だから、男が二階のベランダから入るように仕向けたんです。ベランダから忍び込んできた不審者を恐怖のあまりゴルフクラブで殴りつけて殺してしまった。鳥飼久美はそんな状況を作りたかったんじゃないでしょうか。ところが、事はそううまくは運ばなかった。久美は男を一撃で仕留めることができず、二人の間で争いになり、あげくの果てに、久美は男につきとばされて階段を転げ落ち、自らの命の方を落としてしまった――というのが真相だったとしたら？」

運転手はそう言って、ルームミラー越しに私の方を見た。

私は啞然《あぜん》として口を開けたままだった。

＊

「も、もし、きみの推理通りだとしたら、鳥飼久美を悩ませた悪戯電話や脅迫状というのは――」

私は新しいマジックを思い付いたときのような興奮を感じながら、ようやく言った。

「彼女の狂言だったということになります。自分が何者かに狙われているように見せ掛けるための。ひょっとすると、正当防衛を装った殺人計画は二カ月前から練りに練られていたのかもしれません。タクシーの中で手帳を落としたと友人にそれとなく漏らしたときから」

運転手は言った。

「なるほど。そうやって、いもしないストーカーの存在を作り上げようとしたというわけか」

私は唸《うな》るように呟いた。

「でも、鳥飼久美は悪戯電話が頻繁にかかるようになってから、電話番号を変えたということだったぞ。まさか、それも？」

「そうやって、見えない犯人に脅えていたという証拠を残そうとしたんでしょうね。不審者にいきなりゴルフクラブで殴りかかったとしても、日ごろから悪戯電話や脅迫状に脅えていたことにすれば、情状酌量の余地があります。過剰防衛ということになっても、まさか実刑をくらうことはないでしょう」

「それにしても、そんなことまでして、彼女が殺そうとした男ってのは一体誰だったんだろう」

「そこまでは分かりませんよ」

運転手は苦笑混じりの声で首を振った。

「ただ言えることは、犯人は彼女と何らかの付き合いがあって、彼女が殺したくなるほど憎んでいた男ということだけです。でも、これだけの情報では、その男の正体までは推理しようがありません」

運転手はこれでお手上げというように、やけにアッサリと匙《さじ》を投げた。

「いや、あきらめるのはまだ早いぞ」

私は腕組みした。さっきまで寝た振りをしていたことなど忘れそうになっていた。私の悪い癖なのだ。何かに夢中になると、つい周りが見えなくなってしまう。

「彼女と付き合いがあったと言っても、それほど深い付き合いじゃないな。だって、そうじゃないか。鳥飼久美はその男をストーカーに仕立てあげようとしていた。ということは、たとえ男の身元を調べられても、自分との関係はばれないという自信があったからじゃないだろうか。そうでなければ、あんな計画はたてないだろう」

今度は私がしゃべる番だった。

「そうですね……」

運転手は相槌を打った。

「しかし、そうすると妙だな。自宅に連れてくるほど親しくしていて、それなのに、他人には自分たちの関係は絶対に分からないという自信があったというのは。一体、どういう関係だったんだ。しかも、その男を殺したいほど憎んでいたとなると……」

「周囲に隠してこっそり付き合っていた恋人――ってところですかね」

「その線はありそうだ。周囲に関係を隠していたとなると、相手は独身じゃないかもしれない。不倫ということも考えられる――」

フリンという言葉を口にしたとき、私の頭にひらめくものがあった。

「待てよ」

「何です？」

運転手はルームミラーを見た。

「そういえば、以前、鳥飼久美はなんとかという妻子持ちのジャーナリストと付き合っているらしいと週刊誌に書き立てられたことがあったな」

「中尾《なかお》憲一郎《けんいちろう》でしょう。でも、中尾が犯人とは思えないなあ。彼では有名すぎますよ。どう考えても、あの男をストーカーに仕立てるというのは――」

運転手は肩を竦《すく》めるような仕草をした。

「そうじゃない。中尾の妻だよ」

「は？」

「中尾には別居中の妻がいただろう。それが亡くなっているんだよ。鳥飼久美の事件が起きる数カ月前に」

「ああ、そういえば、そんなことがありましたね……」

「被害者が鳥飼久美ほど有名人ではなかったということもあってか、あまりマスコミには取り上げられなかったが、あれも変死だったんじゃないか」

「確か、自宅のマンションで死んでいるのを通いの家政婦が発見したんでしたね。でも、あれはただの事故だったんじゃないですか。なんでも棚の上のものを取ろうとして椅子に乗っていたときに、バランスを崩して倒れ、床に頭を打ち付けたらしいとか――」

「いや、事故に見えたが、現場の状況に不自然なところがあるから、他殺の疑いもあるということだったじゃないか」

「そうでしたっけ……」

運転手は曖昧な口調で言った。

「そうだよ。あの事件もまだ犯人がつかまっていないんだ。夫の中尾にはアリバイがあったらしいし」

「でも、ただの事故だとしたら、はじめから犯人などいないわけだから――」

「あれがただの事故ではないとしたら？」

「え、殺人だったというんですか」

今度は運転手の方が驚いたような声を出した。

「殺人といっても、計画的なものではなかったに違いない。おそらく、あれも何かの弾みだったのかもしれない。中尾の妻は誰かと争っていて、つきとばされた拍子に転倒して床に頭をぶつけて死んだとしたらどうだろう？　慌てた犯人は、咄嗟《とっさ》に、被害者が事故に遭ったようにに見せ掛けるために、椅子を倒して偽装工作をしたとしたら？」

「でも、それが、鳥飼久美の事件とどういう関係があるんです？」

「もしも、もしもだよ。中尾の妻を殺したのが鳥飼久美だとしたら？」

「えっ」

運転手はたまげたような声を出した。

「久美は中尾と密《ひそ》かに付き合っていた。結婚を考えていたかもしれない。しかし、中尾には別居中の妻がおり、それが離婚に同意しなかったとしたらどうだろう。久美はこっそり、中尾の妻のマンションを訪れ、中尾の妻と話し合おうとした。ところが、言い争いになり、その弾みで、中尾の妻をつきとばして殺してしまった……」

「…………」

「そのことを誰かに知られてしまったとしたら？」

「脅迫されていたというんですか」

「そうだよ。もしかすると、悪戯電話とか脅迫状とかいうのも、全く狂言というわけではないかもしれない。鳥飼久美は本当に悪戯電話や脅迫状を受けていたのかもしれない」

「それじゃ、鳥飼久美が中尾の妻を殺したことを知った何者かが久美を脅迫し、彼女はその脅迫に耐えられなくなって、その男を殺そうとしたというわけですか」

「そう考えれば、久美とその男の関係が分かるじゃないか。深い付き合いではないが、なんらかの関係があり、彼女がその男を殺したいほど憎んでいたという条件にピタリとあてはまる」

「しかし、だとすると、その男はどうやって、久美が中尾の妻を殺したことを知ったんでしょうかね」

「事件当日、中尾の妻の部屋から出てくる彼女の姿を目撃したか——」

私は考え込みながら言った。

「とすると、その男は中尾の妻のマンションの住人とも考えられますね……」

「うん」

「でも、そのマンションに住む誰かを訪ねてきたのかもしれませんよ。だめですね。やっぱり、その男の正体を絞りきることは無理ですよ」

「あきらめるのはまだ早い。そうだ」

私の頭にひらめくものがあった。

「鳥飼久美はタクシーの中で手帳をなくしたと言っていたんだったね」

「え、ええ」

「なぜ、タクシーの中なのだ？」

「え」

「もし、手帳をなくしたというのが、久美のついた嘘だとしたら、なぜタクシーの中でなくしたなどと言ったのだろう？」

「さ、さあ」

「何もタクシーの中でなくてもいいじゃないか。なんでタクシーなんだ」

「そんなこと知りませんよ」

「もしかしたら、久美は本当に手帳をタクシーの中でなくしたことがあったんじゃないか」

「………」

「そうか。久美は嘘をついたわけじゃなかったんだよ。彼女は本当にタクシーの中で手帳を落とし、その手帳を拾った男から、悪戯電話や脅迫状を受けていたとしたらどうだろう？」

「………」

「ただし、その男は、ただの好奇心で鳥飼久美に接触しようとしたわけではなかった。久美が、中尾の妻を殺したのではないかという疑いを持ち、そのことで久美を脅迫しようとしたのだ」

「………」

「つまり、こういうことだったんだよ。中尾の妻が殺された日、鳥飼久美は中尾の妻のマンションまでタクシーで行ったんじゃないだろうか。彼女の顔はよく知られているから、そのタクシーの運転手は客が鳥飼久美という人気キャスターだとすぐに分かった。おまけに、彼女は手帳を落として行った。数日後、運転手は、中尾憲一郎というジャーナリストの妻が自宅のマンションで変死したことを知る。事故に見えるが、他殺の疑いもあるという。そのとき、運転手はあることを思い出した。中尾の妻が死んだ日、鳥飼久美をそのマンションの近くまで運んだことを、だ。しかも、その運転手は鳥飼久美のファンだった。だから、彼女に関することは何でも知っていた。久美が中尾と密かに付き合っているらしいということを暴露した週刊誌の記事もむろん読んでいた。運転手の頭にある推理がひらめいた。中尾の妻を事故に見せ掛けて殺したのは、鳥飼久美ではないか。そう思い付いた運転手は、拾った手帳をもとに、久美の家に電話をかけた——」

「………」

運転手の肩は凍り付いたように動かなかった。

「男の正体はタクシー運転手だったんだよ。だから、鳥飼久美はわざわざタクシーの中で手帳を落としたと友人に話したのだ。それというのも、自分が正当防衛に見せ掛けて殺そうとしていた相手がタクシー運転手だったからだ。ところが、殺すつもりが、奇しくも、中尾の妻と同じような形で自分の方が殺されるはめになってしまった。男はさぞ驚いただろう。柿の木をよじ登って中に入ったら、外で震えながら待っているはずの久美がゴルフクラブを振り上げて襲ってきたのだからな。何の目的で久美の家に二人でやってきたのかは知らないが、おおかた、久美から家の中でゆっくり話をつけようとでも誘われたんだろう。弾みとはいえ、久美を殺してしまった男は、ようやく、久美の策略に気が付いた。ベランダや下の敷地に自分の足跡をつけてしまったから、久美の家に忍び込んだように思われてもしかたがない。警察に出頭して、真相を話したくても、それには、久美が自分を殺そうとした動機についても話さなければならない。久美を脅迫していたことをね。むろん、男にはそんなことはできなかった。さいわい、半年たっても、捜査の手は男のもとにまでは伸びてこなかった。男は少し安心したのかもしれない。安心すると、男は誰かにあの事件の真相を話したくなった。犯罪者の心理というのは不思議だ。自分の犯した罪を隠したいと思いながら、同時に、それを誰かにしゃべりたいという衝動にも駆られるものだ。まして、その犯罪者がおしゃべりな男だったとしたらなおさらだ。王様の耳はロバの耳だと誰かにしゃべりたくてたまらなくなったのだ。そこで、たまたま乗り合わせた客に、さも自分が推理したかのような顔をして、あの事件の真相をしゃべり始めた……」

＊

タクシーの中は重苦しい沈黙に支配されていた。私ははっとして黙った。息苦しいほどの沈黙だ。ふと見ると、運転手の肩がガクガクと震えている。

まさか、本当に、この男が？

そう思いかけたとき、運転手はたまりかねたように声をあげて笑い出した。

「いやだなあ、お客さん。まるで、ぼくが犯人みたいに聞こえるじゃないですか」

そう言って、さもおかしそうに上を向いて、あははと笑った。

運転手の肩が小刻みに震えていたのは、笑いをこらえていたせいらしい。

なんだ……。

私はなんとなくほっとした。ほんの冗談のつもりで言ったことが、まさか図星だったのかと、自分で言っておきながらぎょっとしていたのだ。

「残念ながら、犯人はぼくじゃありません」

運転手は底抜けに明るい声で言った。

「というのもね、ぼくがこの稼業についたのは、実は三カ月ほど前からなんですよ」

「あ、そうなの」

私は間の抜けた返事をした。

「でも、お客さんの推理、なかなか良い線いってましたよ。ただ、あの中尾憲一郎の妻が変死した件ですがね、あれはやっぱり、結局、事故死と断定されたんじゃなかったかな。だから、あんまりマスコミにも取り上げられなかったんですよ」

「え、そう?」

「そんなニュースを聞いた記憶がありますよ。確か、他殺の疑いが出たのは、倒れていた椅子の位置が不自然だったということだったと思いますが、あれは後になって、被害者の遺体を発見した家政婦が動かしたってことが分かったらしいんです」

「なんだ、そうだったのか——」

「だから、鳥飼久美が中尾の妻を弾みで殺してしまい、それをたまたま現場まで乗っていったタクシー運転手に知られてしまったという推理は成り立たないんじゃないのかなあ」

「そうか……。まあ、おれの推理は見当はずれにしても、きみの推理は十分成り立つんじゃないか。被害者だとばかり思われていた鳥飼久美の方が実は加害者だったというのは——」

「いや、それがね」

運転手は片手で頭を掻いた。

「あれもほんの座興でして」

「座興?」

「そもそも、犯人がなぜ鳥飼久美の家の二階の窓が施錠してないのが分かったのかというのが、推理の始まりでしたよね」

「うん」

「あれもね、事実はごく単純でね、二階の窓が少し開いていたからじゃないかと思うんですよ」

「開いていた? でも、この真冬に窓を閉め忘れるはずがないって、きみがさっき言ったじゃないか」

「ええ、閉め忘れたとは思えません。でも、鳥飼久美がわざと二階の窓を少し開けて行ったのではないかと思ってるんです」

「わざと? わざと開けて行ったってどういうことだ。その方がもっとありえないことじゃないか。そんな不用心な」

「猫ですよ」

「ねこ？」

「久美は猫を一匹飼っていたらしいんです。もしかしたら、二階の窓を少し開けておいたのは、その猫が自由に出入りできるようにするためだったのかもしれません。身軽な猫ならベランダから柿の木を伝わって出入りできますからね」

「…………」

「それをたまたま、犯人が見付けて、魔がさしたんでしょう、ついそこから忍び込んでしまった。犯人はやっぱり久美の熱狂的なファンだったんでしょう。彼女は世間でそう思われているように、高すぎる有名税を払わされた不運な被害者にすぎなかったんですよ」

「それじゃ、久美の計画殺人だというきみの話は――」

「ああ、あれは話をおもしろくするために、ちょっとひねって話しただけです。ぼくにはモットーがありましてね、ぼくのタクシーに乗ってくれたお客さんには、目的地まで退屈することなく楽しく過ごして貰いたいというのがモットーなんです」

「…………」

「少しは楽しんで貰えましたか」

「ああ、大いに」

私は目をつぶってシートに寄り掛かった。なんてことだ。それほどサービス精神旺盛な運転手とも知らずに、私ときたら調子に乗って……。

「それはよかった」

運転手は満足そうに呟いた。

「ところでさ」

私はふと思い付いて言った。

「何ですか」

運転手は上機嫌な声を返した。

「きみだったら、どうする？」

「どうするって、何がですか」

「もしも、もしもだよ。さっき、おれが話したようなことが実際にあったとしたら？」

「お客さんが話したことって？」

「だからさ、鳥飼久美を中尾の妻のマンションまで乗せたのがきみだったとしたら？　中尾の妻が変死したことをあとで知って、久美が犯人ではないかと疑ったとしたら？　そのあと、きみならどうする？」

「ああ、その話ですか。そうですねえ」

運転手は考えるように唸った。

「きみなら彼女を脅迫するかね」

「いいや」

運転手はきっぱりと頭を振った。

「ぼくなら脅迫なんてことはしませんね。もし、そういう疑いを抱いたとしたら、すぐにその旨を警察に通報しますよ。そして、あとは警察に任せます。それが善良な市民の義務ってもんでしょう」

「ほう。警察に通報ねえ……」

私は運転手の首を見詰めながら言った。生白く細い首だった。タクシー強盗に狙われるとしたら、こんな首をした運転手ではないだろうか。ふとそんなことを考えた。

「案外、まともなんだな」

「案外とは失礼な。いくら辞めたとはいえ、元警官が恐喝なんかできませんよ」

「元警官って、きみ、警官だったのか」

私はひっくりかえりそうになった。

「ええ、これでも三カ月前まで交番勤務してたんです。でも、なんとなく性《しょう》に合わないんで、思い切って辞めて、この道に入ったんですよ」

「そうだったのか」

「そうなんですよ」

運転手はそう言って、またルームミラーを見ていたが、

「あ、思い出した」

と突然声を張り上げた。

「トムさんだ」

「え」

私はぎょっとした。

「トムさんでしょ」

「…………」

「さっきから、ずっと考えてたんだ。今、思い出しましたよ。お客さん、トムとジェリーの、トムさんの方でしょう？」

唐突にそんなことを言い出した。トムとジェリーというのは、私と相棒の綿貫茂《わたぬきしげる》の芸名だった。

「サインしてくれなんて言わないから、本当のこと言ってくださいよ。トムさんなんでしょ？」

「うん、実はね……」

私は渋々頷いた。

「やっぱりね。さっきも言ったように女房がファンでしてね。帰って話したら、女房のやつ、驚くだろうなあ。ああいうマジックというのは、二人で考えるんですか」

運転手は浮き浮きした声を出した。

「いや、たいていは相棒の方が考えるんだけどね」

私は憂鬱《ゆううつ》な気分になりながら答えた。

「トムさんは考えないんですか」

「時にはおれが思い付くこともあるよ。この前もロープを使った新ネタを思い付いたんだが

──」

私は膝の上に置いた鞄のファスナーをそっと開けた。中にはマジックで使うロープが入っている。相棒の綿貫に新ネタを披露するために家から持ってきたものだ。

「たまにはおまえも新しいマジックを考えてみろ」と言われて、三日三晩寝ずに考えたネタだった。

それなのに──

「相棒に見せたら、陳腐で使えないと言われたよ」

「はあ」

「おまけに、相棒の奴、おれとコンビを解消して、もっと若くて才能のある奴と組みたいと言い出したんだよ……」

「それは残念だな。マジックの華麗さもさることながら、ツッコミのジェリーさんとボケのトムさんとの掛け合いがおもしろかったのに。それを解散しちゃうなんて」

「相棒に言わせれば、この十年、おれは奴のお荷物にすぎなかったんだとさ。今日もさっきまで相棒のマンションにいたんだが、そのことで口論になっちゃってさ……」

「ああ、それであんな顔してたんですね」

「あんな顔?」

「お客さん、乗り込んできたとき、凄い顔してましたよ。あ、こりゃ、何かあったなってすぐにピンときましたよ」

「そんな凄い顔してたかい」

「ええ、もう。まるで誰かの首でも絞めてきたみたいな顔」

運転手はそう言って笑った。

「そりゃ、ひどいな……」

私はぎごちなく笑いながら、手の中のロープをいじっていた。白いロープには赤い染みがついていた。私は半ば無意識にその赤い染みを爪でこすった。

運転手が何かまた話し掛けてきた。しかし、私の耳にはもう何も届かなかった。耳の中がガンガン鳴りはじめていた。私は運転手の生白い首を見詰めながらロープを片手に巻き付けた。

この運転手はおしゃべりだ。しかも私の正体を知ってしまった。早ければ、明日の朝刊あたりに綿貫のことが載るだろう。この運転手もそれを見るだろう。そして、私のことを思い出すだろう。

犯罪者の心理というのは本当に不思議だ。自分の犯した罪を隠したいと思いながら、同時にそれを誰かにしゃべりたくてたまらない衝動に駆られてしまうのだから。私はしゃべりすぎてしまった。この運転手は知らなくてもいいことまで知りすぎてしまった。

だから、そろそろ腹を決めなければならない。家に着くまでに……。

夢の中へ……

夜の学校は眠っていた。

満月が、四階建ての鉄筋コンクリートの本校舎をしらじらと照らし出している。閉まった鉄門の前でそれを見上げる少年の目には、明かりの全く消えた灰色の固まりは、得体の知れない怪物みたいに見えた。昼は多くの人間をその口から飲み込み、夜は、それをすべて吐き出して、闇の中で寝息をたてている邪悪な怪物……。

そんな怪物の姿に脅えたように、鉄門の前でしばらく立ち尽くしていた少年は、ようやく決心がついたのか、鉄門に飛び付くと、身軽な動作でそれを飛び越した。そして、ふらつく足取りで、本校舎の裏手にあるプールまで歩いて行った。

水を湛《たた》えた長方形のプールは、ちょうど、怪物の水飲み用の器のようだった。

少年はプールの縁まで来ると、再び、放心したように立ち尽くした。水面に青い月が映ってゆらゆらと揺れている。その幻想的な光景を、魅せられたように、じっと見詰めていた。

やがて、少年は衣服を脱ぎ始めた。白いTシャツを頭から剝《は》ぎ取り、下のジーンズも蹴飛ばすようにして脱いだ。黒い海水パンツだけの姿になると、ぶるっと大きく身震いした。寒いわけではない。まだ残暑が厳しい頃だった。

武者震いのようなものだったのかもしれない。これから自分がしようとしていることを考えての。

むろん、少年はここに泳ぎに来たわけではなかった。ある目的があって来たのだ。

夢の中へ行く。

それが少年の目的だった。

学校のプールは少年にとって夢の世界への入り口だった。この入り口に頭から飛び込むだけでいい。目をつぶって、弾みをつけて、頭から真っ逆さまに飛び込むのだ。そして、コンクリートの底にしたたか脳天をぶち当てるだけでいい。そうすれば、あの甘美な夢の世界へ行ける。

少年はそう信じていた。

べつに自殺をしようとしているわけではなかった。しかし、やりようによっては、死が即座に訪れるかもしれない。それならそれでいいと思った。少年が望んでいるのは、死ではなく、眠り続けることだったが、結果的に、死の世界に飛び込むことになってしまったとしても、構わないと思っていた。

とにかく、今いる、この世界、少年にとっては悪夢としか思えない、この現実の世界から逃げ出すことさえできたならば、それで目的は達したことになる。

意識を失って——あるいは、絶命して——水に浮かんだ自分の姿が発見されたあとのことを、少年は想像してみた。その想像は、少年の口元に歪んだ笑いを浮かばせた。

みんな、ぼくが酔っ払ってこんなことをしたと思うだろうな。

少年は父親のウイスキーをがぶ飲みしてきていた。やはり、しらふでは、とても実行できないだろうと思ったからだ。足元が少々ふらつくのはそのせいだった。

でも、そうじゃないってことがそのうち分かる。ぼくの日記を読めば……。

いつもは机の引き出しに鍵をかけてしまってある日記帳を机の上に出しっぱなしにしてきた。いずれ、父か母があれを読むだろう。そして、かれらの一人息子がなぜ、夜の学校に忍び込んで、海水パンツひとつになって、プールの底に頭をぶち当てようとしたのか、その理由を知るだろう。

日記には、今までの経過が事細かに記してあるのだから。

父も母も、自分たちの身勝手さが、一人息子をここまで追い込んだことを知って愕然とするだろう。ぼくのことを誤解していた教師も級友も、ぼくの本当の心を知って後悔するだろう。そして、誰よりも、あいつ。江上貴子《えがみたかこ》も泣くだろう。ぼくに、北極の氷よりも冷たい視線と、「最低」という呟《つぶや》きを浴びせかけた、あの江上も、ぼくの本当の姿を知って泣くだろう。

そして、清水たちは――

ふん。清水たちのことなんてどうでもいい。これからぼくが行く世界には、あいつらなんて、はなから存在していないんだからな。

みんな、泣いて、後悔して、苦しめばいいんだ。でも、もうぼくはおまえたちの所には帰らない。別の世界に行くんだ。この世界では、ぼくに冷たかった人たちが、みんな、優しい、あの夢の中へ。

夢の世界は実在している。きっとどこかに実在しているはずだ。そうでなければ、毎日見る夢があんなにリアルで生々しいわけがない。

あんな夢を見るようになったのは、いつからだったろう。少年はふと思った。

それは、この現実が、少年にとって悪夢としか思えなくなり始めた頃からだったかもしれない——

＊

小学生の頃までは、この世は、少年にとって楽園そのものだった。少年は、薔薇《ばら》の垣根に囲まれた白亜の二階家に、父と母との三人で住んでいた。父も母も少年を溺愛《できあい》していた。大いなる期待をかけていた。少年は成績も良く、クラスでも人気者だった。先生たちの信頼もあつく、よい子の見本のような子供だった。

学校は楽しかった。その楽しい学校から帰れば、優しい母が手作りのおやつを作って待っていてくれた。家庭は温かかった。夜になれば、夕食に間に合うように父は帰ってきた。

そんな楽園のような少年の世界に、冷やかな目をした一匹の蛇がスルリと入り込んできたのは、少年が小学校を卒業して、同じ区内にある中学に進んだ頃だった。

最初のきっかけは何だっただろう。少年は思い出そうとした。それまで家にいた母親が、友人のブティックを手伝うといって、外に働きに出たことだっただろうか。あるいは、夕食時を狙ったようにかかってくる無言電話のことで、両親の間でしばしば口喧嘩が交わされるようになったことだろうか。

父の浮気が原因で母が外に出るようになったのか。それとも、母が外に出るようになったことが原因で、父が会社の女の子とどうにかなってしまったのか。どちらが先だったのかは思い出せないが、とにかく、気が付いてみると、少年が家に帰っても母親が待っていることは稀《まれ》になり、父親の帰宅が午前零時前になるのは、むしろ珍しいことになっていた。父親の「出張」がやたらと増えたのもあの頃からだった。すると、それにあてつけるように、母親の帰りも徐々に遅くなりはじめた。それまでは、少年と一緒にとっていた夕食を、「仕事仲間」と外で済ませてくることが多くなった。

まるで、父も母も、帰宅時間をどれだけ遅くすることができるか、競争でもしているようだった。

少年はテレビを見ながら一人で食事をするようになった。連日のように高い店屋ものを頼んでも、嫌いなものを残しても、文句を言う人間はいなかった。時には、父も母も帰ってこない日があった。

そのうち、少年は塾帰りに駅周辺をうろつくようになった。まっすぐ家に帰ったところで、誰かが待っているわけでもない。本屋やコンビニの棚のコミック本を店員に注意されるまで立ち読みしたり、ゲームセンターで遊びほうけて、どんなに遅く帰ったとしても、少年を叱りつける者はいなかった。

ゲーセンやコンビニにちょくちょく出入りしているうちに、いつもそこにたむろしていた、同じ中学の清水たちと口をきくようになった。クラスは違ったが、顔くらいは知っていた。最初は、あまり良い噂《うわさ》を聞いていなかったから、なんとなく無視していた。

それがどちらからともなく、声をかけあうようになり、いつのまにか、一緒にゲームをするようになっていた。付き合ってみると、噂ほど悪い連中ではなかった。少なくとも、独りでいるよりはましだった。

少年はだんだん塾をさぼるようになった。塾へ行く時間を新しい仲間たちと過ごすようになった。

この頃から少年の帰りが遅い少年の家は、いつしか、グループの恰好の溜まり場になっていた。両親の帰りが遅い少年の学校での評判はあまり芳しいものではなくなっていた。成績も下がりはじめていた。小学校からの友人たちとの間に出来た溝は日増しに深くなっていった。少年の中に芽生えた劣等感が、今までの友人たちとの付き合いをうっとうしいものに思わせた。友人たちの方も、「不良グループ」と付き合いはじめた少年に自分たちとは違う匂いを嗅ぎ付けていた。

少年の周りからは、それまでの友人たちが一人、また一人といなくなった。でも、少年は独りにはなりたくなかった。孤独を恐れる心が、少年を卑屈にさせた。今までの友人たちが遠ざかったぶんだけ、新しい仲間たちとの距離を縮めようとした。もう彼らなしではいられなくなっていた。彼らのご機嫌をとるために、請われるままに金を与え、昼食用のパンを買いに学校を抜け出してパン屋に走ることも厭《いと》わなかった。

少年の背中に長いこと貼ってあった「優等生」というレッテルは、いつしか、「不良グループの使い走り」というレッテルに貼り替えられていた。

この頃になって、ようやく、両親も、少年の変化に気が付いた。

少年が月謝だけは受け取りながら、塾には行ってないらしいことも、財布からしばしば使途不明の金が抜き取られているらしいことも、よからぬ仲間と夜遅くまで遊び歩いたり、彼らを家に連れ込んでいるらしいことも気が付いた。

両親は気付いていた。しかし、どういうわけか、父も母も、そのことについて、面と向って少年を問いただすことも、叱責することもなかった。その代わり、少年の顔をまともに見ないようになった。目があうのを恐れているように見えた。結局、二人のしたことは、財布や酒や煙草の保管場所を変えることだけだった。そのことは、少年の心をいたく傷付けた。頭ごなしに叱責されるよりも、少年を傷付けた。両親からも見放された、少年はそう感じた。

そして、この頃になると、それまでは、それなりに快適だった新しい仲間たちとの付き合いが、少年にはだんだん重荷になってきていた。最初は「対等」ではじまったはずの彼らとの関係が、いつのまにか、完全に、「家来」の身分になりさがっていた。それは少年の自尊心をいたく傷付け、彼らを図に乗らせていた。やがて、彼らは、「遊び」と称して、少年に軽い犯罪行為を強制するようになった。それは万引からはじまって、徐々にエスカレートしていった。

少年があんな夢を見るようになったのは、まさにこんな頃のことだった。

＊

その夢はとてもリアルだった。それまでは、夢といえば、現実にはありえないような荒唐無稽で支離滅裂なもの、それも、ごく断片的にしか覚えていないものが多かったというのに、その夢だけは違った。ひどく現実的で、整然としていた。目が覚めたあとも、経験したことの細部までありありと思い出すことができた。まるで昨日のできごとを思い出すように。夢を見たというよりも、もうひとつの日常世界から帰ってきたという感じだった。

その夢の中で、少年はやはり中学に通う少年だった。何もかもが等身大だった。異常なことも過激なことも起こらない。夜、ベッドにはいって眠りにつくと、少年は、もうひとつの世界で目を覚まし、その世界の住人となって、その世界の日常を送るのだ。

夢の中の両親は昔のように優しかった。父と母は仲が良く、口喧嘩もめったにしなかった。夢の中の母親は勤めには出掛けず、少年が学校から帰ると、おやつを作って待っていた。夢の中の父親は、夕食の時間に間に合うように帰宅した。無言電話をかけてくるような愛人も作らなかった。

家庭は昔のように温かかった。両親は少年を愛し、期待をかけていた。少年もその期待に十分応えていた。

学校も楽しかった。成績はトップクラスで、クラスの人気者だった。教師からも一目おかれていた。しかも、夢の世界には、清水たちはいなかった。いや、彼らも存在くらいはしていたのかもしれないが、少年との接点がなかったために、少年の夢の中にはついぞ現れたことがなかった。

それはまさに、少年が理想としていた世界だった。というより、どこかで歯車が狂わなければ、少年が本来いるべき世界だった。小学生の頃、少年はまぎれもなくそんな世界にいたのだから。

夢と現実は奇妙に対応していた。たとえば、実力テストの結果が出た夜に見たのは、そのテストで全校トップになった夢だった。廊下の掲示板に張り出された成績優秀者の名前のトップに自分の名前を見付けて、少年は誇らしさに胸をふくらませた。目が覚めたあとも、そのときの晴れがましい気分がまだ身体のどこかに残っていた。

しかし、夢の余韻にしばし身をまかせたあと、突如、少年は髪をかきむしりたいような絶望感とともに思い出さなければならなかった。現実には、テストの結果は惨憺たるもので、放課後、担任教師から職員室に呼び出されて、「このままでは行ける高校がなくなってしまうぞ」と冷やかに宣告されていたことを。それを両親に告げることもできずに悶々としていたことを。

夢は現実の裏返しだった。夢の世界の日常は生き生きとして希望と光にあふれていた。しかし、夢の世界が甘美であればあるほど、目覚めたときの落胆は筆舌につくしがたいものがあった。目が覚めて、すべてが夢だったことに気付いたときの、あの地の底にひきずりこまれるような絶望感……。

やがて、少年は夢を心待ちにしながらも、夢を恐れるようになった。いや、目が覚めて夢が終わることを恐れるようになった。少年には、この現実よりも、夢の世界の方が、本来自分がいるべき世界のような気がしてならなかった。何かが間違っている。ぼくは本当はあちらの世界の住人なのだ。もしかすると、こちらの方が夢なのかもしれない。それもひどい悪夢だ……。

この悪夢から覚める方法はないものだろうか。あの夢の世界にずっと留まることはできないものだろうか。

少年はそんなことを鬱々と考えるようになっていた。

そんなとき、少年の頭にふとひらめいたことがあった。眠り続けることができたならば。そうすれば、もうこんな悪夢みたいな現実に戻ってこなくてもいい。昏睡《こんすい》。ずっと眠り続けて生きること。少年は、前に聞いたことがある話を思い出していた。昔の話だが、少年の通う中学で実際に起こった痛ましい事故のことを。

夏のことだった。体育の授業中、それは起こった。プールで飛び込みの練習をしていた生徒の一人が、飛び込みに失敗して、プールの底に頭を打ち付け、意識不明のまま病院に担ぎ込まれたのだ。生徒は一命は取りとめたが、意識は戻らなかった。

あれから十数年たった今も、その生徒は自宅で家族の看護を受けながら眠り続けているという話だった。

それを友人の一人から聞いたときは、ひどい話だなと少年は思った。そんな生きているのか死んでいるのか分からないような宙ぶらりんの状態よりも、いっそ死んでしまった方が、本人のためにも家族のためにもよかっただろうにとさえ思った。

だが、今は全く違う思いでその事件のことを少年は思い出していた。今は、その生徒が羨《うらや》ましい。少年は焼け付くような思いでそう感じた。ずっと眠り続けていられるなんて。夢の世界で生きていられるなんて。もう目が覚めなくてもいいなんて。ぼくが替わりたいくらいだ。

ぼくが替わる?

少年は思わず自問自答した。そうだ。ぼくも同じことができないだろうか。その生徒の場合は、偶発的な事故にすぎなかったが、それを意識的にやったとしたら? 夢の世界に行けるのではないか……。

いや、駄目だ。少年は思い付いたアイデアをすぐに首を振って打ち消した。うまくコンクリートの底に頭を打ち付けることができたとしても、それで、必ずしも昏睡状態になるとは限らないじゃないか。打ち所によっては、死んでしまうこともありうるし、全身マヒになる可能性もある。なにせ頭だから、もっと他の障害が出る可能性だってある。

駄目だ、駄目だ。いったんは打ち消したものの、それでも、一度、少年の頭にひらめいたアイデアは少年の脳裏から完全に消えることはなかった。プールの近くを通るたびに、そこが別世界への入り口のように見えて思わず立ち止まることも一度や二度ではなかった。

決心のつかぬまま、ずるずると月日だけがたってしまったが、ついに、少年は今夜、ずっと心に思い描いていた計画を実行に移す決心をかためたのだった。

少年が決心をかためたのは、昼間、ある級友の口から浴びせられた一言がきっかけだった。

「最低」

そんな罵声が、よりにもよって、少年がずっと密《ひそ》かに思いを寄せていたクラスメートの江上貴子の口から漏れたのを聞いた瞬間、少年は、もうあれを決行するしかないと心に固く誓ったのだ。

その日、少年は昼食時に教室を抜け出して、あるクラスメートの下駄箱の前にいた。そのクラスメートの靴の底にこっそり画鋲《がびょう》をしこむために。むろん、それは少年の意志ではなかった。そのクラスメートをいじめのターゲットにしていた清水たちから強制されて、嫌々したことだった。拒否すれば、今度は自分がターゲットになるだろうということを少年は厭というほど分かっていた。こんな陰湿な悪戯《いたずら》はやりたくはなかったが、自分の身を守るためにはしかたがなかった。

ところが、画鋲をしこむ現場を、たまたま通りがかった江上に見られてしまった。彼女の視線に気付いて、少年は凍り付いたようになった。クラス委員をしていた明敏な少女は、ひと目で少年が何をしようとしているか悟ったらしかった。眉をひそめ、蛇か蜘蛛でも見るような目をして、江上は吐き出すように言った。小さく呟くような声だったにもかかわらず、まるでスピーカーから発せられた大音響のように少年の耳には聞こえた。

「最低」

江上が立ち去ったあとも、少年の耳には、「最低」という言葉がガンガンと耳なりのように鳴り続けていた。

最低最低最低最低最低最低……。

少年はその夜、日記に何頁にもわたって、そう書き続けた。

そんな文字を無意味に書き連ねながら、少年は、前夜見た夢のことを思い出していた。その夢の中に江上は出てきたのだ。しかも、放課後、下駄箱の所で、帰り支度をしていた少年の前に突然彼女は現れた。おずおずとした物腰で近付いてくると、顔を赤らめ、ささやくような声で、「前から好きだった」と告白したのだ。

その同じ唇で、少女は、現実の世界の江上貴子は、少年の心臓が真っ二つに切り裂かれるような言葉を投げ付けたのである。

「最低」と。

少年にとっては、「死ね」と言われたも同然だった。

「最低」と書き連ねていた文字がふいに、「決行」の二文字に変わった。少年の手に握り締められていた鉛筆の芯がポキリと不吉な音をたてて折れた。

それは、それまで少年を支えていた、心のつっかえぼうが根本から折れた音でもあった。

＊

少年は五度失敗した。五度とも、飛び込んだ直後、本能的に頭をあげてしまったからだ。飛び込みは得意な方だった。それが裏目に出てしまった。いざやってみると、コンクリートの底に頭を打ち付けるように飛び込むというのは難しいものだと思った。

それでも少年はあきらめなかった。ひとつ大きな深呼吸をすると、再び、飛び込みの姿勢を取った。水面で月がきらきら揺れている。それをじっと見詰めた。すると、まるでその月の魔力に誘われるように、自然に踵がプールの縁から離れた。

夢の中へ！

夢の中へ！

そう念じたまま、少年は水音をたてて飛び込んだ。

その直後、強い衝撃と同時に炸裂する真っ白な光が少年を包んだ……。

＊

誰かの声が聞こえる。

自分の名前を呼ぶ、誰かの声。

泣き声に近い。泣きながら、誰かが少年の名前を呼んでいた。

少年はぽっかりと目を開けた。

目の前に、自分を覗き込んでいた幾つかの目があるのに気が付いた。その目たちが一斉に大きく見開かれるのを、少年はぼんやりと見ていた。

「――気が付いた」

なんだかひどく間の抜けたような声で一言そう言ったのは、少年のよく知った顔だった。不精髭を生やした父親は、泣き笑いのような表情を顔に浮かべて、もう一度痴呆のように繰り返した。

「気が付いたぞ」

少年は何が何だか分からなかった。自分がどこにいるのかも分からない。頭が割れるように痛い。硬いベッドのようなものに寝かされているのは感知できたが、ここがどこなのか分からなかった。天井の明かりが眩しい。自分の部屋ではなさそうだが……。

少年を覗き込んでいたのは、父と母だった。母の瞼《まぶた》は真っ赤に腫れあがっている。まるでお岩みたいだ、と少年は妙に呑気な気分で思った。

その部屋の中にいるのは、父と母だけではなかった。白い服を着た見知らぬ人たちが何人もいた。

医者みたいだ。

少年の身体をあちこち触って何か調べている。

ここは病院かな。

最初は混濁していた意識が少しずつはっきりしてきた。

ああ、そうだ。

少年はようやく思い出した。学校のプールに頭から飛び込んだのだ。そこまでは思い出せた。でも、そのあとが思い出せない。どうやら、ここは天国ではなさそうだ。死んだわけではないようだ。生き返ったのかな。それとも、これは夢……？

「ぼく、どうしたの」

少年は乾いた唇をなめながら、ゆっくりと母親に向かって口をきいた。

「しゃべったぞ」

父親がまるで奇跡でも目の当たりにしたように言った。

しゃべるよ。猿じゃないんだから。

少年はむっとしながら思った。

「あなた、プールの底で頭打って、三日も意識がなかったのよ」

母親が言った。

三日？

少年はぼんやりと呟いた。

ということは、ここは天国でもなければ地獄でもない。まして、ぼくが行きたかった夢の世界でもないらしい。つまり、三日間昏睡していただけで、また現実の世界に舞いもどってしまったというわけか。

なんだ……。

少年はがっかりしたような、そのくせ、妙に安心したような気持ちで、そう思った。

「もう大丈夫ですよ」

少年の身体を調べていた医者らしき男がそう言うと、母親はわっと泣き崩れた。

ようするに、少年の計画はあえなく失敗したということらしかった。いや、正確には三日間だけ成功したというべきか。しかし、残念なことに、少年は三日間、あの夢の世界にいたはずなのに、目が覚めたとき、その間に見た夢のことは何も覚えていなかった。

数日後、少年は退院した。しばらく自宅療養したあと、学校に行った。教師やクラスメートからどんな目で見られるかと、内心、憂鬱《ゆううつ》でしかたがなかったが、いざ学校の門をくぐってみると、担任や級友たちの態度は、少年が考えていたものとは微妙に違っていた。冷やかな白い目というよりも、少年を見る目に、何かいたわるような色があったのだ。少年はそれを敏感に感じとっていた。少年を取り巻くクラスの雰囲気がどこか前とは違っていた。

その理由は放課後になって分かった。担任に職員室に呼び出された少年は、担任から、

「お母さんからきみの日記を見せてもらった」と打ち明けられた。そう言ったあと、担任はいきなり頭をさげた。

「きみのことを誤解していたようだ。すまなかった」

まだ若い男の教師は率直に謝った。それを見たとき、少年の心の中で凍り付いていた何かが少し溶けるのを感じた。

担任はさらに続けた。以前行ける高校がないなど酷《ひど》いことを言ったが、あれは、きみにやる気を出させるために少し誇張して言っただけだから、あまり気にするな。今から頑張れば、十分間に合う。希望はまだあるんだから、頑張れと。

そう言って、励ますように、少年の肩を二度ほど叩いた。

職員室を出て、教室に戻ってくると、少年はドキリとした。誰もいない教室に、ポツンと一人、残っている生徒がいた。江上貴子だった。少年を見ると、彼女はちょっとぎごちない笑みを浮かべた。そして、担任と同じことを言った。彼女も少年の日記を読んだらしい。

「あたし、きみのこと誤解してたみたい」

少女は言った。

「好きで不良グループと付き合っていたわけじゃなかったのね」

少年は黙っていた。

「生き返ってくれてよかった」

少女はそう言って、両手で顔を覆った。

少年の心の中で、またひとつ、大きな氷の塊が溶けつつあるのを感じていた。

その日、少年はなんとなくほのぼのとした気分で家に帰ってきた。浮き浮きというほどではなかったが、それでも、今までの暗く閉ざされていた密室のブラインドが少しだけ開けられて、僅《わず》かに、ほんの僅かにだが、陽の光が射し込んだ、そんな気分だった。

その日から少年を取り巻く環境は少しずつ変わりはじめた。まず、両親の帰りが申し合わせたように早くなった。といっても、昔のような和気藹々《あいあい》とした家庭にすぐに戻れたわけではない。三人で夕食のテーブルを囲みながらも、どこか、お互いに、ホームドラマの家族を演じているようなぎごちなさがあった。会話も弾まない。

それでも、両親が、なんとか以前のような家庭を取り戻そうと努力しているらしいことは少年には感じ取れたし、多少、ぎごちのなさや気まずさはあっても、一人でぼそぼそととる夕食よりは、ましなような気がした。

変わったのは、家庭だけではなかった。学校での環境も少しずつ変わりはじめていた。まず、清水たちが寄り付かなくなった。自殺未遂――少年が望んだのは死ではなかったが、あの夜の奇怪な行動は、周囲にはそんな風に受け止められていたようだ――をした少年をうっとうしく思うようになったのかもしれない。少年の方もあれ以来、コンビニやゲームセンターに足を踏み入れていないので、学校以外に彼らとの接点がなかったということもある。

それに、少年はもう孤独ではなかった。少年の日記を読んで、少年の胸のうちを理解してくれた江上貴子が率先して、彼がクラスにもっと溶け込めるようにと何かと気を配ってくれたおかげで、少年は、以前の友人たちとの溝を少しずつ埋めていくことができるようになっていた。

しかし、少し状況が良くなったからといって、あの夢の世界とはまだ比べものにはならない。以前の友達を取り戻しつつあるとはいえ、少年はクラスの人気者などとはほど遠かったし、江上貴子との関係も、夢の中のように甘いものではなかった。むろん、彼女の方から少年に愛の告白をすることなど現実にはありえなかったし、友達の域を出ることさえも、当分、いや永遠にありそうもなかった。

家に帰れば、以前よりは夕食のテーブルを囲む日が増えたとはいえ、両親との関係も、それほどスムーズにいっているわけでもない。両親は相変わらずつまらないことで口喧嘩をしていたし、父親は、例の浮気相手とは手を切ったらしいが、いつまた浮気の虫がおこるかしれたものではなかった。

それでも、少年は、この現実の世界もそんなに悪いものじゃないなと思いはじめていた。それに、不思議なことに、そう思うようになってから、あの夢を見ないようになった。いや、見ているのかもしれないが、朝、目が覚めてもさっぱり思い出せなかった。だから、あの甘美な夢の余韻は味わえなかったが、その代わり、現実との落差に苦しむこともなくなった。目ざめは前ほど悪いものではなくなっていた。

思い返してみれば、あの夢は、少年の記憶が作り出した幼い頃の楽園の幻想にすぎなかったのかもしれない。幼い頃は、誰でも、自分が世界のヒーローだ。世界は自分を中心に回っており、いつも自分だけが主人公でいられた。しかし、時が過ぎて、大人になるにつれて、それは幼い自我が作り出した幻想にすぎないということが、苦い認識とともに分かってくる。自分というものが、もっと大きな世界では、ヒーローどころか、名前さえも与えられない通行人Aにすぎないということが厭というほど分かってくるのだ。その認識に耐えられなくて、あんな夢の世界を作りあげ、それに逃げ込もうとしたのかもしれない。少年はそんな風に思えるようになっていた。

もうぼくに夢の世界は必要ないのかもしれない。だから、夢を見なくなったのだ。たとえ、見ていたとしても、思い出せなくなったのだ。

思えば、そもそも、人間とは、アダムとイヴの時代から、楽園を追われることで人間として歩き出したのではなかったか。

こうして、再び歩き出した少年の足元を、寄せては返す波のように、季節が訪れては過ぎていった。

少年は中学を卒業して高校に入った。それは第一志望の高校ではなかったが、少年はそれほど不満は感じなかった。やがて、その高校も無事に卒業した。一浪して、滑り止めに受けた大学になんとか合格した。江上貴子とは中学の同窓生として、時折、電話をかけあったり会うことはあったが、それが友達以上の関係に進展することはなかった。

そして、大学四年のとき、一足先に四年制の一流大学を卒業していた彼女が、大学の先輩でもあるエリートサラリーマンと婚約したという噂を聞いた。こうして、少年の淡い初恋にようやくピリオドが打たれた。

やがて、一流とは言えない大学を五年かかって卒業した少年は、これまた一流とはほど遠い小さな会社に就職した。そして、そこで事務をしていた一つ年下の女性と恋仲になり、一年ほど交際して、結婚した。

時は流れた。今や、少年はもはや少年ではなくなっていた。中年と言われる年齢になろうとしていた。子供は二人出来ていた。薔薇の垣根の白い家に、老いた父母と妻と子供たちと暮らしていた。父親はあれから二度ほど浮気をしたらしいが、家庭崩壊にまでは至らなかった。母親は今では勤めをやめて、孫のお守りにかかりっきりだ。妻は近くのスーパーに働きに出ている。典型的な小市民の生活である。

日曜日の午後、彼は、家の中で一人で寝転んでいた。妻は子供たちを連れて里帰りをしており、父母は珍しく連れ立って町内会の旅行とやらに出掛けていた。

静かな午後のひとときを、彼は、庭の見える居間に手枕で寝転び、つけっぱなしにしたラジオを聴きながら、半分居眠りをしていた。ラジオからは、古いポップスが流れていた。

夢の中へ
夢の中へ行ってみたいと思いませんか。

古いポップスの歌手はそう歌っていた。

夢の中へ、か。

彼はそれをぼんやりと聴きながら、ふと、中学の頃のあの馬鹿げた行動を苦笑いとともに思い返していた。

若気の至りとはいえ、馬鹿なことを考えたものだ。もし、あのとき、あのまま目が覚めず、本当に夢の中へ行ってしまっていたとしたら、どうなっていただろう。「生き返って」以来、全く見なくなったあの夢のことを、彼は久し振りで思い出した。中学の頃に好きだった女の子に愛の告白をされたところで、あの夢は終わってしまった。あの夢の世界では、自分はあれからどうなったのだろう。もしかすると、中学をトップで卒業し、第一志望の高校に難無く合格し、一流大学を出て、一流企業に就職し、あの江上貴子と結婚していたかもしれない。

今いる会社は一流とは口が裂けても言えないし、その二流、いや三流の会社で、自分は必ずしも必要な人材とは言えない。おまけに、妻にした女は美人でも才女でもないし、二人の子供も、親の贔屓《ひいき》目で見ても、出来がいいとは申しかねる。今の自分の境遇に満足しているかと人に問われれば、ちょっと考え込んでしまう。

しかし、満足とは言えないかもしれないが、とにかく自分の居場所を持てたことに、それなりの充実感を感じていることは確かだ。これが自分にできる精一杯のことだった。蟹《かに》は自分の甲羅に合わせて穴を掘るという。彼も自分の体に合わせて穴を掘ったのだ。それが今の会社であり、家庭だった。

夢の中へ
夢の中へ行ってみたいと思いませんか。

ラジオはまた繰り返した。

彼は大きなあくびをして、ひとつ寝返りをうつと、呟いた。

思わないね……。

＊

つけっぱなしにしていたラジオから聞き覚えのある歌が流れていた。

夢の中へ
夢の中へ行ってみたいと思いませんか。

庭に出て、洗濯物を干していた彼女は、その歌声に、ふと手を止めた。思わず、居間の方を振り返った。ベッドの上に横たわる息子の顔を見た。鼻や口からチューブを出して、息子は眠り続けている。

息子の残していった日記帳の中に、「夢の世界に行く」と書いてあったのを、彼女はふいに思い出していた。

夢の中へ
夢の中へ

彼女ははっと息を呑んだ。一瞬、息子の口がかすかに動いたように見えたのだ。まるでラジオの歌が耳に届いたとでもいうように。でも、それは錯覚にすぎなかったことを彼女はすぐに悟った。

あなたはどんな夢を見ているの？

彼女は声に出してそうたずねてみたかった。息子は何も応えないだろう。この二十年ずっとそうであったように。

ただ、眠り続ける息子の顔は穏やかで、口元には微笑のようにも見える皺がかすかに刻まれていた。

それがどんな夢にせよ、悪い夢ではなさそうだった……。

穴二つ

朝起きると、顔を洗うのもそこそこにして、良一《りょういち》は、パソコンのスイッチを入れた。まずメーラーを立ち上げて、メールチェックをする。パソコン通信をはじめて、ちょうど二カ月になるが、起きるとすぐにメールチェックをするのは、いつしか良一の日課になっていた。

期待していた通り、メールが一通届いていた。良一は浮き立った気分で、受信のボタンを押し、ホストコンピュータから自分あてのメールを引き落とした。

差出人を見ると、案の定、中村ミドリからのものだった。

「こんにちは、亜希子《あきこ》さん。メール読みました。一度、オフで会って話したいということ。メール交換だけでは物足りなくなってきたというのは、私も同感です。私たちが文通をはじめて、早いものでもう一カ月になるんですね。私も、ぜひ、あなたに会ってみたい。いろいろおしゃべりしたり、一緒にショッピングもしてみたい。そうしたいのは山々なのですが……。

ごめんなさい。私、まだ決心がつかないんです。このまま会わない方がいいんじゃないかって気もして。どうしてかって？　それはちょっと……。お願い。もう少し考えさせて。決心がついたらまた連絡します。

ミドリより」

良一は、ミドリからのメールを二度読み返して、深いため息をついた。失望とも安堵ともつかぬ複雑なため息だった。

この文面からするとミドリは直接会うことをためらっているようだ。なぜだろう。ふと疑問に思ったが、それを頭から振り払って、さっそく、ミドリへの返信を書いた。

「ミドリさん。メールありがとう。気にしなくていいのよ。私は、あなたがその気になってくれるのを気長に待ちます。あら、でも、このままの方がいいというなら、このままでも構わないのよ。あなたのお好きなように」

くわえ煙草で、そこまで打ち込んで、良一はふと手を止めた。

もし、俺が男だと分かったら、中村ミドリはどうするだろう。

直接会うことをためらっているのも、ひょっとしたら、俺が男だということに気付いたからではないか……。

いや、まさか。そんなことはあるまい。ぼろは出さなかったはずだ。だとしたら、彼女の方に、何か会いたくない事情でもあるのだろうか……。

キーボードの上に両手を載せたまま、良一はとりとめもない空想に耽《ふけ》った。

＊

樋渡《ひわたり》良一がパソコン通信に興味を持ったのは、それまで勤めていた会社を半ばクビのような形で辞めたのがきっかけだった。

二歳年上の妻と二人暮らしで、子供はいないし、その妻も外に働きに出ている。おまけに、妻が死んだ父親から相続した二軒のアパートからの家賃収入も多少はあるので、良一が失業しても、すぐに食うに困るということはなかった。

そんなお気楽な環境のせいか、良一は、新しい就職先を見つける気もなく、昼間は、パチンコばかりしていた。しかし、そんな自堕落な生活にも少々嫌気がさした頃、インターネットをはじめた友人から、それまで使っていたという古いパソコンをただ同然で手に入れた。友人の話では、その旧型パソコンでは、ホームページを見たりするのは無理だが、国内の一ネット内でやり取りするパソコン通信程度なら十分できるということだった。

というわけで、最初は、ほんの手慰みではじめたパソコン通信だったが、半月もしないうちに、良一は、すっかり通信生活にはまりこんでしまった。

良一がまず興味を持ったのは、メールフレンドを得るということだった。掲示板を見れば、殆《ほとん》どが、「メールフレンド募集」の書き込みでうずまっている。相手を探すのに苦労はなさそうだった。できれば、相手は若い女性がいい。顔は見えなくても、相手が異性となれば、気持ちの弾み方が違う。それに、聞くところによると、パソコン通信を媒介にして、男女が知り合うというのも少なくないようである。メールフレンドがそのうちセックスフレンドになるのも決して珍しい話ではないらしい。

良一は、希望に燃えて、さっそく、メールフレンド募集の書き込みを掲示板にアップしてみた。

「メールフレンドを探してます。できれば、十八歳から二十五歳までの東京近辺にお住まいの女性の方、メールをください。

　僕のプロフィール

　名前　樋渡良一（ひわたり・りょういち）

　住所　東京都小金井市

　職業　某大手企業営業

　年齢　三十二歳

　家族　妻が一人（ふつう一人だよね）

　趣味　音楽鑑賞。読書。ドライブ。

真面目な交際を望んでいます。では、よろしく！」

職業と趣味のところ以外（さすがに、失業中で、趣味はパチンコとは書きにくかった）本当のことを書いたのは、良一なりに考えてしたことだった。

いい加減な書き方をすれば、これを読む女性会員から軽蔑されて無視されることは目に見えている。ある程度、手のうちを見せて安心させた方が、女性からのメールが集まり易いだろうと思ったからである。家族のところも、「独身」と書かなかったのは、妻帯者であることを打ち明けておいた方が、より誠実に見えるだろうと思ったのだ。

　この書き込みをした翌朝、良一は遠足当日の小学生のような高揚した気分で目を覚ました。

メールボックスは、あの書き込みを見た全国の女性会員からのメールで一杯になっているかもしれない。返事が書ききれないほど来ていたらどうしよう。そんなことを想像しながら、にやけた顔で、メールチェックをしていた良一は、えっと目を剝《む》いた。メールなど影も形もなかった。一通も来ていなかったのだ。

だ、誰も読まなかったのか。

そう思い、慌てて、同文を再びアップしてみたが、結果は同じだった。メールなどどこからも来ない。ひょっとすると、「十八歳から二十五歳までの女性の方」という条件がまずかったのかもしれない。そう考え直した良一は、「十八歳から三十歳までの女性の方」に変えてみた。しかし、結果は同じだった。

毎日のように同文をアップし続けて、最後には、「年齢は問いません。女性の方ならどなたでも」と、かなり譲歩してみたが、それでも、返事が来ることはなかった。

やがて、パソコン通信関係の雑誌を読みあさったり、他のボードの書き込みを読んだりしているうちに、良一は自分がとんでもない勘違いをしていたことにようやく気が付いた。

良一の加入しているネットでは、女性の会員数は、男性のそれの十パーセントにも満たないということを知ったのだ。そもそも男あまりの世界なのである。適当にえさをつけた釣りざおを前にボーッとしていたら、そのうち魚が釣れるなどという気楽な場ではなかったのだ。

ただでさえ少ない女性会員の「気をひく」には、「メール募集」の書き込みにしても、それなりに工夫しなければならないということなのだ。それで、手を替え、品を替え、自分をアピールする書き込みをアップしてみたが、良一の書き込みは、女性会員にとって、よほど魅力に乏しいのか、一通たりとも、返事が来ることはなかった。

それでは、と発想を転換して、メール募集をしている女性名の会員宛てに、片っ端からメールを送ってみたが、こちらの方も成果は全くなかった。

＊

ちぇ、女はいいな……。

オンラインで掲示板を読んでいた良一は、忌ま忌ましそうに呟《つぶや》いた。たまたま、ある女性名の会員の書き込みが目にとまったのだ。

「メール募集していたトモコです。全国のみなさん、メールどうもありがとう。もう、お返事が書ききれないほど集まっちゃって、トモコ、嬉しい悲鳴をあげてます。中には、お返事書けない人もいるけれど、ごめんなさい。というわけで、メール募集はこれにて打ち切ります」

最後には、にこにこ顔を表すらしい顔文字とかいうのが書き込んであった。

この手の書き込みはしばしば目についた。どれも女性名の書き込みである。どうやら、女性がメール募集をすると、あっという間にメールが集まるらしい。それはまるで、一つの子宮に一心不乱に向かっていく精子の大群を連想させた。

そうかと思うと、こんな書き込みもあった。

「あたし、メール募集してません。メール出さないでください。読みませんから」

これも女性名である。メール募集していない会員にまで、女性らしいということだけで、メールが殺到するらしいのだ。

一方、男の方はどうかといえば、これが実に涙ぐましい。プロフィールを書き込んだメール募集の書き込みが毎日のように大量アップされている。同文が連日アップされているところを見ると、いっこうに返事が来ないのだろう。良一のような男がゴマンといるらしいのだ。

良一は、だんだん、アホらしいという気分になってきた。当然のことながら、パソコン通信の場合、相手の容貌も歳も全く分からない。女性らしいニックネームを使い、女性言葉を使っているからといって、女性とは限らないではないか。実際に、男が女の振りをする、「ネットおかま」なる人種も横行しているようだし。

それなのに、ただニックネームが女性名というだけでメールが殺到するなんて……。

待てよ。そのとき、ふと良一の頭にある考えがひらめいた。

ようするに女の振りをすればいいわけか。そうすれば返事がくる。ただ、返事が来たとしても男からでは意味がない。男同士で「文通」なんて、考えただけでもぞっとする。

だが、方法がないわけじゃない。たとえば……。あれこれ無い知恵をしぼった結果、良一は、次のような文章を捻り出して、掲示板にアップした。

「三十四歳になる主婦です。設計事務所に勤めています。子供はいません。こんな私の話し相手になってくださる同性の方、メールください。女同士の気楽なおしゃべりをしましょう。
亜希子」

＊

翌日、メールチェックをした良一は、思わず「おっ」と叫んだ。十通以上のメールが到着していることを知ったからだ。やはり、女性名の書き込みの威力はすごい。本名まで出してメール募集したときは、冷やかしメールでさえ来なかったのに、女性名で出したとたん、一日にして、これだけのメールが届いたのである。

しかし、中を開けてみると、大半が、男からのメールだった。あれほど、「同性の方」と念を押したのに、と良一は、がっかりしかけたが、最後のメールを見たとたん、目の色が変わった。

「亜希子さん、はじめまして。私は二十一歳になる女子大生です。名前は、中村ミドリと申します。よかったら、私とメール交換してもらえませんか。人生の先輩として、結婚生活のこととか、いろいろなお話、聞かせてください。私も学校のこととか話したいです。今、異性問題でちょっと悩んでいるんです。相談に乗ってもらえないかしら……。　ミドリより」

やった！

良一は思わずガッツポーズを取った。二十一歳の女子大生とは、願ってもない相手だった。他のメールはすべてメーラーのゴミ箱に叩き込むと、良一は、さっそく中村ミドリ宛てに返事を書いた。

「はじめまして、ミドリさん。私でよかったら、いくらでも相談に乗りますわ。それで、どんなことで悩んでいらっしゃるの？　詳しく聞かせてくださらない？

亜希子」

いそいそとそれだけ書いて、送信すると、その日のうちに、中村ミドリから返信があった。

「亜希子さん、どうもありがとう。でも、ご相談に乗って戴く前に、私、ひとつ気になることがあるんです。実をいうと、古いログファイルを整理していたら、亜希子さんと同じＩＤを持つ会員の方がいることに気が付いたんです。樋渡良一さんという人です。これ、どういうことなんでしょうか。友達に話したら、もしかしたら、その人、ネットおかまじゃないかっていうんですけど……。亜希子さんは、本当に女性なんですか。女性の振りをしているだけじゃないんですか。

悩めるミドリより」

良一は、しまった、と思った。掲示板へ書き込みをすると、自動的にＩＤ（会員番号）が掲載されてしまうのである。だから、ニックネームを変えても、ＩＤが同じだと、それで同一人物だとばれてしまう。おそらく、中村ミドリは、通信記録がすべて書き込まれたログファイルを整理するソフトを持っていたのだろう。それを使えば、ＩＤごとの書き込みの整理もできる。それで、以前、良一が本名で書き込んだ「メール募集」の書き込みを見付け、そのときのＩＤと亜希子名のＩＤが全く同じことに気が付いたというわけだ。

しかし、良一は慌てなかった。これについては、いくらでも言い逃れをする方法はあったからだ。

「ミドリさん。あなた、誤解なさってますわ。実を言いますと、樋渡良一というのは、私の夫ですの。私、夫のＩＤを使って通信しているんです。夫ったら、パソコン通信をはじめて一カ月もしないうちに、もう飽きてしまったらしくて、最近は、パソコンに触ろうともしませんのよ。それで、私が夫からＩＤを借りたのです。私はネットおかまではありません。正真正銘の女性です。どうしても信じてもらえないならば仕方ありませんけれど……。

亜希子」

良一はそう書いて送信した。もともと、亜希子という名前は空想ででっちあげたものではなく、妻の名前を拝借したものだった。ようは、ここは妻に化けてしまうしかないと判断したのである。

妻の亜希子はパソコン通信など全く興味を持っていないようなので、名前をこっそり借用したところで気が付くはずもない。

翌日、中村ミドリから返事が来た。

「そうだったんですか。ごめんなさい。私、失礼なこと申し上げてしまいましたね。私、亜希子さんを信じます。もし、お気を悪くしていなかったら、これからもメールフレンドとしてお付き合いしてください。

ミドリ」

これを読んで思わず良一はにやりとした。

＊

こんな調子で、中村ミドリとの「文通」がはじまったのである。毎日のように、メール交換しているうちに、少しずつ中村ミドリのことが分かってきた。出身地が愛知県であること、今は東京のH大学に通うために、新宿のワンルームマンションに一人暮らしをしていること。特定の恋人はいないらしいこと。

容貌は、歌手のS・Kにちょっと似ているらしいこと（良一は、S・Kの大ファンだった！）。

ここまで分かったら、もはや「文通」だけで済ますわけにはいかなくなった。そこで、思い切って、一度会わないかと申し出てみたのである。むろん、会えば、良一が男であることがばれてしまう。しかし、一カ月の「文通」を通じて、ミドリはかなり打ち解けてくれたように感じていた。たとえ、男と分かっても、笑って許してもらえるのではないかという気がしていた。

だが、ミドリからの返事は、先に書いたような、やや煮え切らないものだった。

「嫌」とはっきり書いてなかったが、ためらっているようだ。良一はがっかりしながらも、どこかでほっとしていた。まあ、ここは気長に待つしかないかと思いかけていた矢先、ミドリからメールが来た。

それはこんな内容だった。

「亜希子さん、私、ようやく決心しました。私、やっぱり、亜希子さんに会いたい。そんな自分の気持ちを押さえることができないことに気づきました」

良一の口の両端が会心の笑みでひくついた。

「でも、その前に、私は亜希子さんに打ち明けなければならないことがあるんです。実を言うと、私が亜希子さんからの申し出をためらっていたのは、亜希子さんに私の秘密を知られるのが怖かったからなんです」

秘密？

良一の顔からにやにや笑いが消えた。

「会えば、私が今までメールに書いていたことが全部ウソだったことが分かってしまいますから……」

な、なんだ？

「亜希子さん、ごめんなさい。私、ウソをついてました。でも、悪気はなかったんです。本当です。まず、私の容貌のことですが、歌手のＳ・Ｋに似ていると言いましたが、あれ、ウソなんです。私、あんなに奇麗じゃありません。似ても似つかないんです、本当は……」

なんだ、そんなことか。

良一は幾分胸をなでおろした。大ファンのＳ・Ｋに似ていないのは残念と言えば残念だが、二十一歳の女子大生で、おまけに大ファンの歌手に似ているなんて、話が出来すぎだと思っていたのだ。

「それから、愛知県の出身だと書きましたが、それもウソです」

まあ、出身地なんて、愛知だろうが高知だろうがどこでもいいが。

「それから、Ｈ大学に通っているというのもウソです」

大学なんてどこでもいいけどね……。

「それから、新宿のワンルームマンションに一人暮らしと言うのもウソです」

………。

「それから、そもそも私が二十一歳の女子大生だというのが大ウソなんです」

え……。

「それと、言いにくいんですが、中村ミドリという名前もウソです。本名じゃありません」

お、おい……。

「亜希子さん、怒らないでください。本当のことを書きます。実は、僕、男なんです」

＊

なんだと……。

良一は、しばらく思考停止の状態で、パソコンのディスプレイに映し出された文字の羅列を見ていた。

「本当にごめんなさい。今まで女性の振りをしていて。前にも書いたように悪気はなかったんです。ただ、亜希子さんのメール募集の書き込みには、『同性の方』とあったので、つい……。でも、これ以上、貴女を騙すのは耐えられなくなりました。僕は本気で貴女のことが好きになってしまったようです。貴女のことばかり考えているのです。もし、僕が男と分かったら、貴女が僕をどんなに軽蔑するかと想像しただけで、気が狂いそうになるんです。どうか許すと言ってください。そして、一度会ってください。本当の僕を知ってください。お願いします。返事待ってます。

小林康弘」

なんてこった……。

良一は、気を鎮めるために、机の上の煙草に手を伸ばした。

男だったのかよ。

この一カ月間の、あの桃色の妄想に彩られた日々は一体なんだったんだ……。

そう考えると、腹がたつよりも呆れてしまった。

煙草を一本喫《す》いきって、ようやく気を鎮めると、良一は、幾分投げやりな気持ちで、返信を書いた。相手が男だと分かると、現金なもので、返事を書くのすら面倒臭くなっていた。

「ミドリさん、いえ、小林さん。私は猛烈に腹をたてています。あなたは私を騙していたのですね。どんな言い訳をしても、そのことに変わりはありませんわ。あなたを許す気にはとてもなれません。それに、私は夫のいる身です。夫を愛しております。あなたのお気持ちは私には迷惑なだけです。申し訳ありませんが、あなたとこれ以上、お付き合いする気にはなれません。もう二度とメールをよこさないでくださいまし。さようなら。

亜希子」

良一はそれだけ書き上げると、読み返しもしないで、さっさと送信ボタンを押した。相手が女子大生だとばかり思い込んでいたときは、なるべく誤字脱字をしないようにと気を配っていたのに、もうそんな気を遣う気にもならなかった。

その夜、小林からメールが届いた。良一は読む気にもならなかったが、しかたなく、開いてみた。

「亜希子さん。貴女がお怒りになるのは無理のないことです。当然です。僕が悪いんです。だから、何度でも謝ります。土下座します。でも、このまま絶交なんて嫌です。せめてメールを出すくらい許してください。いいでしょう？　ね、いいでしょう？」

しつこい奴だな……。良一はだんだん腹がたってきた。こちらの桃色の妄想はさめたが、あちらの妄想はいよいよ燃え盛っているらしい。どうやら、ここはひとつ、真相を打ち明けて、相手の煩悩の火を消してやらなければ決着がつかないようだ。

そう考えた良一はこう返事を出した。

「小林さん。こうなったら、私も本当のことを書きます。なに、あなたが謝る必要なんてないんですよ。実を言うとね、私の方も同じなんです。夫のＩＤを使って通信しているなんて書きましたが、あれは真っ赤な大ウソ。私がその夫なんです。お分かりかな？　あなたが最初に危惧した通り、樋渡良一が私だったんですよ。ははははは」

ざまあみろ。これで小林の目も覚めたことだろう。良一は込み上げてくる苦笑とともにそう思った。実際、このメールを出してから、それまで毎日のように来ていた小林からのメールがぱたりと途絶えた。

やれやれ、これで一件落着かなと、良一は思った。ところが、それがとんでもない間違いだったことを、良一はすぐに思い知らされた。

一週間ほどして、小林からメールが来たのだ。

「亜希子さん。今更、ご主人の振りをしたってだめですよ。そうやって、僕を牽制するおつもりなのでしょうが、そんな手に僕が乗ると思っているんですか。浅はかですね（笑）。ま、でも、そこがあなたの可愛いところですがね……」

おいおい。

良一はくわえた煙草を口から取り落としそうになった。

「今日、僕はどうしても我慢ができなくなって、貴女の家まで行ってしまいました。貴女のご主人の書き込みから、おたくの住所を探りあてたのです。小金井市に住む樋渡という姓だけ分かれば十分です。住所は電話帳で調べました。僕は公衆電話からあなたの家に電話をかけてみました。男性が出ました。貴女の話だと、ご主人は失業中でうちにいるということでしたね。あれがご主人ですか。無言で切りました。僕の話がウソだと思うなら、ご主人に聞いてごらんなさい。昼間、無言電話がかかってきたことを証明してくれるでしょう」

良一は慄然《りつぜん》とした。確かに、小林の言う通り、昼間、無言電話がかかってきたのだ。そのときは間違い電話かと思っていたが、あれは小林だったのか。

このときになってはじめて、良一は、事態が自分が思っていたほど楽天的なものではないことに気が付きはじめていた。

気楽に自分の本名や住所を掲示板にアップしたことをつくづく後悔した。あんなことはするべきではなかった。誰の目にさらされるか分からない掲示板に、本名や連絡先をアップすることは、危険を伴う行為であるとは聞いてはいたが、それを改めて実感した。

それにしても……。

こんなメールをよこすところを見ると、小林は、まだ自分の「文通」相手が女であると信じ込んでいるのか。

良一は、猛然と返事を書いた。

「おい、いいかげんにしろよ。俺は男なんだ。牽制もくそもない。男だから男だって言ってんだよ。いいかげんで目を覚ませよ。これ以上、変な真似をすると、こっちにも考えがあるからな」

今度ははっきりと男言葉を使って書いてやった。小林という男はかなり思い込みの激しいタイプのようだ。なまぬるい言い方では通用しないと思ったのである。ここまでハッキリ言えば、相手も鼻じろむだろう。

しばらくして返事がきた。こうだった。

「亜希子さん、そんな柄にもなく男言葉で凄んでも無駄ですってば。貴女がしとやかな淑女であることは分かってるんですから。僕には貴女のことが貴女以上に分かっているのです。昨日、はじめて貴女の姿を見ました。思った通り、いや、それ以上に美しい方でした。どこで見たかって？　昨日、僕はずっと貴女の家のそばで張っていたんですよ。日曜だから、きっと、貴女がうちにいると思って。そうしたら、庭で貴女らしき人が花壇の世話をしているではありませんか。白い地に黄色の花模様のワンピースを着ていたでしょう？　僕は貴女の姿を見て、もう後戻りはできなくなりました。貴女を想う気持ちにブレーキがかけられなくなってしまったんです……」

読みながら、良一はぎょっとした。確かに、昨日、亜希子はうちにいた。午後、白地に黄色の花模様のワンピースを着て、庭の手入れをしていたのも事実だ。小林が空想や妄想で書いているのではないことは確かだ。

良一の家の近くをうろついて、家の中の様子を窺《うかが》っていたことは間違いない。亜希子が美しい女かどうかは、見る者の美意識によるだろう。正直言って、良一の目には、妻はもはや魅力的な女としてはうつっていないが、客観的に見れば、まあ並以上の容姿の持ち主といえるかもしれない……。

それにしても、小林と名乗る男の言動は普通ではない。一カ月かそこらメール交換をしたくらいで、ここまで思い込むのは、もともとストーカー的気質を持った男だったに違いない。

これが、いわゆるネットストーカーという奴か……。

良一は、ようやく、そう思い当たった。

興味を持った異性をしつこく付け狙い、最悪の場合は殺人にまで至るストーカーの被害については、最近、日本でも問題にされはじめてきたが、パソコン通信やインターネットの世界でも、この種の性格異常者が、「ハイパーストーカー」とか「ネットストーカー」などと呼ばれているらしいということは、知識としては知っていた。しかし、まさか、自分がそんな人物の標的になろうとは夢にも思っていなかった。しかも、相手は、良一を女だと思い込んでいるのだ。

このさい、下手に返事を出さない方がいいかもしれないな、と良一は思った。相手をするから、相手の妄想をかき立ててしまうのだ。ここは無視した方がいい。メールが来ても無視し続けていれば、そのうち、小林も妄想からさめるだろう。

そう思い、良一は小林からのメールをいっさい無視することにした。

＊

「あなた、小林さんって人、知ってる？」

鏡台に向かって、風呂あがりの顔にクリームを塗りたくっていた亜希子が、ふと思い出したように、突然、そう言った。

「え？」

ベッドにねそべって雑誌を読んでいた良一は、思わず顔をあげた。

「今日ね、会社の方に小林と名乗る男の人から電話がかかってきたんだけれど、私、全然おぼえがないのよね。向こうは私のこと、知ってるみたいなのよ。それで、もしかしたら、あなたの知ってる人じゃないかと思って」

「ど、どうして、俺の知り合いだと思ったんだ？」

「だって、ほら、前の会社に勤めていたとき、よく会社の人をうちに連れてきたことがあったじゃない。ひょっとしたら、あの中にいた人じゃないかと思ったのよ」

「…………」

良一はすぐには返事ができなかった。あの小林に違いない。亜希子の職場にまで電話をかけてきたのか。どこで調べたんだろう。

「あなた、聞いてる？」

「え、ああ。こ、小林なんて俺の知り合いにはいないな」

良一は慌てて言った。

「そう？　変ねえ。どこで会ったのかしら……」

亜希子は鏡に向かったまま小首をかしげた。

「それで、その小林って男、何を言ったんだ？」

「何って、別に。ただ、電話に出たら、『亜希子さん、僕です』っていきなり言うから、『どなたですか』って聞いたら、『小林ですよ』って言うのよ。『どちらの小林さんですか』って聞いたら、『嫌だなあ、とぼけちゃって。あの小林ですよ』って。訳が分からないのよ。仕事中だって言ってすぐに切ってしまったんだけど、なんだか、気味悪くて……」

「ま、間違い電話じゃないのか」

良一はようやくそれだけ言った。

「そうかしら。でも、私の名前、知ってたのよ。それにね」

亜希子はふいに振り返った。

「最近、誰かにつけられているような気がしてならないの……」

そんなことを言い出した。

「つけられている？」

良一はぎょっとして聞き返した。

「駅からうちへ帰る間よ。いつも背後に人の気配を感じるのよね……」

亜希子は通勤には電車を使っていた。最寄りの駅から自宅までは、歩いて二十分ほどかかる。タクシーを使うほどの距離ではないので、いつも徒歩で往復していた。

「気のせいじゃないのか」

良一はそうは言ってみたものの、頭の中で、まさか小林の奴、と考えていた。

「そうかもしれないけど……」

亜希子は曖昧に呟《つぶや》き、

「途中、あぜ道の続くところがあるでしょう？　あそこ、夜になると、人気《ひとけ》が全然なくなって、ちょっと一人で歩くのが怖いのよね。もし、あんなところで誰かに襲われたらって思ったら……。それでねえ、あなた」

亜希子はいつになく甘えるような声を出した。

「駅まで車で迎えに来てくれないかしら」

「俺が？」

「だって、あなた、どうせずっとうちにいるのだし……」

「分かったよ」

良一はしばらく考えた末にそう言った。

「え、いいの」

一瞬、亜希子は嬉しそうな顔をした。

ふだんの良一なら、こんな役目は、面倒臭がって即座に断っていただろう。一応恋愛結婚だったが、結婚して六年になる。妻に対する愛情のようなものは完全にさめきっていた。惰性で一緒に暮らしているにすぎない。妻の身を案じる気持ちなど、今ではさらさらなかった。しかし、パソコン通信で、妻の名前を騙《かた》ったうしろめたさも手伝って、良一としては、そう言わざるをえなかったのだ。

それに、もし、あの小林が駅で待ち伏せして、亜希子を付け狙っているのだとしたら、確かに危険でもある……。最初はつけまわしたり、電話をかけてきたりするだけだったのが、だんだんエスカレートして、最後には、暴力的な結末を迎える事件のことも、最近ではよく耳にする……。

もし、亜希子がそんな目にあったら……。

そのとき、ふとある考えが良一の頭をよぎったが、良一はすぐにそれを頭の片隅に追いやった。

＊

メールチェックをしてみると、しばらく何の音沙汰もなかった小林からメールが来ていた。

「亜希子さん。それほど僕から逃げたいんですか。僕がこれほど想っているのに、貴女も冷たい人ですね。いくらメールを出しても、返事もくれないし、電話をしても、僕のことなんか知らない振りをして切ってしまうし、最近は、ご主人に駅まで迎えにきて貰っているようですね。仲のいいところを見せつけるつもりですか。

よおく分かりましたよ。あくまでも僕のことを無視しようというなら、僕にも考えがありますからね。貴女が僕を無視しようとしてもできないようにしてあげますからね。

僕はね、この世に絶望している人間なんです。いつ、この世とおさらばしてもいいと思っているんですよ。だから、怖いものなんて何もないんだ。常識とかね、僕には通用しないんだよ。何だってできるんだ。

せいぜいご主人に守ってもらうことですね。守りきれるかどうかは知りませんがね……。

小林」

良一はその禍々《まがまが》しい文面に目を剝いた。な、なんだ、これは。まるで、これは……。

どうやら、小林という男の中では、亜希子への妄想は冷めるどころか、かなり危険なレベルまでエスカレートしているようだ。このままでは、彼は何をしでかすか分からない。

どうしたらいい？

この文章は立派な脅迫だ。脅迫罪が成り立つんじゃないか。これを警察に見せれば……。

そこまで考えて、良一の脳裏に、今までの思考とは全く裏腹の考えがふと浮かんだ。

もしも、もしも、この男が、亜希子をどうにかしたら？

どうにかって？　たとえば、たとえば……。

そのとき、頭の片隅にぽつんと落ちた墨汁の一滴のような黒い思惑が、じわじわと頭の中に広がっていくのを、良一は息苦しい思いで感じていた。

亜希子が死ねばどうなる……？

結婚したとき、互いを受け取り人にして生命保険に入っていた。今、ここで彼女が、不慮の事故か何かで死ねば、その保険金が入ってくる。確か、総額で五、六千万ほどだったはずだ。それと、亜希子が父親から相続した二軒のアパートの権利も良一のものになる。

あのアパートは、いつも二人の口論の種だった。二軒ともかなり老朽化した木造アパートで、住んでいるのは老人ばかりだ。しかも、部屋の半分以上は空き室になっている。家賃も安いし、その安い家賃もよく滞る。良一はあのアパートを潰して、新しいマンションに建て替えることをことあるごとに提案したが、変に人情家のところのある妻は、あそこに長年住み着いた老人たちを追い出すのはしのびないと言って、なかなか承知しなかった。

もし、あの二軒のアパートが自分のものになったら、誰に気兼ねなく、老人たちを追い出して、若い人向けのマンションに造り変えるのだが、と良一は思った。家賃ももっと高くする。そうすれば、今の何倍もの収入になるのだ。働かなくても、家賃収入だけで十分食べていけるだろう。

しかし、亜希子が生きている限りは無理な話だ。生きている限りは……。

幸か不幸か、ストーカーじみた男が、ある勘違いのもとに、亜希子を付け狙っている。もし、ここで亜希子が襲われたとしても、犯人はこの男だと思われるのではないだろうか。小林から来たメールはすべて保存してある。あとで状況証拠くらいにはなるだろう。それに、小林は明らかに亜希子の勤務先や何かを調べている。そのときの痕跡がどこかに残っているに違いない。あるいは、近所の誰かが、うちの周囲をうろつく不審な男を見かけているかもしれない。

もし、小林を犯人にしたてることができたら……。

良一の中で芽生えた黒い思惑は、日ごとに、胎児のように育っていった。

*

「亜希子さん、大事なお話があります。どうしても貴女に会って話したいことがあるのです。今度の日曜日の午後三時、小金井駅前の××という喫茶店で待っています。必ず来てください。あなたが来てくれるまで待っていますから。　小林」

ある日、小林からこんなメールを貰ったとき、良一の中でぼんやりとしていた黒い計画は、明確な輪郭を持って固まった。

これは使える。

直感的にそう思った。

小林は亜希子に何か話があるという。どうせたいした話じゃないだろう。話なんてのは、亜希子に会うための口実にすぎない。

もし、亜希子が約束の時間に喫茶店に行かなかったらどうなるだろう？

待ちぼうけをくった小林は、怒りにまかせて、自宅まで押しかけてくるかもしれない。そして、家には一人で留守番をしていた亜希子がいて、二人は口論になる。ついに、逆上した小林は、隠し持っていたナイフで亜希子を刺してしまう……。

無残に変わり果てた妻の姿を、外出していた良一が発見する……。

いかにもありそうなシチュエーションではないか。これなら誰が見ても、亜希子が小林というネットストーカーに襲われたと思うだろう。

警察の事情聴取に、良一は、それとなく小林の存在を匂わせればいい。小林とメール交換していたのは亜希子本人だったということにしてしまってもいい。そうだ。その方がいいかもしれない。亜希子が、良一の知らぬ間に、良一のＩＤとパスワードを使って、通信していたことにするのだ。当然、警察は、小林のＩＤをもとに、ネットの事務局に問い合わせて小林の身元を洗うだろう。小林というのが果たして本名かどうかは分からないが、そんなことはどうでもいい。ネットの事務局には、本名で登録してあるはずだから、同じことだ。小林の当日の行動を調べれば、アリバイがないことが分かるはずだ。あの駅前の喫茶店は、広いし、いつも混みあっている。おそらく、小林のことなど誰も覚えてはいないだろう。彼のアリバイはまず成立しないに違いない。

よし、これで行こう。決行は、今度の日曜だ。

良一はとうとう腹を決めた。

＊

何もかもうまくいった。すべてが計画通りにいった……。

亜希子の仮通夜をすませた夜、良一は、誰もいなくなった居間のソファで、一人祝杯をあげた。

警察には、亜希子がパソコン通信で知り合った小林という男に付け狙われていたらしいということを話してある。前もってプリントアウトしておいた小林からのメールもすべて渡した。警察が、小林のＩＤを事務局に問い合わせて、彼に捜査の手が伸びるのは時間の問題のように思われた。

突然、警察の来訪を受けて、小林の奴、さぞびっくりするだろう。良一は声を殺して笑った。身におぼえのない罪をかぶせられて、さぞうろたえるだろう。しかし、それも自業自得というものなのだ。すべて身から出た錆ではないか。あんな脅迫めいたことを書いてくるからいけないのだ。もし、あれがなければ、俺はこんなことを思いつきもしなかっただろう。

人を呪わば穴二つとは、よくいったものだ……。

良一はウイスキーを一本空けてしまうと、ふらふらと立ち上がった。パソコンのある部屋に入ると、久しぶりで電源を入れた。殺人計画のことで頭が一杯で、しばらくパソコンの前には座っていなかった。メーラーを立ち上げて、メールチェックをしてみると、一通だけメールが来ていた。

受信してみると、差出人は小林だった。

「亜希子さん。一晩考えて、気が変わりました。今度の日曜、喫茶店で会うというのはやめます。どうせ、いくら待ったところで、貴女は来てくれないような気がしますからね」

朦朧とした酔眼で、ディスプレイを見つめていた良一の目がぎょっとしたように、大きく見開かれた。

なんだって。

さーっと酔いが冷めるのを感じた。

小林は、あの日、喫茶店には来なかったというのか。

「一晩考えて」と書いてあるところを見ると、これは、あのメールを出した翌日、送信したものらしい。しかし、殺人計画のことで頭が一杯だった良一は、あれ以来、メールチェックをしていなかったのだ。こんなメールが届いていることを知らなかったのである。

電子メールというのは、電話とファックスの利点を兼ね備えた便利なしろものではあるが、欠点がないわけじゃない。それは、こちらから、自発的にネットに接続して、メールチェックをしない限り、自分宛てのメールが届いているかどうか分からないという点である。

つまり、電子メールというのは、自宅ではなく、私書箱に届けられる郵便物に似ているのだ。コンピュータが私書箱の役割を果たしているわけだ。自分の方から出向いて私書箱を開けない限り、郵便物は取り出せないという仕組みになっているのである。

まずい……。

良一の顔が青ざめた。

あの日、小林は、駅前の喫茶店にはいなかった。ということは、彼には、アリバイがあるかもしれない、ということにとっさに思い当たったのだ。もし、彼に確たるアリバイがあれば、俺の計画はすべて水の泡ではないか。

いや、待てよ。小林があの喫茶店に来なかったからといって、それが即、アリバイがあるということにはならないではないか。

そうだ。何も慌てることはない。小林が亜希子に横恋慕してつきまとっていたことはまぎれもない事実なのだから……。

良一は混乱しかけた頭で、そう考え直すと、血走った目で文面を追った。

「それに、面と向かっては切りだしにくい話なので、メールで書くことにしました。これから僕が書くことを、どうか怒らないで最後まで読んでください。そして、最後には、笑って、僕を許してくださいますよう……」

笑って許す……だと？

何を言ってるんだ。

良一はなんとなく嫌な予感がした。

「はじめに、僕がパソコン通信をはじめたきっかけを書きます。それは、職場の同僚から、あるネットで、貴女のご主人の書き込みを読んだということを聞いたのがきっかけだったんです。その同僚も、趣味でパソコン通信をやっていたのです。それまで、僕は、仕事でパソコンをいじったことはありましたが、通信にはさほど興味を持っていなかったのです。でも、同僚の話を聞いて、急にパソコン通信というものをやってみたくなったのです。それで、そのネットに加入して、ＩＤを獲得しました」

　良一は思わず首をかしげた。小林は、良一のメール募集の書き込みを見たという同僚の言葉に触発されて、パソコン通信をはじめたというのだ。どうも腑に落ちなかった。ということは、小林は、良一のことを知っていたということなのだろうか……。

「通信はおもに会社のパソコンをこっそり使ってやりました。そのうち、貴女のご主人の書き込みはなくなって、そのかわり、貴女の書き込みが僕の注意をひきました。僕はどうしても貴女と文通がしたくなって、中村ミドリという女子大生の振りをしてメールを出しました。そして、メール交換を続けるうちに、僕は、ふとある悪戯《いたずら》を思いついたのです。ほんの悪戯です。けっして悪意はなかったのです。ただ、貴女をほんのちょっぴりうろたえさせたかっただけなのです。それで、僕は、今度は小林という男の振りをしました」

　振り？

　良一の心臓が大きくドキンと鳴った。

　ということは、やはり、小林というのも本名ではなかったのか……。

「僕はネットストーカーの振りをして、ちょっと貴女を驚かせたかったのです。いや、ここまで書いたら、本当のことを言ってしまいましょう。驚かせたかったのは、亜希子さんではなくて、貴方だったんですよ。良一さん」

　良一はえっと目を剝いた。

「もちろん、僕は、貴方が亜希子さんではなくて、ご主人の良一さんの方だということを最初から知っていました。僕がネットストーカーの振りをしたのは、貴方にもっと亜希子さんのことを考えてもらいたかったからなのです。彼女は、最近、ご主人から愛されていないのではないかと悩んでいるようでしたから……。僕のような変質者に狙われていると知ったら、貴方がもっと亜希子さんのことに関心をもつのではないかと思ったのです。思った通りでした。貴方は、亜希子さんの身を案ずるあまり、毎日、駅まで車で迎えに来てくれるようになりましたね……」

良一は、ふいに自分の足場が崩れ、深い穴の中をどこまでも落ちていくような浮遊感を味わっていた。

「嬉しかったわ、私。あなたの中にまだ私を愛する気持ちが僅《わず》かでも残っていたことを知って。これならまだやり直せる。そう思ったのよ。それで、あなたが、私の名前を騙って女の子をひっかけようとしていたことも、許そうという気になったのよ。だから、あなたも私の悪戯を笑って許してくださいね。こんなことをしたのも、私がまだあなたを愛しているからなのよ。

あ、それと、もう一つ言っておくわ。父から相続したアパートのことだけれど、私もあれから色々考えて、あなたの提案ももっともだと思うようになったのよ。それで、あなたの言う通り、あそこは潰して、新しいマンションにしようと思うの。あなたがそれを望むなら……。それで、昔の私たちに戻れるならば……。

愛するあなたへ。

亜希子より」

遠い窓

三月某日。土曜日。

今日、パパと一緒に例の家の下見に行ってきた。

それは、房総半島のはずれにある古い木造の洋館で、仲介してくれた不動産業者の話では、もともとは牧師館として建てられたものらしい。その後、ある画家が買い取り、幼い娘と二人きりで住んでいたという。

画家の娘は、生まれつき重い心臓病を患っていて、外に出ることもなく、殆《ほとん》ど寝たきりの生活を送っていたのだそうだ。

やがて、娘は病死した。娘の葬儀を済ませた画家は、何を思ったのか、ある日、親友宛てに一通の書き置きを残して忽然《こつぜん》と姿を消した。

その書き置きには、「自分は外国に行くので、この家も家具も適当に処分してくれ」という意味のことが書かれていたのだという。そこで、親友は不動産業者を介して、その家を家具付きで売りに出したというわけだった。

家は、私が想像していたよりもずっと素敵だった。白いペンキで塗られた外見もロマンティックだったけれど、中の調度も素晴らしかった。

居間には古いピアノがあった。部屋のあちこちに画家が描いたらしい油絵が残してあった。

でも、私が一番気に入ったのは、一階のベランダ寄りの部屋の壁に掛かった一枚の風景画だった。

どこか遠い外国の町並みが描かれていた。

パパの話だと、この部屋は、画家の娘の寝室だったそうで、その風景画は、ちょうどベッドの上から眺められるような位置に飾られていた。

たぶん、寝たきりの娘のために、画家が魂をこめて描いて、娘が寝たままでもその絵が眺められるような位置に飾っておいたのだろう。

私は、ここを私の部屋にしてくれるようにパパに頼んだ。南に面した広い窓からは海が見えるし、何よりも、壁に飾られた絵が気に入ったからだ。

五月某日。金曜日。

とうとうこの家に引っ越してきた。この日をどんなに待ち望んでいたことだろう。引っ越しといっても、家具付きの家だから、運ぶ物は殆どなかった。

パパは私の好きなように模様替えしていいと言ったけれど、家の中を替える気はなかった。このままでいい。画家が住んでいたときのままにしておこうと思った。

五月某日。土曜日。

朝起きて、奇妙なことに気が付いた。壁の絵のことだ。ふと見たとき、なんとなく違和感を感じた。前とどこかが違うような気がした。

なんだろうと思ってよく見ているうちに、違和感の原因が分かった。絵の真ん中あたりに描かれている古い石造りのアパートメントの二階の窓の一つの鎧戸《よろいど》が開いていたのだ。

向かって一番右端の窓だ。

あれ、と思って、私は目をこらしてもう一度見てみた。前に見たときには、このアパートメントの窓は全部鎧戸が閉まっていたはずなのに……。

それが、今朝見たら、一つだけ鎧戸が開いているのだ。

でも、まさか絵の中の鎧戸が勝手に開くはずはないから、たぶん、私の記憶違いなんだろうけれど……。

五月某日。日曜日。

夜、夕食が済むと、パパは前に住んでいたマンションに車で帰って行った。

パパの勤める会社は都心にあって、ここからでは通勤が大変なのだ。それで、ウイークデイは会社に近いマンションに住み、金曜の夜にこちらに来て日曜の夜まで過ごすということにしたのだ。

パパがいなくてもそんなに寂しくはない。

ママが死んでからずっと私の面倒を見てくれている家政婦の早苗《さなえ》さんがいるし、都心のマンションに住んでいたときも、パパの帰りはいつも遅くて、あまり顔を合わせたことがなかったから……。

五月某日。火曜日。

今日、家の中を見て回っていたら、階段の下に造られた物置の中から、古い写真を見付けた。

三十くらいの年頃の男の人と、五、六歳の可愛い女の子が一緒に写った写真だった。たぶん、この家の持ち主だった画家とその娘に違いない。

画家は悲しそうな目をしていた。

じっと見つめていると、こちらまで悲しくなってくるような、大きな悲しそうな目だった。

画家はきっと重い心臓病を患っていた幼い娘をとても愛していたのだろう。その最愛の娘を失って、とても悲しかったに違いない。だから、娘の思い出のいっぱい詰まったこの家を捨てて、どこか遠い所へ行ってしまったのだ。

私には画家の気持ちが痛いほど分かった。

私もママを失ったとき、一緒に死んでしまいたかったからだ。ママは私の憧れであり、目標でもあった。

大好きだったママ。

美しくて才能に溢れたバレリーナだったママ……。


五月某日。水曜日。

この家には屋根裏部屋があるみたいだ。屋根裏へ出られる階段を見付けた。でも、一人では昇れない。行ってみたい気もするけれど、早苗さんに頼んで抱いて行ってもらうのは無理だろう。

私は痩せっぽちで軽いし、早苗さんは女性の割りには力持ちで、私をいとも楽々と抱え上げてしまうけれど、屋根裏部屋に出られる階段は、木製のハシゴで、大人一人が昇るのがやっとのようだから……。

昨日、物置で見付けた画家とその娘の写真を私の部屋の棚の上に飾ることにした。いつでも眺めていられるように……。


五月某日。金曜日。

眠る間際になって、パパが帰って来た。私はもうベッドに入って本を読んでいた。パパは私のそばまで来て、「おやすみ」と言った。

パパの身体からかすかに香水の匂いがした……。


五月某日。土曜日。

朝、起きて、思わずあっと叫びそうになった。あの絵がまた僅《わず》かに違っていたのだ。あの壁の絵が。

一つだけ鎧戸が開いていたアパートメントの右端の窓にカーテンが付けられていたのだ。青色のカーテンだった。

私は見間違いではないかと思って、何度も目をこすって絵を見てみた。見間違いではない。かたく閉ざされていた鎧戸が開いて、窓にカーテンが取り付けられた……。

まるで、まるで、そこに誰か住みはじめたとでもいうように……。

そんな馬鹿なこと。あれは油絵具で描かれた絵にすぎないのに。

私は絵の間近に行ってよく見てみた。誰かが昨夜のうちに手を加えたのではないかと思ったのだ。でも、指で触ってみても、何年も前に描かれたような乾いた感触しかなかった。もし、昨日描き足したのだとしたら、絵の具はまだ乾いてはいないはずだ……。

それに、誰かって誰がいるの？　ここには私とパパと早苗さんしかいない。パパも早苗さんもこの絵には何の関心も持っていないようだし、二人とも絵を描く趣味もない。

ということは……。

呆然《ぼうぜん》としていると、部屋にパパが入ってきた。パパは、笑顔で「おはよう」と言い、私をベッドから抱き上げて、車椅子に乗せてくれた。

「ねえ、パパ……」

私はあの絵のことをパパに話そうと思った。

「あの絵……」

そう言いかけて黙ってしまった。こんな奇妙な話、誰が信じてくれるだろう？　絵の中の窓の鎧戸が勝手に開き、カーテンが取り付けられたようだなんて……。

あの絵の中に誰かが住んでいるみたいだなんて……。

死んだママなら私の話を信じてくれるかもしれない。大人になっても妖精の存在を信じていた人だから。でも、パパは駄目だ。パパは仕事一筋の根っからの現実主義者だ。こんな話、とても信じてはくれないだろう。

「あの絵……変じゃない？」

でも、思い切って、そう言ってみた。

パパはちらと絵の方を振り返ったが、すぐに何事もないような顔で言った。

「変ってどこが？」

やはり、パパは気が付いていないのだ。この家に来てから、あの絵をじっくり見たこともないのだろう。どうせ聞いたところで、答えは分かりきっている。

「最初からこんな風に描いてあったんだろう」

そう答えるに決まっている。

「ううん、何でもない……」

私は何も言わないことに決めた。


六月某日。日曜日。

やはり絵は微妙に変化している。

私の見間違いでも記憶違いでもない。あのアパートメントの右端の窓には誰かが住んでいるのだ。

窓辺には鳥籠が吊るされ、時々窓が開いていることもあった。

変化しているのはあの窓だけではなかった。同じ町並みの同じ風景なのに、建物の連なりの向こうに、少しだけ覗いている空の色が微妙に違うことがあるのだ。

雲一つなく真っ青に澄み渡っていることもあれば、白い雲が浮かんでいることもあった。僅かに灰色がかった曇り空のこともあった。

それは、ぱっと見ただけでは気が付かないような小さな微妙な変化だった。この部屋を毎日掃除しているのに、早苗さんは未だに何も気が付いていないみたいだ。

私のように、毎日幾度となく絵をしげしげと眺めている者しか気付かないようなささやかな変化だった。

あの絵は生きている！

私はそう確信した。

あの絵の中では見えない時間が刻々と時を刻んでいるのだ……。

私が住むこの世界のように……。


六月某日。水曜日。

今日は朝から雨だった。日課になっている車椅子での散歩もやめて、一日中、ベッドの中にいて本を読んだり音楽を聴いたりしていた。

本を読んでいても、少しうとうとしかけても、あの絵のことが気にかかってしようがなかった。

開いた本に視線を落としながらも、時々、ちらちらと視線を絵の方に向けずにはいられなかった。

あの右端の窓が開いて、今にも誰かが顔を出すような気がして……。

あの窓の向こうには一体どんな人が住んでいるのだろう……。

ああ、ママが生きていてくれたなら。ママなら私の話を信じてくれるのに。

六月某日。金曜日。

あの窓の向こうに誰が住んでいるのか分かった！

といっても、その住人が窓から顔を出したわけではない。

夢を見たのだ。

夢の中で、あの窓の住人に会ったのだ。

夢の中で私は歩いていた。

二年前の事故以来、地面に触れたことのなかった私の足が、地面をしっかりと踏みしめて歩いていたのだ。

自分の足で歩くということはなんて楽しいことなのだろう！

踊る楽しさは知っていても、歩く楽しさなんて考えたこともなかった。何の不自由もなく歩いていた頃は……。

はっと気が付くと、私は見知らぬ街の中にいた。あたりには異国風の建物が建ち並んでいる。すぐにそこが日本ではないことが分かった。

でも、あたりの風景に見覚えがあった。はじめて来た土地のはずなのに、胸の奥からこみあげてくるような、この懐かしさ。

あの絵の風景だ。あの絵の風景の中に私はいるのだ。そのことに気が付いた。そして、これが夢であることも……。

ふと見上げると、あのアパートメントが見えた。いつも見ていた右端の窓が開いている。窓辺にちらと人影が動くのが見えた。

誰かが中にいるのだ。

私は半ば走るようにして、そのアパートに近づいた。アパートの外に取り付けられた石の階段を駆け昇って、二階の右端の部屋のドアを叩いた。

ドアは緑色をしていた。

ドアの向こうから声がした。男の人の声だった。外国語ではなかった。「どうぞ」という日本語だった。

おそるおそる中に入ってみると、窓辺に一人の男の人がいた。背中を向けて絵を描いていた。

振り向いたその顔を見て、私は思わず息を呑んだ。

あの人だった。

「いつか、あなたに会えると思っていましたよ……」

彼は絵筆を傍らに置くと、微笑を湛《たた》えながらそう言った。

まるで私のことを前から知っていたような口ぶりだった。

写真と同じ悲しそうな大きな目をしていた。

ふと壁を見ると、そこに一枚の風景画が掛かっていた。岸壁の上に建つ古い木造の洋館の絵だった。白いペンキ塗りの……。

その家の一階のベランダ寄りの窓のカーテンの色は、私の部屋のカーテンと同じ淡いピンク色をしていた。

彼は、その風景画の家の窓にカーテンが取り付けられたのを見て、自分が去ってからずっと空き家だった家に人が住みはじめたのを知ったのだと言った……。

目が覚めたとき、私はベッドの中にいた。

足の裏に地面や石の階段を踏みしめたときの感触がまだ生々しく残っていた。

そんなはずはないのに……。

そっと掛け布団をめくってみても、私の両足は膝から下は何もないのに……。

私は少し泣いた。

六月某日。金曜日。

眠るのが楽しくなった。

眠れば、夢の中であの人に会えるのだ。夢の中では、私は失ったはずの自分の足で歩いていた。あのアパートメントの硬い石の階段を駆け昇り、あの人に会いに行った。

私たちは青いカーテンのそよぐ窓辺でいろいろなことを話した。

あの人は絵のことを、亡くなった小さな娘のことを。私は三歳のときからはじめたバレエのことを、亡くなった美しいママのことを。

話しても話しても尽きるということはなかった。

でも……。

あの人との逢瀬が楽しければ楽しいほど、目覚めはつらかった。

海鳴りの聞こえるベッドで目を覚ますとき、身体ごと地の底に沈み込むような絶望感を感じた。

布団をめくれば、二度とバレエシューズを履くことのできない、短い棒のようになった足がそこにある。

そして、どこにもあの人はいない……。

この絶望的な現実から逃れるためには、ただ眠るしかなかった。


六月某日。日曜日。

昼頃、パパに起こされた。もっと眠っていたかったのに。あの人はバレエをしている私の肖像を描きはじめていた。もう少しモデルになっていたかった……。

目をこすりながら起きると、パパは私に話があると言った。

最近、私が外にも出ず、朝から晩まで部屋に閉じこもって、猫のように眠ってばかりいることを心配しているようだった。早苗さんが告げ口したのだろう。

もっと外に出て、義足をつけて歩く練習もしなければいけないと、パパは言った。

義足？　義足は嫌いだ。あんなものを付けて歩くくらいなら、一生歩けなくてもいい。這いずりまわる方がまだましだ。

私はそう言ってやった。

パパはちょっと困ったような顔をしていた。部屋を出るとき、まるで付け足しのようにこう言った。

「おまえに会わせたい人がいる。来週、連れてくるから……」


七月某日。金曜日。

パパが女の人を連れてきた。

年は四十を超えているようで太って醜い人だった。もっとも、男の目から見たら、こういうのをグラマーとか言うのかもしれないけれど。

私は太った人は嫌い。それに、意味もなくげらげら笑う人も嫌い。

その女は、ちょっとしたことで、歯茎を剝《む》き出してげらげら笑った。

下品な女。

服の趣味も悪い。

私は一目でその女が嫌いになった。

それに……。

その女がつけている香水は、いつかパパの身体からしたのと同じ匂いがした。

その女はパパの会社で事務をしているのだという。

パパは、夕食のとき、その女と再婚するかもしれないと言った。

私は自分の耳を疑った。

信じられない。

どうしてママのような女性と十何年も暮らしたパパが、あんな豚のような女と再婚する気になれるのだろう。

あの女とママとでは何もかも違いすぎるじゃないか。


七月某日。土曜日。

あの女はまだ家にいる。まるで自分の家にでもいるように、妙にくつろいで、わがもの顔であちこち歩き回っている。

虫酸《むしず》が走るほど嫌な女だ。

作り笑顔で、何かと私に話しかけてきたが、私は無視することにした。食事のとき以外は部屋に閉じこもっていた。あんな女と一緒にいるよりも、夢の中であの人と会っている方が何千倍も何億倍も楽しかった。

　パパがどうしてもあの女と再婚したいというならするがいい。それはパパの勝手だもの。でも、あの女がパパの妻になっても、私のママになることは絶対にありえない。

　私のママは死んだママただ一人なのだから……。


七月某日。日曜日。

　パパは帰りぎわ、来週もあの女を連れてくると言った。部屋に閉じこもってばかりいないで、あの女ともっと仲良くするようにとも言った。

　そして、いずれ、あの女と再婚したら、早苗さんにはやめてもらって、あの女がこの家の主婦になり、私の面倒を見ることになるのだとも。

　そんな……。

　早苗さんのことは特別好きというわけではなかったけれど、あの女よりはましだ。少なくとも、彼女は私にあれこれ命令はしないし、私の好きなようにさせてくれる。

　でも、あの女はそうじゃない。今からもう母親気取りで、私にあれこれ指図する。もっと栄養のあるものを食べろとか、外に出て日の光を浴びろとか。

　あの女と再婚するなら、あちらのマンションに二人で住めばいいじゃないか。なにもこの家に来なくても……。

パパにそう言うと、パパは、彼女はこの家が気に入ったようだからと言った。

何もかも嫌になった。

ベッドに入って、夢の中であの人に会うことだけが、私のたったひとつの慰めだった。

夢で会えないときも、あの青いカーテンの付いた窓を見ているだけで、あの人は今あの窓の向こうで何をしているだろうと想像するだけで、嫌な現実を忘れることができた。


七月某日。月曜日。

あの人が描いている私の肖像はもう少しで完成する。その日がとっても楽しみだ。


七月某日。金曜日。

パパがまたあの女を連れてきた。もう顔を見るのも声を聞くのもうんざりだ。こうなったら徹底無視だ。食事は部屋で摂《と》ることにした。早苗さんに頼んでベッドまで運んでもらった。

夜、パパが部屋にやって来た。怖い顔をしていた。いつまでもこんな態度を取る気なら、こちらにも考えがあると言った。

考え？

考えって何？

七月某日。日曜日。

夜、早苗さんにお風呂に入れてもらった。出てきたときには、パパはもう向こうのマンションに帰ったあとだった。あの女も一緒に。

せいせいした気分だった。

部屋に戻って、眠くなるまでベッドの中で本を読むことにした。

十ページほど読むと、あくびが出てきた。

また夢の中であの人に会える……。

そう思いつつ、何げなく、壁の絵の方に視線を遣《や》った。

その瞬間、私の眠気は吹っ飛んでしまった。

なんてこと！

絵が変わっていたのだ。

あの二階の右端の窓の鎧戸が閉まっていた。

鳥籠が吊るされていた窓には、最初に見たときのようなくすんだ灰色の鎧戸が……。

どうして？

どうして鎧戸が閉まっているの？

嫌な予感がした。心臓が不安で締めつけられそうになった。

私は早く眠ろうと思った。夢の中であの人に会いに行かなければ。会って、どうして窓に鎧戸が閉まっているのか聞かなければ。

でも、焦れば焦るほど眠気は遠のいていく。

私は何度も何度も寝返りをうった。

まさか、どこかに引っ越した……？

そんなはずはない。

私の肖像はまだ完成していないはずだ。

あの絵を放り出して、あの人がどこかに行ってしまうはずがない。

何があったのだろう。

不安と焦りで頭の芯が妙に冴えてしまい、いつものように安らかな眠りの精が瞼《まぶた》の上におりてこない……。

結局、まんじりともしないで朝を迎えた……。

七月某日。火曜日。

あれからよく眠れない。眠っても二、三時間うとうとするだけで、すぐに目が覚めてしまう。

絵の窓の鎧戸は閉まったままだった。

眠ることができない。

夢を見ることができない。

夢を見なければ、あの人に会いに行けない。

私は薬の力を借りて眠ることにした。

ママが亡くなったあと、しばらく眠れないことがあって、お医者さんから睡眠薬をもらっていたことがあった。

あの薬がどこかに残っていたはずだ。


七月某日。水曜日。

薬のおかげでぐっすり眠れた。

でも、夢は見なかった。

あの人に会うことはできなかった。

絵の中の窓は鎧戸が閉まったままだ。

あの灰色の鎧戸は夢への入り口をも閉ざしてしまったのだろうか……。

そういえば、あの人にはじめて会った夢を見たのは、あの窓の鎧戸が開いたあとだった……。

ということは、あの鎧戸が閉まっている限り、夢を見ることはないということ？

あの人に会いに行くことはできないということ？

どうして？

どうして、こんなことになってしまったのだろう？


七月某日。木曜日。

パパだ。パパのせいだ。

ようやくそのことに気が付いた。

先週の金曜の夜、パパは私の部屋に来て、いつまでもこんな態度を取る気なら、こちらにも考えがあると怖い顔で言った。

そのことを思い出した。

パパが何かしたのだ。

だから、あの人は鎧戸を閉ざしてしまったのだ。

そうとしか思えない。

でも、パパが一体何を……。

それに、パパはあの人のことを何も知らないはずだ。パパには何も話してない。私が夢の中でいつもあの人に会っていることも……。

それなのに、どうして。

そうか。

分かった。

日記だ。この日記だ。

パパは私が眠っているかお風呂に入っている間に、こっそりこの部屋にやって来て、私の日記を読んだに違いない。それで、あの人のことを知ったのだ。

そうだ。そうに決まってる。

でも……。

たとえ、そうだとしても、私の夢の中でしか会えないあの人に、パパが一体何をしたというのだろう……。

とにかく、これからは、パパに読まれないように、日記をしまう引き出しには鍵をかけることにしよう。


七月某日。金曜日。

思い出したことがある。

あれは、確か私が七、八歳の頃だった。

近所にとても優しいお兄さんがいた。年は二十くらいだったと思うけれど、会うたびに、私にお菓子をくれたり、お話をしてくれたりした。

お兄さんはアパートで一人暮らしをしていた。私は学校の帰り、よくそのお兄さんのアパートに遊びに行った。

私はお兄さんが大好きだった。

でも、ある日突然、そのお兄さんは引っ越してしまった。いつものように、お兄さんのアパートに遊びに行ったら、お兄さんの部屋の窓には雨戸が閉まっていた。

あとで聞いた話では、パパがそのお兄さんに会って、私に二度と会うなというようなことを言ったのだそうだ。それでお兄さんは怒って引っ越してしまったのだ。

パパはいつもそうだ。こうやって、私の大好きだった人を私から奪っていく……。

あのお兄さんも、そして、ママだって……。

ママがあの日、突然、泣きじゃくりながら実家に帰ると言い出したのも、パパとの喧嘩が原因だった。

ママは少しお酒を飲んでいた。しかも真夜中だった。でも、ママは私を連れて実家に帰ると言い出したのだ。そして、車を運転して、あの事故を起こしたのだ。

ママは命を失い、助手席に乗っていた私は両足を失った。ママのようなバレリーナを夢見ていた私は、足と共に輝かしい未来をも失ったのだった。

喧嘩の原因は、パパの浮気だった。パパが会社の女性と付き合っていることをママが知って、それでママは怒ってうちを出て行こうとしたのだ。

もし、あのとき、パパが浮気などしなければ、ママが私を連れてうちを飛び出すこともなかっただろう。そうすれば、あの事故は起きなかっただろう。ママが死ぬことも、私が足を失うこともなかったのだ。

　みんなパパのせいだ。パパが悪いのだ……。

　それなのに、パパはママのことなど忘れて、あんな女と再婚しようとしている。

　今、この日記を書いている間も、居間の方からは、パパとあの女のかん高い笑い声が聞こえてくる。

　下品な笑い声……。

　あんな女……。

　まさか。

　突然、私の頭にひらめいた。

　あのとき、ママは、パパの浮気相手は会社の女性だと言っていた。まさか、あの女があのときの……？

　そうだ。そうに決まっている。

　どうして、今まで気が付かなかったんだろう。

　ママが死んだあとも、パパは浮気相手と別れてはいなかったのだ。それどころか、ママを殺す原因を作った女と再婚するつもりなのだ。

　そんなこと……。

　そんなこと、私は許さない。

絶対に許すものか。

七月某日。土曜日。

朝、いつものように、パパが私を起こしにきた。私は、パパに今までのことを涙を流して詫《わ》びた。いつも部屋に閉じこもってばかりいたこと。あの女を無視して意地悪ばかりしていたこと。

これからはもっと良い子になって、新しいお母さんとも仲良くすると誓った。

パパは最初は驚いたような顔をしていたが、そのうち、とても嬉しそうな顔になった。

ようやく分かってくれたのか。まり子。

パパは私を抱き締めて涙声で言った。

みんな、おまえのためなんだよ。

誰よりもおまえを愛しているよ。

朝食のあと、あの女に誘われるままに、外に散歩に出た。あの女は車椅子を押しながら、私がようやく打ち解けてくれたのが嬉しいとはしゃいでいた。

私はあの女に、「これからはママって呼んでもいい？」と甘えた声で訊ねた。

あの女は涙で声を詰まらせながら何度も何度も頷いた。

七月某日。土曜日。

まり子がやっと心を開いてくれた。こんなに嬉しいことはない。あの事故以来、まり子はずっと私に心を閉ざしていた。

それが私には身を切り刻まれるよりも辛かった。確かに、あの事故の責任の一端は私にあるのかもしれない。あのとき、夏恵《なつえ》とあんな言い争いをしなければ、夏恵はあのような無謀な運転はしなかったかもしれないからだ。

夏恵はささいなことですぐに興奮するヒステリー気質の女だった。十七年も共に暮らして、そのことを厭というほど知っていたつもりだったのに、あの日はつい、私もかっとなって彼女の神経を逆なでするようなことを言ってしまった。

ようやく離婚を承知してくれたと思ったのに、突然、まり子は渡さないなどと言い出したものだから、つい……。

しかし、あの言い争いがなくても、夏恵は最初からまり子を道連れに死ぬことを考えていたのかもしれない。

あれは不運な事故というよりも、無理心中だったのだ。夏恵が残して行った書き置きを見て、私はそれを知った。

それには、私や美津代《みつよ》に対する腹いせから、まり子を道連れにして死んでやると書かれていた。

まり子は可哀想な子だ。醜い大人のいざこざに巻き込まれて、あんな身体になってしまったのだから。

本当にすまないと思っている。だから、どんなことをしてでも、まり子には償わなければならないと思っていた。

友人からこの家のことを聞いたときも、すぐに思ったのは、まり子が気に入ってくれるかもしれないということだった。

誕生日の贈り物にしては少々高すぎる買い物だったが、まり子の喜ぶ顔さえ見ることができれば、金のことなどどうでもよかった。

屋根裏部屋であの絵を見つけたときも、真っ先に、この絵でまり子を楽しませてやることができるかもしれないと思った。

絵は全部で五枚あった。全く同じ構図の同じ町並みを描いた油絵だった。画家が何のつもりで同じ絵を五枚も描いたのか、最初は理解に苦しんだが、五枚の絵を見比べているうちに気が付いた。

窓だ。全く同じように見える五枚の絵の、アパートらしき建物の一つの窓だけが違っていた。

一枚目は鎧戸が閉まっており、二枚目は鎧戸が開いていた。三枚目は窓にカーテンが取り付けられ、四枚目には窓辺に鳥籠が吊るされていた。五枚目は窓が開いていた。

おそらく、画家はこの五枚の絵を使って、絵の中に誰かが住んでいるような錯覚を幼い娘に与えようとしたのではないだろうか。

五枚の絵をこっそり掛け替えておけば、まるで一枚の絵のように見えるに違いないからだ。そうやって、日々ベッドに寝たきりの娘を驚かせ、楽しませようとしたのだろう。

私には画家の気持ちが痛いほど理解できた。そこで、私も同じことをした。

週末にこの家に来るたびに、まり子が眠っている間や風呂にはいっているときを見計らって、こっそり絵を取り替えたのだ。

まり子はすぐに絵の小さな変化に気付いたようだった。私はそ知らぬ顔をしていた。

しかし……。

しかし、私はすぐに後悔した。

そのうち、まり子の様子がおかしくなった。一日中部屋に閉じこもって眠ってばかりいるようになった。家政婦からそんな話を聞かされて、私は心配になった。

あの絵が原因のような気がしたからだ。それで、まり子が眠っている間にあの娘の日記を読んでみた。

驚いた。

まり子は、あの絵からとんでもない空想をしていたのだ。

まり子がなぜあんな空想をし、あんな奇妙な夢を見るようになったのか、私には思いあたるふしがあった。

あれは、まり子がまだ小学校の一、二年のときだった。近所に住む青年と親しくなって、よく彼のアパートに遊びに行くようになった。

だが、その青年というのが、何かと妙な噂のある男で、ある人の話では、前に住んでいたところで幼女に悪戯《いたずら》をして警察に捕まったこともあるというのだ。

私はそれを聞いてびっくり仰天し、その男に会いに行った。むろん、二度とまり子に会わないように言うためにだ。前科を知られたことで居づらくなったのか、男は間もなく引っ越して行った。

まり子にはこのことは話さなかった。事情を知らないまり子は、あの男が突然いなくなったことを寂しがり、私が何かしたせいだと勘違いしたようだった。

今でも、あの男を優しいお兄さんだったと思い込んでいるらしいまり子が、そんな過去の記憶と、この家に残された画家の写真やエピソードから、無意識のうちに、あんな夢を紡ぎあげたのだろう。

私はまり子の夢に危険なものを感じた。このままでは、夢の中の男に恋して、ますます現実を受け入れなくなってしまうような気がした。

まり子をもう一度現実の世界に引き戻すために、もう二度とあの夢の男には会わせないようにしようと決心した。

そこで、あの絵を最初の絵に取り替えたのだ。鎧戸が閉まった一枚目の絵に……。

こうすれば、まり子の空想も次第にしぼみ、いずれ目が覚めてくれると思ったのだ。

思った通りだった。

まり子はようやく現実を認識し、私や美津代を受け入れてくれるようになった。

美津代も、この十五年、よく耐えてくれた。彼女の忍耐と献身にようやく応えることができて私も嬉しい。

美津代とのことは、最初のきっかけは、ほんの軽い浮気心だった。でも、彼女が妊娠したと知って、私の心に思いがけない変化が起きた。

夏恵は妊娠できない身体だった。それを承知で結婚したのだから、子供のことは半ばあきらめていた。しかし、いざ自分の血を分けた子供が出来たとなると……。

夏恵も子供は欲しがっていた。そこで、美津代の産んだ子供を私たちの子として育てることにした。美津代は最初は渋っていたが、その方が生まれてくる子供のためと思ったのか、ようやく承知してくれた。

好きで一緒になったとはいえ、夏恵の気まぐれですぐに興奮しやすい性格に振り回され、私はほとほと疲れ果てていた。

それにひきかえ、美津代の平凡だが、黙って包み込んでくれるような包容力のようなものに、私は次第に深い安らぎをおぼえるようになっていった。

きっと、美津代は私を包んでくれたような温かさで、まり子を包み、あの娘が心と身体に負った深い傷を徐々に癒してくれるだろう。

夏恵のことを実の母親と信じきっているあの娘に真実を話すのはまだ早すぎると思って黙

っていたが、いずれ、折りを見て本当のことを話すつもりだ……。


七月某日。日曜日。

夕食が済むと、パパとあの女は帰り支度をはじめた。私は、パパにコーヒーを入れたポットを手渡した。以前、パパは、車で帰る途中、単調な一本道に差しかかると、眠くなって困ると言っていたことがあったからだ。

まり子がいれてくれたのか。

パパは嬉しそうな声で言った。

そうよ。パパ。途中で居眠り運転でもして、事故でも起こしたら大変でしょ、ママのときみたいに……。

私はにっこり笑ってそう言った。

パパは帰りぎわ、戸口まで見送りに出た私の顔をじっと見つめて、もう一度あの言葉を言った。

誰よりもおまえを愛しているよ……。

パパたちを見送ったあと、私は部屋に戻った。あの壁の絵を見た。絵の窓の鎧戸は閉まっている。

でも、明日になれば、あの鎧戸は開くだろう。

もう、私とあの人が会うことを邪魔する者は誰もいないのだから。

あの人もあの窓に帰ってきてくれるだろう。

灰色の鎧戸が開いて、青いカーテンを付けた窓に鳥籠が吊るされるのだ……。

そして、夢の中で私たちはまた語り合うのだ。あの人は亡くなった小さな娘の思い出を、私は亡くなった美しいママの思い出を……。

でも……。

今夜は眠れないかもしれない。

残っていた睡眠薬をパパに渡したコーヒーの中に全部入れてしまったから……。

生まれ変わり

私がはじめて彼女に会ったのは夜のコンビニだった。

目覚まし時計の電池が切れているのにふと気が付いて、近くのコンビニに買いに行ったときだった。

午後十時を過ぎているというのに、夜のコンビニはそこだけが煌々《こうこう》と明るく、まるで誘蛾灯が蛾を誘うように、行き場のない若者たちを引きつけていた。

雑誌売り場のあたりには、高校生風の男女が数人たむろしており、勤め帰りらしい若いOLやサラリーマンらしき姿もちらほら見えた。

缶ビールと電池を買い求め、レジの前で財布から小銭を取り出そうとしたとき、つい手元が狂って、小銭を床にばらまいてしまった。

慌てて拾い集めて代金を払い、足早に店を出た。コンビニのすぐ手前にある横断歩道で、信号が青になるのを待っていると、ふいに後ろから声をかけられた。

振り返ると、二十歳くらいのOL風の女性が立っていた。

「あの、これ……落ちてましたよ」

その女性はそう言って、おずおずとした仕草で、十円玉を差し出した。どうやら、さきほどレジの前で小銭を床にばらまいてしまったとき、拾いそこねたものらしい。

そういえば、私の後ろに若い女性が並んでいたような記憶があった。あの女性が拾ってわざわざ追いかけてきてくれたのだろう。

「あ、どうも」

私は口の中で呟《つぶや》いて、反射的に手を出して十円玉を受け取った。しかし、私の視線は目の前の女性の顔に釘付けになっていた。

身体に電流が走るというのは、あのようなことを言うのだろうか。

まさに、その女性の顔を見た瞬間、私は雷に打たれたような思いがした。

似ている。

抜けるように白い膚《はだ》といい、やや下膨れのうりざね顔といい、腰までありそうな長い黒髪といい、その女性は、私の心にずっと棲み続けてきたある人にそっくりだった。

しかし、私に衝撃を与えたのは、単に顔だちが似ているというだけではなかった。その女性の右目の縁にかなり目立つホクロがあったことだった。

俗に言う泣きボクロというやつだ。

あの人も同じところにホクロがあった。

私は、十円玉を手にしたまま、ただ呆然《ぼうぜん》としていた。

その女性は私が受けた衝撃などには何も気付かなかったのか、軽く会釈をするようにして私の脇を擦り抜けると、コンビニの袋を提げて、夜の闇に消えて行った。

私はそのほっそりとした白いスーツ姿をぼんやりと見送りながら、心の中で呟いた。

あの人が貴子《たかこ》叔母さんの生まれ変わりではないだろうか。

そうだ。

そうに違いない。

そうでなければ、あんなに似ているはずがない。

いや、顔立ちだけなら似ている女などざらにいるだろう。でも、あの右目の縁の泣きボクロ。あれが何よりの証拠だ。叔母さんと同じところにあるホクロ。ただの偶然とはとても思えない。

叔母さんが亡くなったのがちょうど今から二十年前の五月。あの女性は二十歳前後の年頃に見えた。

つじつまがあうではないか。

叔母さんの滅んだ肉体から抜け出た魂が、新しく生まれてくる赤ん坊の新鮮な肉体を次の棲み家としたならば……。


貴子叔母さんは、父の末の妹だった。

叔母といっても、私とは十歳しか年が違わず、私にとっては叔母というより姉のような存在だった。いや、姉というより、もっと大切な存在だった。

生まれつき身体が弱かった叔母は、高校を卒業したあとも働きには出ず、仕事を持っていた母に代わって、家の中のことなどをしながら、私の面倒を見てくれていた。

病弱だったせいか、叔母は、いつも家に籠もって本を読んでいた。

私は、この優しくて物静かな叔母が大好きだった。世界中の誰よりも愛していた。大人になったら叔母さんと結婚して、僕が叔母さんを守ってあげるのだと本気で思っていた。

叔母にそのことを言うと、叔母も嬉しそうににっこり笑って、「信ちゃんが大人になるまで、いつまでも待っているわ」と言ってくれた。

しかし、物心がつくに従って、私たちがどんなに互いを大切に想いあっても、叔母と甥同士では結婚はできないのだということを私は知った。これは、私にとっては青天の霹靂とも言うべき、大ショックだった。

それでも、叔母のそばにいられるだけで幸せだった。叔母は、「一生お嫁にはいかない。ずっと信ちゃんのそばにいる」と誓ってくれたから……。

しかし、そのささやかな幸せも、数年後に訪れた叔母の早すぎる死によって儚《はかな》くも打ち砕かれてしまったのだ。

叔母が白血病で亡くなったのは、私が十二歳になったばかりの五月のことだった。

病室の窓から見える初夏の青葉が眩しいほどにきらめき始めた頃、叔母は私の手を握り締めたまま、ひっそりと眠るように息を引き取った。

父も母も、親戚中の誰もが、叔母の若すぎる死を悼んで涙を流したが、私だけは泣かなかった。

「あんなに貴子さんに可愛がってもらったのに、涙ひとつこぼさないなんて、あんたは冷たい子だね」と母に呆れたように言われるほど、私は叔母の死を嘆かなかった。

いや、叔母の死が悲しくなかったといえば嘘になる。手放しで号泣する父よりも、わざとらしく鼻水をすすりあげる母よりも、私は叔母の死を、叔母のこれからの長い不在を悲しんでいた。

それでも泣かなかったのは、悲しみながらも、ある種の幸福感に包まれていたからだと思う。

それは、叔母の肉体は滅んでも魂はけっして死なない、そして、いつか叔母の魂は新しい肉体を得て生まれ変わるのだという強い確信が私の中にあったからに他ならない。

そんな転生の思想を私の幼い頭に刻みつけたのは、叔母その人だった。

読書家だった叔母は、とりわけ、神秘的な思想などが書かれた書物を読むことを好み、子供の頃から、タロットカードなどというものにも親しんでいた。

自分が二十二歳という若さで死ぬということも、叔母にははじめから分かっていたようなふしがあった。

発病してからの長い病院暮らしの間、死神の不気味な足音が背後に迫ってきても、叔母は、不思議なほど死というものを恐れていないように見えた。

会うたびに、口癖のようにこう言った。

「たとえわたしの肉体は滅んでも、わたしの魂は死んでしまうわけではないわ。いつか、きっと別の肉体に生まれ変わって、わたしはまた生きることができるのだもの。死ぬということは、それまで着ていた古い衣服を脱ぎ捨てて、新しい服に着替えるだけのことなのよ……」

　そして、息を引き取る直前、私の手をぎゅっと握り締め、病み衰えた顔に微笑みすら浮かべて、叔母は、最後の力を振り絞るようにしてこう言ったのだ。

「わたしがいなくなっても悲しまないでね。わたしはきっとまた生まれ変わってくるわ。強く想いあっていれば、わたしたちは必ずまた会えるわ。そうしたら、今度こそは信ちゃんのお嫁さんにしてね……」

　叔母とのこの約束があったからこそ、私は泣かなかったのだ。

　火葬場の煙突からたちのぼる黒い煙を見詰めながら、叔母の魂は今、あの煙のように、病んだ肉体を抜け出して虚空に戻り、いずれまた新しい肉体を見つけて、生まれ変わってくるのだと……。

　だから、嘆くことは何もないのだ。ただ、叔母との約束を信じて待っていればいいのだ。新しい肉体を得た叔母と再びどこかで巡り合う日まで。

　私はそう自分に言い聞かせていた。

　そして、二十年の歳月が過ぎた。

　叔母のことは片時も忘れたことはなかったが、それでも、卒業、進学、就職と日々の暮らしに追い立てられて、叔母との約束は私の心の片隅に追いやられていたことは確かだった。

それが、とうとう、出会ったのだ。

強く想いあっていれば、必ずどこかで巡り合える。

叔母はそう言った。

だから、あんな形で私たちは出会ったのだろう。

あのコンビニはいつも利用するというほどではなかった。私が住んでいるマンションの近くには、コンビニが三軒もあり、いつもは、別のコンビニを利用する方が多かったのだ。

それが、彼女と出会った日に限って、私はあのコンビニを訪れた。しかも、レジの前で小銭をばらまくなどという、めったにしたことのないような不手際をしてしまった。

たとえ、あのコンビニに行ったとしても、あの不手際がなかったら、私と彼女はすれ違っていたかもしれないのだ。

偶然の重なりはまだある。私がコンビニから出たとき、横断歩道の信号が赤になったばかりだったこともそうだ。

もし、あのとき信号が青だったら、私はさっさと横断歩道を渡ってしまい、彼女は私に追いつくことができなかったかもしれない。

やはり、そこにはどう考えても、目には見えない、運命の赤い糸のようなものが存在していたような気がしてならない。

目覚ましの電池が切れていたことも、その電池を買いに、いつもはあまり利用しないコンビニを訪れたことも、レジの前で小銭を落としたことも、横断歩道の信号が赤だったことも、すべては、彼女と出会うために、運命の女神が仕組んだことのような気がしてならなかった。

それからというもの、私は毎日のように、あのコンビニを訪れた。

別に何かを買うというわけでもなかった。雑誌を立ち読みするだけのこともあった。彼女にもう一度会えるのではないかと期待して、足を運んでいたにすぎない。

せっかく、叔母の生まれ変わりと思われる人に出会ったというのに、私には、あの人がどこの誰かということさえも分からないのだ。でも、あのコンビニに足を運んでいれば、彼女にもう一度会えるような気がした。

もし、彼女が本当に叔母の生まれ変わりだとしたら、必ずもう一度会えるはずだ。

そんな強い確信があった。

そして、私の願望はとうとう実現した。コンビニに「張り込んで」二週間目に、彼女と再会したのだ。

いつものように、自動扉のよく見える雑誌売り場のところで、芸能週刊誌を読む振りをしていると、私の視界の片隅を、コンビニの自動扉を開けて入ってくる彼女の姿がよぎったのだ。

私の心臓は高鳴った。

彼女はあの日と同じ白いスーツを着ていた。勤め帰りのようだった。

彼女に再会したら、さりげなく話しかけるつもりだった。それが、いざ出会ってみると、心臓が口から飛び出しそうにドキドキと高鳴り、足は根が生えたように動かなかった。

私は声をかけるどころか、彼女の方を見ることさえもできなかった。

結局、彼女がコンビニの袋を提げて、自動扉を出て行くまで、私は全く活字が目に入らない週刊誌を広げたまま、身動きひとつすることができなかった。

それでも、今度は、彼女の白いスーツ姿が、夜の闇に消えるのを黙って見過ごすわけにはいかなかった。

私は週刊誌を元に戻すと、コンビニを出た。そして、彼女の白いスーツの後ろ姿を適度の間隔を置いて尾行しはじめた。

彼女は、コンビニから歩いて十分くらいの、「グリーンハイツ」という二階建てのアパートの中に入って行った。

アパートの外で、中へ入ろうかどうしようか迷っていると、今まで明かりが消えていた二階の部屋の明かりがぱっと灯り、カーテンを引くような人影が窓に映った。

あの部屋だ。

私はそう直感した。

私は意を決してアパートの中に入ると、階段を昇って二階に行った。さっき明かりのついた部屋のドアの前まで行ってみると、ドアの表札には、「佐々木悦子《さ さ き えつこ》」という名前が出ていた。

佐々木悦子……。

それが彼女の名前に違いない。

私はその愛しい名前を何度も口の中で呟いた。

表札に女名しか書いてないところをみると、一人暮らしのようだった。

私の胸になんとも言えない安堵感のようなものが広がった。二十歳前後という年齢から察して、まだ独身だろうとは思っていたが、やはりそうらしいと分かって、ほっとしたのだ。

今すぐにでも、ドアの横についたインターホンを鳴らして、出てきた彼女に、「僕だよ。信一《しんいち》だよ。やっと会えたね」と、名乗りたい衝動に襲われたが、彼女が私の叔母だった頃の記憶を果たして持っているかどうか気になった。

おそらく前世の記憶など持っていないのではないだろうか。

だとすれば、いきなり訪ねて行っても、彼女を驚かせ困惑させるだけだろう。

彼女のことをもっとよく知る必要がある。

そうすれば、より自然な形で近づく方法も見つかるだろう。

私はそう思った。

とりあえず、住まいと名前だけは分かった。その日はそれだけで満足するしかなかった。

焦ることは何もなかった。

彼女は必ず私と結ばれる運命にあるのだから……。


翌日からさっそく行動に移った。

大学を出てすぐに勤めた会社が、この不況のあおりをうけて半月ほど前に倒産し、失業していたことがかえって幸いした。

暇なら腐るほどあったのだ。

職を失ったときは、我が身の不運を嘆いたものだが、今から思えば、失業ですら、彼女と出会うための、運命の女神が仕組んだ伏線だったような気がした。

それに、失業したことで、次の職場を見つけるまでに、より家賃の低いアパートにでも引っ越そうと思っていた矢先だったのだ。

さらに、好都合なことに、彼女が住んでいるグリーンハイツの塀には、「空き部屋あります」という看板がさげられていた。

渡りに船とはこのことだ。

私はさっそく看板に書いてあった不動産屋を訪ねた。不動産屋の話では、一階の角部屋が空いているという。私はすぐに契約の手続きをした。

契約を済ませたあと、アパートの持ち主である大家の元に手土産を持って挨拶に行った。大家はこのあたりの土地持ちの未亡人で、話し好きそうな老女だった。

この暇を持て余しているような老女と仲良くなれば、あの佐々木悦子という女性のことを詳しく聞き出せるかもしれない。

私はそう直感した。

思った通りだった。

一週間後、引っ越しを済ませると、私は毎日のように、口実をもうけては大家の元を訪れた。

頭に大きなリボンをつけたちんけなお座敷犬の世話をするしか暇の潰しようがなさそうな老女は、話し相手が出来たことを大いに喜び、水を向ければ、アパートの住人に関することを何でもしゃべってくれた。

私は老女と仲良くなった頃を見計らって、さりげなく佐々木悦子のことを聞き出した。

老女の話によれば、彼女は、富山県の出身で、年齢は二十歳。誕生日は六月らしい。地元の高校を出たあと、すぐに上京して、今は、都心の商事会社の事務か何かをしているという。

もちろん独身だった。

私は老女の話を聞きながら、心の中で快哉を叫んだ。

六月生まれ！

佐々木悦子は、叔母が亡くなった年の翌月、この世に生を受けたのだ。

これで間違いない。

私は彼女が叔母の生まれ変わりであることをもはや毛筋ほども疑わなかった。

ただ……。

老女の話を聞いているうちに、私は少なからずショックを受けた。

彼女はまだ独身だったが、今年の秋あたりに結婚することになっているというのだ。相手の男は、林とかいう名前の職場の上司だという。

佐々木悦子はその男を大家にも紹介したことがあるらしく、その男はちょくちょく悦子の部屋を訪れてくるという。

ばかな。

私は思わず口に出してそう言いそうになった。

佐々木悦子が結婚するのは私なのだ。私でなければならないのだ。

それが彼女の運命なのだから。

それが、私と叔母の約束なのだから。

彼女はまだ自分の運命に気が付いていないのだ。前世の記憶を思い出さないだけなのだ。

でも、このまま手をこまぬいていれば、彼女は今の恋人と結婚してしまう。

なんとかして、彼女が他の男と結婚することを阻止しなければ……。

私ははじめて焦りのようなものを感じた。

土曜日のことだった。

いつもよりやや濃いめの化粧で出掛ける悦子の姿を窓から目撃した私は、さっそく彼女の後を尾行することにした。

おそらく、林とかいう男とデートでもするのだろうと思ったからだ。

案の定、尾《つ》けてみると、悦子は、いそいそとした足取りで市谷にある九階建てのマンションの中に入って行った。

ロビーの郵便受けで確認すると、812号室に、「林　則雄《のりお》」というネームプレートが出ていた。

この男に間違いない。マンションの郵便受けには、他に「林」という姓はなかった。

私は、意を決して、エレベーターに乗り込むと、八階の林の部屋まで行った。男の顔が見てみたかった。インターホンを鳴らすと、すぐに返事があった。

ドアを開けたのは、二十七、八の、いかにもエリートでございという面をした優男だった。ちらと見ると、玄関先には、女ものの靴が脱いであった。やはり悦子はここにいるのだ。そう思うと、私の胸は言い知れぬ嫉妬のような感情でざわめいた。

私は、とっさに新聞勧誘員の振りをした。林は、「新聞？」と人を小ばかにしたような顔をすると、「いらない、いらない」とけんもほろろに私を追い返した。その人を見下したような傲慢《ごうまん》な態度は、私の怒りにさらに油を注いだ。

悦子がなぜこんな男にひかれたのかさっぱり分からなかったが、こういう男に限って、若い女には手のひらを返したように優しかったりするのだろう。

悦子はこの男の見せかけの優しさに騙されているのだ。私はそう確信した。

その夜、悦子は自分のアパートには帰って来なかった。気になって、何度も外に出て、彼女の部屋の明かりがつくのを待っていたのだが、とうとう夜が明けるまで、悦子の部屋の明かりは灯らなかった。

あの林という男の部屋に泊まったのだ。

私は歯軋《はぎし》りした。

佐々木悦子は私のものだ。

私が結婚するように運命づけられている女なのだ。

それを、よくもよくも……。

私は今まで感じたこともないような烈しい嫉妬と憤怒にさいなまれて、その夜は一睡もすることができなかった。

あの林という男をなんとかしなければ。

一睡もできずに、熱を持った頭で私はそう考えた。

なんとかしなければ……。

ただそれだけを執拗に考え続けていた。


とうとうその夜がやってきた。

私は林則雄のマンションのロビーにいた。

私がこれからすることは、私のためというより、彼女のためなのだ。

私はそう自分に何度も言い聞かせた。そして、上着のポケットに忍ばせたサバイバルナイフの柄をぎゅっと握り締めた。

エレベーターのそばで待っていると、ロビーのガラス扉を開けて入ってきたのは、林則雄だった。

腕時計を見ると、午後十時半になろうとしていた。この二週間というもの、彼のマンションに張り込んで、林が何時頃帰宅するか、ずっと探っていたのだ。

チャンスだった。

ロビーには他には誰もいなかった。

私は野球帽を目深に被って顔が見えないようにした。

林は私の方をちらと見ただけで、エレベーターの開閉ボタンを押すと、中に乗り込んだ。すかさず、私も一緒に乗り込んだ。林が八階のボタンを押すと、怪しまれないために、私も九階のボタンを押した。

林は鼻歌を歌っていた。

エレベーターが動きはじめた。

私は持っていたバッグから携帯用のレインコートを取り出すと、素早くそれを着た。その奇妙な行動に、林はぎょっとしたような顔で私の方を見た。

と、その瞬間、私は両手に握ったナイフを、体当たりするような恰好で、林の身体に突き刺した。

夢中だったので、何度突き刺したのか分からない。

エレベーターが八階で停まったとき、狭い密室の壁には血が飛び散り、林は朱にそまって倒れていた。

私は、返り血を浴びたレインコートを脱いでバッグにしまうと、倒れた林をまたぐようにしてエレベーターを出た。

非常階段を駆け降りていると、上の方から女の悲鳴のようなものが聞こえてきた……。


林則雄は死んだ。

これで悦子の心を惑わす邪魔者はいなくなった。

エレベーターの中に設置されていた防犯カメラに私の顔が映っていたようだが、野球帽を目深に被っていたから、顔だちの特定まではできなかったようだ。

一カ月がたち二カ月がたっても、警察の捜査の手は私までは伸びてこなかった。

新聞やテレビのニュースなどによると、被害者の周辺に動機を持つ人間が浮かび上がってこないことから、通り魔的な犯罪と思われているようだった。

佐々木悦子は恋人の不慮の死に食事も喉を通らないほどの衝撃を受けたようだったが、月日がたつにつれて、彼女の心の傷も少しずつ癒え、少なくとも表向きは以前の明るい彼女にもどったように見えた。

その頃には、私は同じアパートの住人として彼女と親しく口をきくようになり、彼女が好きだという歌手のコンサートのチケットを手に入れて一緒に行ったり、休日にはドライブに誘ったりして、少しずつ悦子の心を私の方に向けることに成功していた。

そして、秋が過ぎ、冬の足音が近づいた頃、私は思い切って彼女にプロポーズすることにした。もうこれ以上待てなかった。彼女が私に気を許し、好意以上のものを感じはじめていると私は確信していた。

プロポーズすれば、おそらく二つ返事で受けてくれるだろう。私はそう信じて疑わなかった。

私たちはどんな障害をも乗り越えて結ばれる運命にあるのだから……。

ある晩秋の日曜日、私は彼女をドライブに誘った。そして、車の中で、彼女に結婚を申し込んだ。

悦子はびっくりしたような顔をした。

私は最初、その驚いたような表情を、ひそかに待ち望んでいたことを言われたことによる、うれしい驚きとでもいうべきものだと解釈していたが、話をするうちにどうも様子が違うことに気が付いた。

悦子は言った。

あなたのことは、「友人の一人」くらいにしか思っていない。結婚とかそういうことは全く考えていないと。

それが私のプロポーズに対する拒絶の言葉だと理解するのに、私は私の全脳細胞を駆使しなければならなかった。

彼女に拒絶される可能性があることなど予想すらしていなかったからだ。

自分の耳が信じられなかった。

悦子はまだ自分の運命に気付いていないのか。

絶望のあまり、すっかり取り乱してしまった私は、彼女に向かって叔母の話をした。

叔母と私は恋人同士のように愛しあっていて、叔母が死ぬ直前、私の手を握って、必ず生まれ変わってくるから一緒になろうと誓ってくれたこと。

その生まれ変わりが彼女であること。私たちは何があっても結ばれる運命にあるのだということ。だから、私たちの運命を邪魔する林という男を許せなかったこと……。

私は無我夢中でまくしたてた。

やがて、はっと我に返ると、目の前の悦子の顔が脅えたような表情をしていることに気が付いた。

私を見る目が、まるで蛇かサソリでも見るような色を湛《たた》えていた。

彼女はかなきり声をあげて車を降りると言い出した。そして、引き留めようとする私の手を払いのけると、自分で車のドアを開けて、外に飛び出した。

私も慌てて車から出ると、彼女の後を追った。

悦子は何を勘違いしたのか、恐怖に満ちたような顔で、「いやっ。こっちにこないで」と私に向かって叫んだ。

誤解なんだ。

すべてはきみの誤解なんだよ。

私はそう口走りながら、彼女に近付こうとした。

その瞬間。

彼女はさらに私から逃れるように走り出した。その先に道路があった。

甲高いブレーキ音とどすんという鈍い音がしたかと思うと、私の目の前で、佐々木悦子の小柄な身体は、ブレーキの間に合わなかった大型トラックにはねとばされていた。


その夜、かつぎ込まれた救急病院で、彼女は意識不明のまま息を引き取った。

なんてことだ……。

私は悪夢を見ているような心持ちで両手で髪をかきむしった。

信じられない。

やっと巡り合えたというのに、なぜ彼女が死ななければならないのだ。

なぜ彼女は私を拒絶したのだ。

彼女は叔母の生まれ変わりではなかったのか。

私たちは必ず結ばれる運命にあるのではなかったのか。

私は頭を抱えたまま、いつまでもそう自問自答していた。

しかし……。

やがて、絶望にとざされた私の頭に一筋の光が射した。

そうだ。

彼女はまだ死んだわけではない。

彼女の肉体は滅んだが、魂はまだ死んだわけではない。叔母がそうしたように、彼女もまた新しい肉体を得て生まれ変わってくるのではないだろうか。

そうだ。そうに違いない……。

でも、その新しい肉体が成長するまで、また二十年近くも待たなければならないのだろうか。

その頃には私は五十過ぎ……。

駄目だ。

若い女が五十過ぎの男を好きになるとは思えない。

そう思い、また絶望に髪をかきむしりたくなったとき、ふいに私はあることを思い出した。

待てよ。

そういえば……。

私は彼女が生前何げなく言っていたある言葉を思い出していた。

それは……。

*

わたしの東京での一人暮らしもようやく一年になろうとしていた。

東京の大学に進学すると決めたとき、父も母も、東北の田舎町でのんびりと育ったわたしが、東京のような大都会でちゃんと暮らしていけるのか心配していたようだが、最初こそ人や車の多さに驚き戸惑っていたものの、今ではすっかり慣れて、友達も沢山出来たし、最近になって、恋人と呼べる男性にも巡り合えた。

毎日がとても生き生きとして充実している。こんな生活ができるようになるなんて、一年前のわたしには想像することさえもできなかった。

生まれつき腎臓に欠陥のあったわたしは、週三回の血液透析が子供の頃から欠かせない身だったのだ。

健康な腎臓を移植でもしない限り、こんな煩わしく苦しい透析生活が一生続くのだと思っていた。

そんな思いが、わたしを引っ込み思案で暗い性格の少女にしてしまった。

しかし、一年前、ようやく待ち望んでいた、腎移植の手術を受けることができたのだ。わたしに健康な腎臓を提供してくれたのは、交通事故で亡くなったという二十歳の女性だった。その人が生前、臓器のドナー登録をしていてくれたために、彼女の腎臓を貰い受けることができたのだ。

幸い、移植後も拒絶反応は出ず、新しい腎臓はわたしの身体にうまく適合したようだった。移植を受けてから、わたしの人生は変わった。

生まれ変わったような気分だった。

それまでは何事にも消極的だったわたしが、明るく積極的な性格になった。それは、苦しい透析生活から解放されて、自分の未来に希望がもてるようになったということもあるが、たった二十歳という若さで亡くなってしまった腎臓提供者の女性の分まで生きなければという思いがわたしの中で次第に大きく膨らんでいったからでもあった。

聞いた話によると、人間の細胞の一つ一つにその人の記憶や感情が刻み込まれているらしい。魂というのは、まさに、その人間の身体を作っている細胞の一つ一つの集合体であるのだと……。

だから、交通事故で亡くなった二十歳の女性の腎臓にも、持ち主の記憶や感情が刻み込まれているということになる。ということは、彼女の腎臓がわたしの身体の中で生きている限り、彼女もまた生きているということなのだ。

わたしが彼女の健康な腎臓を得て生まれ変わったように、彼女もまたわたしという新しい肉体を得て生まれ変わったともいえるのだ。もっとも、こんな考えはわたしが自分で思いついたものではなく、恋人である彼の受け売りにすぎないけれど……。

彼と出会ったのは半年ほど前のことだった。わたしが住んでいたワンルームマンションの隣室に彼が引っ越してきたのがきっかけで、いつしか親しく口をきくようになったのだ。

わたしよりも十歳以上も年上だったが、年齢の差などはあまり気にならなかった。

彼は、「運命」という言葉を口にするのが好きだった。

わたしたちが出会ったのも「運命」ならば、二十歳の女性が交通事故で亡くなったのも、わたしに腎臓を与えるための「運命の女神が仕組んだ伏線」だったというのだ。

そう言われてみれば、彼との出会いには、ある事件が関係していた。

彼が今住んでいる部屋には、最初、美容師の専門学校に通う十八歳の女性が住んでいた。

ところが、この女性が学校帰りに男に背後から襲われて大ケガをしてしまったのだ。

襲われる数週間前から、「いつも誰かに尾行されているような気がする」と言っていたから、きっと、犯人は、今はやりのストーカーか何かだったに違いない。

その専門学校生は、髪を金色に染め、いつもかなり目立つ服装をしていたから、ストーカー気質の男に目を付けられたようだ。

実は、わたしも上京したての頃、誰かに尾行されているような気配を感じたことがあった。

もっとも、わたしの方は何の被害もなかったから、いつも誰かに見張られているような感じがすると思ったのは、わたしの気のせいだったのかもしれないが……。

幸い、彼女はナイフで背中を数箇所刺されたものの、命に別条はなかった。背後から襲われたので、犯人の顔は見なかったという。ただ、気配と感触で男だということだけは分かったらしい。

犯人はつかまらなかった。

彼女はこの事件のせいで一人暮らしが怖くなったらしく、退院すると、美容学校の友達と一緒に暮らすことにしたと言って、引っ越して行ってしまった。

その空き部屋になった隣に、すぐに入居したのが彼だった。

もし、あの専門学校生がストーカーのような男に襲われる事件がなかったら、彼がわたしの隣に入居してくることもなかっただろう。家賃が安いわりには、見てくれも立地条件も良いこのマンションは若い人に人気があって、部屋はすべて埋まっており、空き部屋は一つもなかったからだ。

彼の言う通り、隣人の専門学校生が見知らぬ男に襲われたのも、彼とわたしが出会うために「運命の女神が仕組んだ伏線」だったのかもしれない。

彼はよくこう言った。

どんな困難があろうとも、運命的な恋人同士というのは、必ず結ばれるものだと……。

引っ越してきて、はじめてわたしを見たとき、「この女性こそ自分が探し求めていた人だ」と強く感じたという。

わたしはその言葉に有頂天になりながらも、今ひとつ釈然としない思いがあった。

わたしは自分が美人とは程遠いことをよく知っている。男性に一目ぼれされるようなタイプではないことを自覚している。

おまけに、腎臓の病気のせいで、性格が消極的で暗かったこともあってか、子供の頃から、異性に好意のようなものを持たれたと感じたことは一度もなかった。

だから、どうせわたしのような女は一生恋も結婚もできないのだろうと半ば諦めていたのだ。

それなのに、彼は、そんなわたしに「運命の人」を一瞬にして感じ、一目見るなり恋に落ちたというのだ。

こんな経験は生まれてはじめてだった。

最初の頃は、彼の言っていることが、まるで安っぽい恋愛小説かドラマに出てくる台詞のようで、騙されているのではないかという疑いもどこかにあった。

でも、それはわたしの勘ぐりすぎだった。彼は誠実な人だった。わたしとは「結婚」を前提にして付き合いたいと言い、田舎の両親にも会って、きちんと挨拶してくれたのだ。

彼が本気でわたしを愛しているのは今では疑いようもないことだった。

それでも、時々、不安に襲われることがあった。

彼は本当にわたしが好きなのだろうか。一体わたしのどこが気に入ったのだろうか。これといって取り柄のないわたしの一体どこが、彼をこれほどまでに引き付けたのだろうか。

そんな疑問が鎌首をもたげてくるのだ。

だから、愛の行為が終わったあとなど、ふと彼に聞いてみたくなるのだ。

「わたしのどこが一番好き？」と。

しかし、彼は微笑を口元に刻んだまま、何も答えない。

よもつひらさか

朝のうちに東京を出たというのに、Fという山陰の小さな田舎町に着いたときには、既に日は暮れかけていた。

列車を乗り継ぐ、久々の長旅は、六十を越した身にはさすがにこたえた。痛む腰を摩《さす》り、痺れて感覚のなくなったような足をひきずりながら、私は、鄙《ひな》びた駅舎の改札を通り抜けた。この駅で降りたのは、どうやら私一人のようだった。

やや陰鬱な色合いの山々が彼方に連なる道をとぼとぼと歩いて行くと、九月のはじめだというのに、道端には、赤い曼珠沙華《まんじゅしゃげ》が群がって揺れていた。

東京ではまだ残暑が厳しかったが、ここでは、既に夏は去り、秋の気配がそこかしこに漂っていた。

一本道をしばらく歩き続けていると、やがて、なだらかな坂道に出た。菜津子《なつこ》が電話で言っていた坂とはこれのことだろう。たしか、「ひらさか」とか言っていた。坂の上り口に、石の道しるべのようなものが立っていた。私はそれに近付いて、石に刻まれた文字を読むためにに身をかがめた。所々、苔の生えた石には、「ひらさか」と刻まれていた。間違いない。この坂を上りきった向こうに、娘の住む家があるはずだ。

おや……。

私は、身をかがめたまま、ふと思った。石には確かに、「ひらさか」と刻まれていたが、それだけではないように見える。「ひらさか」の上に、まだ何か文字が刻まれているようだ。それが、長年の雨風に晒《さら》されて、読み取りにくくなっているようだ。なんと書いてあるのだろう。近眼鏡をはずし、目を近づけてみると、辛うじて、「つひらさか」とまで読めた。だめだ。それ以上は読み取れない。

まあ、しかし、娘が言っていたのは、この坂に間違いなかろう。

私はそう思い、文字を読み取ることを諦めて、立ち上がろうとした。その瞬間、ぐらっと視界が傾くような衝撃に襲われた。思わず、膝から崩れるようにしゃがみこんでしまった。急に立ち上がろうとして、脳貧血でも起こしたらしい。

頭の中が酒に酔ったようにぐるぐると渦巻き、むかむかと吐き気がした。しばらく、じっとうずくまっているしかなかった。

「どうかされましたか」

ふいに頭上で野太い声がした。

ゆるゆると顔をあげると、目の前に一人の男が心配そうな顔で立っていた。真っ黒に日焼けした頑丈そうな男で、年の頃は、二十四、五。厚みのある、がっちりとした肩には、大きなリュックを背負っている。服装から見て、登山にでも行くのか、あるいはその帰りのようだった。

「ちょっと立ちくらみが……」

私はそう答えた。

「大丈夫ですか」

リュックの青年はかがみこんで、私の背中を摩ってくれた。そして、素早い仕草で、提げていた水筒をはずすと、私に手渡してくれた。

水筒の中には、一息で飲み干せる量のなまぬるい水が入っていた。水を飲み干し、見知らぬ青年に背中を摩られているうちに、私の気分はようやく良くなった。膝に手を添え、そろそろと立ち上がってみると、もうなんでもなかった。

私は青年に礼を言い、水筒を返した。ついでに、「緑町一丁目に行くには、この坂を上ればいいのか」と聞いてみた。青年は、真っ白な歯を見せてかすかに笑った。鼻の頭が日に焼けて擦りむけている。

「そうです。僕も同じ方向ですよ。一緒に行きましょう」

そう言ってくれた。おまけに、「持ちましょう」と言って、私のボストンバッグまで持ってくれた。私は恐縮して、ボストンバッグを取り戻そうとしたのだが、青年は、笑って返してくれなかった。

私はその青年と肩を並べて坂道を上りはじめた。

「山ですか」と聞くと、青年は人なつっこそうな笑顔を見せて、「穂高に登ってきた」と答えた。ひょっとすると、同じ列車だったのかもしれない。駅に降りたのは私一人だと思い込んでいたが、そうではなかったらしい。

「緑町にはお知り合いでも？」

今度は青年が聞いた。

「娘が住んでいるんですよ。その……嫁ぎ先でして」

私の口から、割合すんなりと、「嫁ぎ先」という言葉が出た。そのことに自分で驚いていた。

十年前に妻を亡くして以来、男手ひとつで育てあげた一人娘の菜津子が、結納まで交わした見合い相手を捨てて、妻ある男と駆け落ちしたのが、今からちょうど三年前のことだった。相手の男は、娘の大学時代の先輩だった。今から思えば、娘にとっては悩みに悩んだ末の、やむにやまれぬ選択だったのかもしれない。

しかし、その見合い相手というのが、私が定年退職後に役員待遇で迎えられることになっていた小さな会社の社長の次男だったことから、私は親としての面目を失ったばかりか、当然、定年後の職も失う結果となった。

娘からはその後何の連絡もなかった。私もあえて探そうとは思わなかった。それが、今年になって、失踪後はじめて娘から便りが来た。相手の男の離婚がようやく成立し、晴れて入籍したというのだ。しかも妊娠しているのだという。今は、男の郷里である山陰のFという町で、男の老母と三人でひっそりと暮らしているらしい。私は返事を出さなかったが、それからというもの、娘からは、定期的に連絡が入るようになった。

そして、三日前にはじめて電話がかかってきた。男の子を無事出産したのだという。ぜひ、初孫の顔を見に来てほしいという。娘の声は、子供のように弾んでいた。その声を聞いたとき、三年間、私の中で暗くわだかまっていたものが、ゆっくりと氷解していくような気がした。その場ではすぐに返事はしなかったが、結局、一晩考えた末に、翌朝、私は娘に電話をかけ、会いに行くことを告げた。

「なんというお宅ですか」

青年が聞いた。

私ははっと我にかえった。

「え？」

「娘さんの嫁ぎ先ですよ」

相手の男の姓は渡瀬《わたせ》だった。娘からの手紙も、差出人は、「渡瀬菜津子」となっていた。何やら誇らしげな大きな字で……。

「渡瀬ですよ。確か、娘の連れ合いの名は、渡瀬健一……」

そう答えると、青年の笑顔が一層親しみやすいものになった。

「それじゃ、あの渡瀬さんかな。渡瀬というのは、このあたりでは一軒しかないから」

「ご存じですか」

「近所なんです。そうか。あそこのお嫁さんのお父さんだったんですか」

「子供が生まれたというもので、まあ、その孫の顔を見に」

私はいささか照れながら言った。

「そうだったんですか」

青年は合点したように一人で頷いた。

そのあと、ふと話題が途切れた。しばらく互いに沈黙したまま歩き続けていたが、私は、沈黙の気まずさを払うように言った。

「長い坂ですね」

「そうですか？　はじめての人には長く感じるのかもしれませんね。もう少し行くと、石の道標が見えてきます。それが坂の終わりを示しています」

「来るときにあったような？」

「ええ」

「そういえば」

ふと思いついたことがあった。

「この坂の名前なんですが、ひらさか、というのですか」

「そうですが、それが何か？」

青年はちらと私の方を見た。

「いえ、さっき、石に刻まれた文字を読んでいたら、ひらさかの上に何か文字が書いてあったように見えたものですから……」

「ああ、あれですか。実を言うとね、ひらさかというのは、通称なんですよ。ここらへんの人は、みんな、ひらさかひらさかと呼んでいますが、本当は、よもつひらさかというのがこの坂の正式な名前らしいんですよ」

「よもつひらさか……」

私は口の中で繰り返した。何やら聞き覚えのある名前だが、思い出せない。

「どこかで聞いたような」

そう呟くと、青年は言った。

「古事記ですよ」

「こじき？」

「ほら、日本神話の」

「はあ……」

「あの中に出てくる坂と同じ名前なんです。よもつひらさか。黄色い泉に、比べる良い坂と書いて」

ああ、と私は思わず声を出した。思い出したのだ。

あれか……。

黄泉《よもつ》比良坂《ひらさか》。

それを下っていけば、黄泉《よみ》の国に至ることができるという坂である。

古事記の中にある話は確かこうだった。

国造りの最中に最愛の妻であるイザナミを亡くしたイザナギは、妻恋しさに、黄泉の国まで降りて行く。

しかし、黄泉の国の宮殿の扉ごしに再会したイザナミは、既に黄泉の国の住人になってしまったから帰れないとイザナギに言う。

それでも、一緒に帰ろうと誘う夫の情にほだされたイザナミは、「黄泉神と相談してみる。それまでは、絶対に私を見てはならない」と伝える。が、その誓いを破って、イザナギは妻の姿を見てしまう。既に腐り果て、蛆だらけになった凄惨な妻の死体を。

姿を見られたことを知ったイザナミは、軍隊を引き連れて、黄泉比良坂の入り口までイザナギを追ってくるが、かろうじて逃げ切ったイザナギは、坂の入り口を巨石で塞ぎ、イザナミと絶縁する……。

いわば、黄泉比良坂というのは、冥界と現世の間にある坂のことで、坂とは言っているが、現実には、死者の遺体を収めた古墳のことであるらしいと、物の本で読んだ記憶があった。

坂の入り口を巨石で塞ぐとは、まさに、古墳の入り口を石の蓋で塞ぐことであると……。

しかし、なぜ、神話に出てくる黄泉の国の坂の名前が、この坂に付けられているのだろう。

ふと疑問に思った。そのことを口にすると、青年はふいに笑いをおさめた顔でこう答えた。

「出るんですよ」

「出る？」

私が聞き返すと、青年は真顔でなおも言った。

「亡者が……ね」

＊

「亡者って……」

私がぽかんとしていると、青年はさらに続けた。

「この坂には昔から言い伝えがあるんですよ。一人でこの坂を歩いていると、死者に会うことがあるってね。死者といっても、足がないわけじゃない。生きてる人間と全く同じ姿だそうです。しかも、それは身内であったり知り合いであったりすることが多いそうです。だから、けっして、この坂を一人で歩いてはいけない。僕なんか、子供の頃から親にそう言われ続けてきました。一人のときは、遠回りをして、この坂はけっして通るなってね。

まあ、今日は、こうしてあなたと知り合えたので、ここを歩くことにしましたが。二人以上で連れ立って、にぎやかに話でもしながら歩いているぶんにはかまわないらしいのです。亡者は近寄ってこないそうです。一人だと危ないのです。それにしても、不便な言い伝えですよ。緑町一丁目に行くには、この坂を通るのが一番の近道なんですから」

青年はそこまで言って、また笑顔になった。

「でも、そんなのは、古い町にはよくある迷信でしょう？　年寄りならともかく、あなたのようなお若い人がそんな迷信を信じるなんて」

私も笑いながら言うと、青年はかすかに首を振った。

「いや、それが迷信とも言い切れないんです。実際に、この坂を一人で歩いて、亡者に会ってしまったという人の話を聞いたことがあります。たとえば……」

青年はそう前置きして、こんな話をはじめた。

「小学校五年のときにね、ここを一人で歩いていて、死んだ叔母さんに会ったという同級生がいたんです。吉井という奴でした。なんでも彼の話だと、休日に隣町へ行った帰りに、この坂を通ったのだそうです。一人で歩くなという言い伝えのことは彼も知っていたのですが、そのときは、いつも楽しみにしているテレビのアニメ番組がはじまる時間が近づいていたので、早く家に帰りたかったらしいんですね。それで、つい、近道であるこの坂を通ってしまった。

そうしたら、坂の途中で、後ろから声をかけられた。振り向いてみると、彼の父親の妹、つまり叔母さんが立っていたというのです。この叔母さんというのは、彼が小学校三年のときに、神戸に嫁いだ人で、同居していた頃は彼をとても可愛がってくれたんだそうです。

叔母さんは、彼を見て、にこにこしながら近づいてきたそうです。彼は、てっきり、叔母さんが里帰りしてきたのだと思い、喜んで、叔母さんと一緒に歩きはじめた。そのうち、叔母さんが、持っていたハンドバッグの中から、一枚のチョコレートを出して、彼に渡したというのです。お土産だと言って。見ると、それは外国製のチョコレートだったそうです。

叔母さんはそれを一口食べてごらんとしきりに勧めたといいます。ただ、彼は、そのとき、奥歯に大きな虫歯ができていて、その治療中だったらしいのです。それで、歯医者から、甘い物は食べてはいけないと言われていた。そのことを思い出して、叔母さんから貰ったチョコレートは、すぐに口にすることはなく、ズボンのポケットに入れたのだそうです。

するると、叔母さんは何度も彼に、チョコレートを食べるように言うのです。彼が虫歯があるからと言い訳すると、叔母さんは、急に悲しそうな顔になって、『明《あきら》ちゃんが喜ぶと思って、わざわざ買ってきたのに』と言ったそうです。

彼はこの叔母さんが大好きだったので、叔母さんを悲しませたくないために、『じゃあ、食べるよ』と言って、チョコレートの銀紙を剝《む》き、ひとかけらを割って口に入れたそうです。それを見た叔母さんは、一瞬、とても嬉しそうな顔をした。

でも、本当は、これは彼の芝居だったのです。叔母さんを悲しませたくはないが、チョコレートを食べて、あとで歯痛に苦しめられるのも嫌だと思った彼は、迷った末に、チョコレートを食べる振りをしたのですね。ひとかけら割って口に入れる振りだけして、本当は口には入れなかった。嚙む振りだけして、『おいしい』と言うと、叔母さんは、嬉しそうに目を輝かせて何度も頷いたそうです。

やがて、坂の終わりを示す石の道標が見えてきた。

すると、それまで上機嫌だった叔母さんの様子が一変した。ふいに立ち止まって、彼の方を凄い目付きで睨み付けたのだそうです。彼がどうしたのだろうと思っていると、叔母さんは、押し殺したような低い声で、いきなり、『おまえ、食べなかっただろ』と言ったんだそうです。

彼が何のことかとびっくりしていると、叔母さんは別人のような怖い顔になって、『わたしがあげたチョコレートだよ。本当は食べなかったんだろ』と言ったのだそうです。彼は、とっさに、『食べた』と嘘をついた。すると、叔母さんは彼の方に近づいてきて、『口の中を見せてごらん。チョコレートを食べたかどうか見てやる』と言って、彼の髪を片手でつかみ、片方の手の指を彼の口の中にこじいれようとしたというのです。

唇に触れた叔母さんの指は氷のように冷たく硬かったそうです。怖くなった彼は無我夢中で、叔母さんの手を払いのけ、坂道を駆け上った。叔母さんは追いかけてくる。叔母さんの手が彼の襟首をつかみそうになった寸前のところで、彼は、石の道標の向こう側につんのめるようにして出た。すると、その瞬間、背後で『ぎゃー』という凄まじい悲鳴がして、思わず振り向くと、叔母さんが長い髪を逆立てて叫んでいたそうです。

美しい顔は怒りと苦痛に歪み、口は耳まで裂けたかと思わせるほど大きく開き、それは恐ろしい形相だったそうです。でも、やがて、叔母さんの顔は、怒りと苦痛から、悲しそうな表情へと徐々に変わっていき、何か言いたそうにしながら、ふいに彼の目の前から消えたというのです。

彼はその光景を全身総毛だったまま見ていたそうです。あとはどうやって家に帰ったのかさえも覚えていなかったと言います。そして、その夜、彼の家に一本の電話がかかってきました。神戸にいる叔母さんの旦那さんからでした。叔母さんが、住んでいた団地の屋上から飛びおりて死んだという知らせでした。自殺でした。動機はよく分からなかったそうですが、日頃から夫婦仲があまりうまくいっていなかったようで、そのことを悩んだ末の発作的な自殺だったのではないかということでした。彼が、この坂で叔母さんに会った時刻には、叔母さんはもうこの世の人ではなくなっていたというのです。

もし、あのとき、叔母さんがくれたチョコレートをほんの一口でも食べていたら、彼も無事ではすまされなかったでしょう。幸いにも、虫歯だったことが彼の命をたすけたのです……」

「無事ではすまされなかったというと？」

私は口をはさんだ。

「彼もまた冥界の人間になっていたということです」

青年はあっさりと言った。

「え、それはどうして？」

なおも聞くと、青年は言った。

「黄泉戸喫《よもつへぐい》ですよ」

「よもつへぐい……？」

「古事記の中にあるでしょう。イザナミがイザナギに向かって、『自分はもう黄泉戸喫をしてしまったから、黄泉の国の住人になってしまった。外の世界には戻れない』と言う場面が。死の国の食べ物を食べてしまったから、死の国の住人になってしまったということですね。

まあ、正確には、黄泉戸喫というのは、黄泉の国の火で作った食べ物を口にすること、を言うのだそうですが、この坂の言い伝えでは、それがいつの間にか、とにかく死者が差し出す食べ物の意味になってしまったようです。

たとえ、一人でこの坂を歩いていて亡者に会ったとしても、全速力で結界石まで駆けて、その外に出ることができさえすれば、亡者にはあとはどうすることもできないそうです。亡者が現れることができるのは、結界石の間の坂道だけだからです」

「結界石というのは？」

「坂の入り口と出口に立っている石の柱のことですよ。あれは、単なる道標ではなくて、冥界と現世を分ける結界石になっているそうなんです。あの二本の石柱に挟まれた坂を上る間に、死者の差し出す食べ物を口にしてしまったら、たとえ、それが、ほんの一口、ほんの一粒でも、その人はもう、現世には二度と戻れなくなるというのです」

「戻れないって、まさか」

私はなんとなくぞっとした。

「そのまま、亡者と一緒にどこまでも行くことになるのでしょうね。黄泉の国に辿りつくまで」

青年はそこまで言い、ふと思い出したように、こう語り出した。

「そういえば、三年ほど前に、米屋のかみさんが、買い物帰り、坂の途中で亡くなっているのを発見されたことがありました。死因は、心臓発作か何かのようでしたが、日頃から人一倍健康で、心臓に持病を持っている人でもなかったので、『ああ、きっとあの人は坂の途中で亡者に会い、黄泉戸喫をしてしまったのだ』と、誰が言うでもなく、そんな噂がたったたのです。

黄泉の国に至る坂道は、どこまでも暗く長いと言われています。亡者といえども、そんな道を一人では歩きたくないのでしょう。それで、道づれを求めるのです。でも、途中で亡者だと相手に気付かれてしまえば、逃げられてしまいます。結界石の外に逃げ込まれてしまえば、もうどうすることもできないのです。そのために黄泉戸喫をさせるのです。死の国の食べ物をなんとか道づれに食べさせようとするのです。

それに、どうせ道づれになるのなら、赤の他人よりは、親しい身内とか友人の方がいい。それで、亡者は、自分の知り合いが坂を一人で通りかかるのを待ち構えているのだと言います。

その米屋のかみさんのことですが、坂の途中で会ったのは、かみさんが前の年に亡くした子供だったんじゃないかと言う人もいました。三つになる一粒種の男の子を病気で亡くしていたんですよ、米屋のかみさんは。きっと、その死んだ子供が坂の途中で母親を慕って現れたんではないか。それで、それが亡者と分かっていても、かみさんは、子供ふびんさのあまりに、子供の差し出す食べ物を口にしてしまったのではないか。そう言うのですね。そうでもなければ、この町の生まれで、坂の言い伝えのことをよく知っていたはずのかみさんが、一人で坂を歩き、ましてや、亡者の差し出す食べ物なんかを口にするわけがないというのです。

そのかみさんは、子供が生きていた頃、子供が口の周りにつけた米粒などをよく取って食べてやっていたそうです。だから、きっと、坂の途中でもつい同じことをしてしまったのでしょう。そして、子供の手をひいて、黄泉の国まで一緒に行ったのではないか。そんなことを言う人がいました。その証拠に、かみさんの死に顔は安らかで、笑っているように見えたと言いますから……」

私は、青年の話を聞きながら、「信じられない」というように首を振った。よく出来てはいるが、所詮は、作り話の域を出ていないように思えた。

「信じられませんか、僕の話が」

青年は、私の顔つきから私の心を読んだらしく、かすかに笑いながら聞いた。

「ええ、どうも私には……」

「無理もありません。僕だって、子供の頃からこんな言い伝えや噂を信じていたわけじゃないんですよ。実を言うと、さっきあなたがおっしゃったように、こんなのは馬鹿げた迷信の類いだと思ってました。だから、夜はさすがに気味が悪いので、通りませんでしたが、昼間などは、遠回りをするのがめんどうなときは、ここを一人で通ったこともあるんです。亡者はおろか、猫の子一匹逢いませんでしたよ。ほらみろ、やっぱり迷信じゃないかと内心舌を出したこともありました。

それに、吉井の話にしても、聞いたときは、あまり信じてはいなかったのです。というのは、あの吉井という奴は、日頃から嘘つきという評判のある奴でしたから。彼の叔母さんが自殺したというのは本当らしいのですが、彼がこの坂の途中で死んだ叔母さんに会ったという話は、叔母さんの自殺の知らせを聞いたあとで、彼が僕たちを怖がらせるために思いついた作り話だったのではないかと疑ってもいました。ところが」

青年の顔がふと曇った。

「去年、あいつに会って、その考えが変わりました」

「あいつ？」

「吉井ですよ」

青年の顔がこころなしかこわばっていた。

「僕は去年の夏、ここで吉井にばったり出会ったのです」

＊

青年はなおも話し続けた。

「吉井とは、中学までは一緒の学校だったのですが、高校、大学は別でした。僕は東京の大学を出ると、地元に戻って就職したのですが、吉井は、聞くところによると、関西の大学に進んで、そのまま関西で就職したということでした。それほど仲が良かったわけではなかったので、中学を卒業したあとは、彼のことは忘れかけていたのです。

それが、去年の夏、この坂を一人で上っていたとき、背後から大声で呼び止められたのです。振り向くと、旅行カバンを提げた吉井が懐かしそうな顔をして立っていました。

ちょうどお盆の頃でした。吉井はお盆休暇で帰ってきたのだと言いました。僕たちは久しぶりに会ったことを互いに喜びながら、一緒に坂を上りはじめました。お互いの近況を話しあったりして、話は尽きませんでした。吉井は話しながら、シャツの胸ポケットからタバコを取り出すと、一本くわえ、さりげない仕草で僕にも一本勧めました。

でも、僕は断りました。その年の春先に、僕は悪性の風邪にかかり、そのとき引き起こした気管支炎が完全に治りきっていなかったために、ずっと禁煙していたからです。僕がタバコを断ると、吉井は一瞬険しい表情をしました。でも、それは、僕の気のせいかと思ったほど、一瞬のことで、彼はすぐに、『そうか』と言って、タバコを胸ポケットにしまいました。

そして、ふいに、昔話をはじめたのです。小学校の頃の話です。あの頃の同級生とか先生の思い出話をしながら、吉井は突然、『おまえ、俺の話、信じてなかったんだろ』と言ったのです。

僕は彼が何を言っているのか、最初、よく呑み込めませんでした。え、という顔をしていると、彼は、薄く笑いながら、『ここで、死んだ叔母さんに会ったって話だよ』と言いました。僕は思い出しました。小学校の頃に彼から聞いた話を。それで、『実をいうと、嘘だと思っていた』と告白したのです。彼は、笑ってタバコをふかしながら、『そうだと思ったと答えました。『どうして分かったんだ？』と聞くと、『おまえがこの坂を一人で上っていたからだよ』と彼は言いました。僕がきょとんとしていると、彼は、こう言ったのです。『もし、おまえがあのときの俺の話を信じていたら、一人でこの坂を上るはずがない。そうだろ？』と。

その通りでした。僕は彼の話を信じてはいなかったのです。そのときまで、この坂にまつわる言い伝えはくだらない迷信にすぎないと思っていたのです。そのことを言うと、彼の顔が真顔になりました。そして、彼は吸いかけのタバコを道に落として、靴のつま先で踏みにじりながら、ぽつんと言ったのです。『あれは嘘じゃない』と。『本当にここで叔母さんに会ったんだ。嘘じゃないんだよ。あれは本当にあったことなんだ』

彼はそう続けました。僕はなんとなくぞっとしました。彼の声には、冗談を言っているとは思えないような力が籠もっていたからです。ひょっとすると、彼は本当のことを言っているのかもしれない、ふとそう思いました。

やがて、坂の終わりを示す石の柱が見えてきました。彼は何を思ったのか、もう一度、僕にタバコを勧めました。いえ、あれは、勧めるというよりは、まるで哀願するような顔でした。僕は、春に患った気管支炎がまだ治りきっていないことを彼に打ち明けて、また断りました。すると、彼の顔が絶望したように歪みました。そして、泣き笑いのような奇妙な表情をしたまま、黙って頷き、タバコを胸ポケットにしまったのです。

僕は坂の出口にある石柱をひょいと越えました。しかし、吉井は、何を思ったのか、石柱の前まで来ると、立ち止まったのです。彼がついてこないので、不審に思って、振り返ると、吉井は石柱の向こう側で、途方に暮れたような表情をしたまま、立ち尽くしているのです。僕は彼に声をかけました。『どうしたんだ、早く来いよ』と。それでも、彼は動こうとしません。どうしたんだろうと思っていると、彼が言ったのです。『列車の中に忘れ物をした』と。土産の入った紙袋を列車の網棚に載せたまま忘れてきてしまったというのです。今から駅に戻って、駅員に事情を話せば、探して貰えるかもしれない。俺はこれから駅に戻るから、おまえは先に行ってくれ。彼はそんなことを言いました。

僕は彼の話を疑いませんでした。『そうか』と言い、『じゃ、あとで電話でもするから』と言うと、彼はこくんと頷き、くるりと振り返ると、今来た道を戻りはじめたのです。僕はそれをちらと見ると、また歩きはじめました。

なんとなく後ろ髪をひかれるような気がして、振り返ってみると、坂道には彼の姿はもうなかったのです。まるで、かき消されたように……。

その夜、僕は約束通り、彼の家に電話をしました。しかし、電話に出た彼の母親は、吉井は帰っていないと言うのです。それを聞いて、僕は不思議に思いました。彼と坂の出口のところで別れてから、何時間もたっていたのです。もう彼が家に帰っていてもおかしくない時刻になっていました。しかも、吉井の母親は、吉井がお盆休暇に帰ってくるはずがないと言うのです。なんでも、数日前に彼から電話があって、仕事が忙しくてお盆には帰れないと言ってきたというのです。それは妙だと思いました。僕は昼間吉井に逢っているのです。旅行カバンを提げた吉井に。それはまぎれもない事実だったのです。それでも、そのときは、きっとお盆には帰れないと連絡しておきながら、気が変わったのだろう、くらいにしか思いませんでした。

でも、そうではなかったのです。そのことはあとで分かりました……」

＊

「翌日、吉井が勤めていた会社から連絡が入り、吉井が勤務中に事故に遭ったというのです。彼は、営業の仕事をしていたらしいのですが、車で取引先に向かう途中、高速で玉突き事故に巻き込まれ、頭と胸を強打した彼は、収容された病院で数時間後に息を引き取ったというのです。あとで聞いた話では、ちょうど僕が坂の途中で彼と逢った頃、彼は病院で既に亡くなっていたらしいのです。

僕はその知らせを吉井の母親から受けたときは、全身が凍るような思いがしました。僕が会ったのは、生きている吉井ではなかったのです。そして、なぜ坂の途中で会った吉井が、あんなにも僕にタバコを勧めようとしたのか、僕がタバコを断ると、あんな絶望したような顔をしたのか、ようやく合点がいったのです。

吉井は僕を道づれにするつもりでいたのです。タバコも嗜好品の一種ですからね、もし、あのとき、僕が吉井の差し出すタバコを何げなく受け取って口にしていたら、たとえ一口でも吸っていたら、僕は生きてはいられなかったでしょう。今、思い出してもぞっとしますよ。

でも、あのことがあってから、僕はこの坂の言い伝えを心の底から信じるようになりました。あれ以来、けっして、一人ではここは通りません。今日は偶然、あなたとご一緒できたので、こうして歩いていますが、もし、あなたがいなかったら、遠回りをしていたでしょうね……」

青年はそう言い、それっきり口をとざした。

はっと気が付くと、あたりはとっぷりと暮れ、闇色にとざされていた。

青年の奇妙な話に聞き入っていたせいか、時間のたつのをすっかり忘れていた。私は、闇の中で、腕を鼻先まで持って行って、時計を見た。

腕時計は止まっていた。

駅を出たときに見た時刻を指したままだった。

妙だな……。

私はふと心の中で呟いた。

何か妙な感じがする……。

何がどう妙なのかうまくは言えないが、何か妙な感じがしてならなかった。

それに、青年の話を聞きながら、ずいぶん歩いたように思えたが、いっこうに、坂の終わりを示すという石の柱は見えてこない。目の前には、黒々と一本の坂道が続いているだけである……。

「それにしても、長い坂ですな」

私は重苦しい沈黙に耐え兼ねて、そう声に出して言ってみた。

「なに。もうすぐですよ」

青年はこともなげにそう答えた。確かに、はじめて歩く道というのは長く感じるものだ。おまけに、こう暗くては、心細さも手伝って、時間がたつのが遅く感じられるのだろう。私はそう思おうとした。それでも時間は気になる。

「今何時ですかね」

青年に聞いてみた。

「分かりません」

しかし、青年はすぐにそう答えた。

「腕時計を壊してしまったんですよ。沢に落ちたときにね……」

沢に落ちたとき……？

私はまた奇妙な思いにふと駆られた。

「大丈夫だったんですか」

そう聞くと、私の隣の空気が動き、青年がこちらを向いたような気配を感じた。

「何がですか」

「沢に落ちたって、今、言ったから……」

「ああ、あれですか。大丈夫でしたよ。幸い、かすり傷ひとつ負いませんでした。腕時計を壊しただけでね……」

青年は笑いを含んだ声で言った。

また二人の間に重い沈黙のとばりが降りた。

「そうだ」

小さく呟く声がしたかと思うと、彼は何かごそごそと上着の胸ポケットあたりを探っていた。すぐに、何か取り出すと、それを私の方に差し出した。

「ガムでもいかがですか」

青年の声に、私はぎょっとした。

「あ、いや」

私はとっさに青年の手をはらいのけた。そのとき、青年の指が私の指に触れた。氷のように冷たい指だった。しかも、棒のように硬い。まるで……。

「まさか……」

青年が笑いながら言った。

「僕のことを疑っているわけじゃないでしょうね」

「え、疑うって？」

私は思わず聞き返した。自分の声がうわずっているような気がした。

「いえ、別に」

青年はそう言うと、闇の中で、ガムの銀紙を剝くような、かさかさという音をたてた。

「このガムには助けられましたよ……」

独り言のように青年は呟いた。

「助けられたって？」

「いえね、沢に落ちたときです。誰かが助けに来てくれるのを待っている間、食べるものが何もなくてね……ガムが胸ポケットに入っていることを思い出して……ずっと噛んでいたんですよ。参りましたよ。転げ落ちたとき、両足を骨折してしまったらしくて、動きたくても動けないし……」

彼はそんなことを言い出した。

「さっき、何ともなかったって言ったじゃありませんか」

私は思わず言った。

「両足を骨折したんですよ」

闇の中で青年の声がした。隣にいるのに、妙に遠いところから聞こえてくるような気がした。

「さっきはかすり傷ひとつ負わなかったって」

私がそう言いかけると、

「いや、両足を骨折したって言ったはずですよ」

青年は言い張った。

「両足を骨折したのに、どうして歩いているんですか」

私は自分の声が震えているのに気がついた。

「そういえば」

青年はそう言って、くっくっと笑った。

「どうして歩いてるんでしょうかね」

　彼は私をからかってるのか。それとも……。

　私はそのとき、変なことを思い出した。三日前に菜津子と電話で話したとき、菜津子が何げなく言っていたことをふいに思い出したのだ。子供が生まれても、あまりおおっぴらに喜べないと言っていたことを……なぜだと問うと、娘はこう言った。

「近所でご不幸があったうちがあるの。息子さんが一人で山に登って遭難したらしいのよ。遺体で発見されたって、昨日……。だから、あんまり手放しでお祝いもできないのよ……」

　心臓がどくんどくんと鳴りはじめていた。

　自分の心臓の音を聞きながら、私は必死に思い出そうとしていた。さっき、坂の入り口で、この青年に助けられたとき、青年が差し出した水筒の水を飲んだのは、結界石の内か外かを……。

　もし、あれが結界石の外だったとすれば、全速力で駆けて、もう一つの結界石の外に出れば助かる。しかし、もし、内側だったとすれば……。

　気が付いたことはもう一つあった。

　さきほどから感じていた奇妙な違和感の正体だ。それが分かったのだ。下りになっている。いつのまにか、坂はゆるやかな下りになっていたのだ。上り坂だったはずなのに、いつのまにか……。

「もうすぐですよ」

闇の中で青年の嬉しそうな声がした。

何がもうすぐなのか、聞き返す気力はもはや私の中にはなかった。

あとがき

この短編集は、一九九三年から一九九八年までの間に、「小説すばる」のミステリー特集ないしはホラー特集の枠で書いた短編ばかりを集めたものです。

思うところがあって、必ずしも執筆順に並べてはありませんが、最初の作品である「ささやく鏡」を書いてから、既に六年の歳月が流れてしまいました。

ちなみに、執筆順に並べるとこうなります。

「ささやく鏡」
「茉莉花」
「時を重ねて」
「ハーフ・アンド・ハーフ」
「双頭の影」
「家に着くまで」
「夢の中へ……」
「見知らぬあなた」
「穴二つ」

「よもつひらさか」

「遠い窓」

「生まれ変わり」


たった六年の間に世の中は急速に移り変わりました。

例えば……。

「時を重ねて」で、主人公が軽井沢まで乗ったことになっている特急列車は、今では、あの長野オリンピックの置き土産ともいうべき長野新幹線に取って代わられました。

余談ではありますが、私はそのことを非常に残念に思っている一人です。

なお、「家に着くまで」などの中で触れたストーカー事情も、これを書いた当時と現在とでは、だいぶ様がわりしてしまいました。

今では流行語のようになってしまったストーカーという言葉も、これを書いた当時はまだそれほど各メディアに取り上げられてもおらず、もっと耳新しい（？）ものがあったと記憶しています。

今回、一冊の本にまとめるにあたって、そういった箇所はすべて手直しすることも考えたのですが、時代の移り変わりを示すものとして、あえて手を加えないのも面白いかなと思い、そのままにすることにしました。

本当は面倒臭かっただけという説もありますが、そんなことはありません。

ホラーあり、推理物あり、ロマンティックファンタジーありと、かなりの盛り沢山になっております。

私にとっては、五冊目の短編集となりますが、ボリュームという点では、これが一番かもしれません。

質的には……。

ま、それは読者のお一人お一人が判断してください。

少しでもお楽しみいただければ幸いです。

一九九九年四月

今邑　彩

解説

小《お》椰《なぎ》治《はる》宣《のぶ》

作品を愛蔵したくなるような作家というものが、本好きの人間には必ず一人や二人はいるものである。とはいえ、ミステリー、とくに本格ものの場合には、一度読んでしまうと、トリックや犯人が分かってしまうので、再読する興味が失われがちだ。愛蔵する気を起こさせるには、「推理」の卓越さに加えて、「小説」としての魅力をも秘めていなければならない。

初読のときはミステリーとしての妙味に酔い、再読のときは、小説としての風味を嚙みしめ、作品の醸し出す独特の雰囲気に浸る——そうした作品こそ「愛蔵」するに相応しいのではなかろうか。

だが、そうした作品をコンスタントに生み出せる作家は、決して多くはない。デビュー当時は、愛蔵リストに入っていた作家でも、作品数が増えるにつれて愛蔵したくなる作品が減り、やがてリストからその名前が消えていくことも少なくない。私の場合、「これは」と思った作家でも、四、五年すると愛蔵リストから外されることが、このところ特に多い。

その一方で、十年以上経っても相変わらず、リストに残っている作家も何人かはいる。また不思議なもので、そうした作家は年を経るごとに、愛蔵したくなる意欲が増してもくるのである。

本書の作者、今邑彩も、そうした作家の一人だと思うのだが、どうであろう。少なくとも私にとっては、土屋隆夫、赤江瀑、皆川博子などと並んで、今邑彩は「愛蔵リスト」の最上位にランクされる作家なのである。

しかも、今邑彩は、デビュー作『卍の殺人』（一九八九）以降、「本格推理」にこだわり続けて、作品を書き続けてきている。女流のミステリー作家はここ十年ほどで急激な増加をみせたが、謎と論理と意外性という要素を盛り込んだ本格推理の書ける人はきわめて少ない。その稀少な「本格もの」志向の女流の中でも、「愛蔵」したくなる作品を生み出せる書き手となると、これはもう天然記念物に匹敵するほどである。

こうした評価は、私の独断ではない。今邑彩の実力は、日本推理作家協会賞の最終候補に、その作品が再三ノミネートされていることからも証明できる。長編では『七人の中にいる』（九四）が第四八回、短編は「盗まれて」と「吾子《あこ》の肖像」が第四七回と第四九回、連作短編集『つきまとわれて』（九六）が第五十回の協会賞候補作となっているのだ。

とくに、「吾子の肖像」を含む短編集『つきまとわれて』は、趣向を凝らした連作の形といい、その人物造型の確かさといい、シニカルな味わいといい、受賞しても決しておかしくない完成度を誇っていた。

また、今邑彩は、古今東西のミステリーに関する造詣の深さでも定評がある。長編の場合にはその知識が、作品の中に必ずといっていいほど、しかも、十分に咀嚼《そしゃく》された形で取り込まれている。そこがまた、今邑ミステリーの持ち味でもあり、そこから独自の世界を構築していく筆力には並々ならぬものがある。

その証拠に、今邑彩の作品は、館ミステリーの系譜に連なる『卍の殺人』や『金雀枝《えにしだ》荘の殺人』（九三）、ゴシック色の強い密室ものの変種『ブラディ・ローズ』（九〇）、ヒッチコックの映画をモチーフとした『「裏窓」殺人事件　tの密室』（九一）、あるいはプロットとトリックに凝った『*i*（アイ）　鏡に消えた殺人者』（九〇）や『「死霊」殺人事件』（九四）、クリスティ作品の本歌取りの妙が冴える『そして誰もいなくなる』（九三）など、どれを読んでも、ミステリー通をうならせるに足る秀作揃いで、がっかりさせられることはまずない。しかも愛蔵したくなる、独特の雰囲気に満ちた作品ばかりなのだ。今邑彩の世界には、香りと色がある。それは、どこかワインを味わう愉しみにも似ていて、最後には程よく酔わされるのである。

だが今邑彩の魅力は、長編だけではない。短編作品がまた粒揃いなのだ。先にも紹介した日本推理作家協会賞短編部門の候補はもとより、協会編の「短編傑作選集」や「推理小説代表作選集」といったアンソロジーの常連でもある。

本書『よもつひらさか』は、そうしたアンソロジーに収録された作品もいくつか含んだバラエティ豊かな作品集である。したがって、その十二編の中味は、本格推理とは限らない。ホラーもあれば、ファンタジーもミステリーもある。あるいはホラーというよりも「ちょっと奇妙な話」と呼んだ方が相応しいものもある。

とはいえ、全体としてみると、統一された色と香りをもっているのだ。その意味では本書そのものが不思議な世界を構築しているともいえる。これまで、著者の長編に馴染んできた読者にとっては、今邑ワールドの新たな一面を発見できるに違いない。また、本書で今邑作品に初めて接する方には、その世界に深く入り込むための願ってもない手引きとなるはずである。とりわけ、短編の命ともいえる切れ味の冴えが、最後の一行に凝縮されているので、そのあたりを存分に味わっていただきたい。

では、本書の中のいくつかの作品について簡単に触れておこう。冒頭の「見知らぬあなた」は、一種のストーカーものだが、相手は姿を現さず、手紙だけが届く。なぜ会うことができないのか。そして「私」に付きまとう別れた夫を殺したのも「彼女」なのか……。タクシーの中での運転手と客の間で交わされる会話を軸にした「家に着くまで」にもストーカーの話が出てくる。

また、「穴二つ」ではネット・ストーカーが登場する。第四短編集『つきまとわれて』に収録されている表題作もそのタイトルから分かるようにストーカーものと言えなくもない。それぞれを読み比べてみるのも一興かもしれない。

「ささやく鏡」は、覗き込む人物の少し先の未来を映し出す鏡が重要な役どころを演ずる。鏡といえば長編の『*i*』が、鏡をモチーフにした本格ミステリーだったが、「ささやく鏡」の方は、ホラーの味が強い。寺の天井に染み出してきた不気味な影をめぐる「双頭の影」や、古事記に登場する坂と同名の坂で奇妙な体験をする「よもつひらさか」も同じ系列の作品である。これらの作品を読んで私は何故か、芥川龍之介の「黒衣の聖母」や「魔術師」といった短編を思い出してしまった。

「茉莉花」は、離魂をモチーフにしたホラーかと思いきや、実は本格推理という趣向の作品である。作者は、この作品が気に入っているらしく、第二短編集の『盗まれて』(九五)にも収録されている。そういえば、「盗まれて」では、離魂と類似したドッペル・ゲンガー(二重身)がモチーフになっていた。

「茉莉花」と同じ趣向は、壁に掛けられた絵の虜になる少女を主人公にした「遠い窓」にも使われている。

「時を重ねて」は、奇跡が写し出された一枚の写真にまつわるロマンティック・ファンタジーめいた一編である。現実から逃避し夢の中で暮らしたい少年を主人公とした「夢の中へ……」も同じ傾向の作品といえなくもない。

という具合に、五冊目の短編集となる本書は、著者が「あとがき」でも述べているように、「かなりの盛り沢山」の内容となっている。しかも、いずれも「短編」でなければ味わえない深いコクがある。「ハーフ・アンド・ハーフ」のブラックな結末など短編ミステリーの極みともいえる。

今邑彩には、他にも短編集としては『時鐘館《とけいかん》の殺人』(九三)、さらに、物に触れただけでそれを所有していた人物の秘密を感知できる「サイコメトリー(残留物感知能力)」を使い、桐生紫《ゆかり》が未解決事件を暴いていく連作集『鋏の記憶』(九六)がある。また、『「通りゃんせ」殺人事件』（九二、のち改題『赤いべべ着せよ…』）、『蛇神』（九九）、『翼ある蛇』（二〇〇〇）といったホラー系の長編もあるので、この機会に「今邑彩の世界」をじっくりと味わっていただきたい。

この作品は、一九九九年五月集英社より刊行されました。

集英社文庫　目録（日本文学）

伊東潤　真実の航跡
いとうせいこう　鼻に挟み撃ち
いとうせいこう　小説禁止令に賛同する
絲山秋子　ダーティ・ワーク
井戸まさえ　無戸籍の日本人
稲葉稔　国盗り合戦〈一〉〜〈三〉
乾ルカ　六月の輝き
乾緑郎　思い出は満たされないまま
犬飼六岐　青藍の峠　幕末疾走録
犬飼六岐　ソロバン・キッド
井上荒野　森のなかのママ
井上荒野　ベーコン
井上荒野　そこへ行くな
井上荒野　夢のなかの魚屋の地図
井上荒野　綴られる愛人
井上荒野　百合中毒

いのうえさきこ　圧縮《ぎゅぎゅっと》！　西郷どん
井上ひさし　ある八重子物語
井上ひさし　不忠臣蔵
井上真偽　ベーシックインカムの祈り
井上麻矢　夜中の電話　父・井上ひさし最後の言葉
井上光晴　明日　一九四五年八月八日・長崎
井上夢人　あくむ
井上夢人　パワー・オフ
井上夢人　風が吹いたら桶屋がもうかる
井上夢人　the TEAM　ザ・チーム
井上夢人　the SIX　ザ・シックス
井上理津子　親を送る　その日は必ずやってくる
今邑彩　よもつひらさか
今邑彩　いつもの朝に（上）（下）
今邑彩　鬼
今村翔吾　塞王の楯（上）（下）

伊与原新　博物館のファントム　箕作博士の事件簿
岩井志麻子　邪悪な花鳥風月
岩井志麻子　瞽女《ごぜ》の啼く家
岩井三四二　清佑《せいゆう》、ただいま在庄《ざいしょう》
岩井三四二　むつかしきこと承り候　公事指南控帳
岩井三四二　室町もののけ草紙
岩井三四二　「夕」は夜明けの空を飛んだ
岩井三四二　鶴は戦火の空を舞った
岩城けい　Masato
宇江佐真理　深川恋物語
宇江佐真理　斬られ権佐
宇江佐真理　聞き屋与平　江戸夜咄草
宇江佐真理　なでしこ御用帖
宇江佐真理　糸車
植田いつ子　布・ひと・出逢い　美智子皇后のデザイナー　植田いつ子
上田秀人　辻番奮闘記　危急

集英社文庫　目録（日本文学）

集英社文庫　目録（日本文学）

梅原猛　聖徳太子1・2・3・4
梅原猛　日本の深層　縄文・蝦夷文化を探る
宇山佳佑　ガールズ・ステップ
宇山佳佑　桜のような僕の恋人
宇山佳佑　今夜、ロマンス劇場で
宇山佳佑　この恋は世界でいちばん美しい雨
宇山佳佑　恋に焦がれたブルー
江川晴　企業病棟
江國香織　都の子
江國香織　なつのひかり
江國香織　いくつもの週末
江國香織　薔薇《ばら》の木　枇杷《びわ》の木　檸檬《れもん》の木
江國香織　ホテル　カクタス
江國香織　モンテロッソのピンクの壁
江國香織　泳ぐのに、安全でも適切でもありません
江國香織　とるにたらないものもの

江國香織　日のあたる白い壁
江國香織　すきまのおともだちたち
江國香織　左岸(上)(下)
江國香織　抱擁、あるいはライスには塩を(上)(下)
江國香織・訳　パールストリートのクレイジー女たち
江國香織　彼女たちの場合は(上)(下)
江角マキコ　もう迷わない生活
江戸川乱歩　明智小五郎事件簿I～XII
江戸川乱歩　明智小五郎事件簿　戦後編　I～IV
NHKスペシャル取材班　激走！日本アルプス大縦断　密着、トランスジャパンアルプスレース　富山～静岡415km
江原啓之　子どもが危ない！　スピリチュアル・カウンセラーからの警鐘
江原啓之　いのちが危ない！　スピリチュアル・カウンセラーからの提言
M　L change the WorLd
ロバート・D・エルドリッヂ　トモダチ作戦　気仙沼大島と米軍海兵隊の奇跡の“絆”
遠藤彩見　みんなで一人旅
遠藤彩見　虹を待つ　駆け込み寺の女たち

遠藤周作　勇気ある言葉
遠藤周作　父親
遠藤周作　ぐうたら社会学
遠藤周作　愛情セミナー
遠藤周作　ほんとうの私を求めて
遠藤武文　デッド・リミット
逢坂剛　裏切りの日日
逢坂剛　空白の研究
逢坂剛　情状鑑定人
逢坂剛　よみがえる百舌《もず》
逢坂剛　しのびよる月
逢坂剛　水中眼鏡《ゴーグル》の女
逢坂剛　さまよえる脳髄
逢坂剛　配達される女
逢坂剛　鵟《のすり》の巣
逢坂剛　恩はあだで返せ

集英社文庫　目録（日本文学）

逢坂　剛　おれたちの街
逢坂　剛　百舌《もず》の叫ぶ夜
逢坂　剛　幻の翼
逢坂　剛　砕かれた鍵
逢坂　剛　相棒に気をつけろ
逢坂　剛　相棒に手を出すな
逢坂　剛　大迷走
逢坂　剛　墓標なき街
逢坂　剛　地獄への近道
逢坂剛他　棋翁戦てんまつ記
逢坂　剛　百舌《もず》落とし(上)(下)
大江健三郎・選　何とも知れない未来に
大江健三郎　「話して考える《シンク・トーク》」と「書いて考える《シンク・ライト》」
大江健三郎　読む人間
大岡昇平　靴の話　大岡昇平戦争小説集
大久保淳一　いのちのスタートライン

大沢在昌　悪人海岸探偵局
大沢在昌　無病息災エージェント
大沢在昌　ダブル・トラップ
大沢在昌　死角形の遺産
大沢在昌　絶対安全エージェント
大沢在昌　陽のあたるオヤジ
大沢在昌　野獣駆けろ
大沢在昌　影絵の騎士
大沢在昌　パンドラ・アイランド(上)(下)
大沢在昌　欧亜純白ユーラシアホワイト(上)(下)
大沢在昌　烙印の森
大沢在昌　漂砂の塔(上)(下)
大沢在昌　夢の島
大沢在昌　黄龍の耳
大沢在昌　罪深き海辺(上)(下)
大島里美　君と1回目の恋

大島里美　サヨナラまでの30分　side：ECHOLL
大城立裕　焼け跡の高校教師
大城立裕　レールの向こう
太田和彦　ニッポンぶらり旅　宇和島の鯛めしは生卵入りだった
太田和彦　ニッポンぶらり旅　アゴの竹輪とドイツビール
太田和彦　ニッポンぶらり旅　熊本の桜納豆は下品でうまい
太田和彦　ニッポンぶらり旅　北の居酒屋の美人ママ
太田和彦　ニッポンぶらり旅　可愛いあの娘《こ》は島育ち
太田和彦　ニッポンぶらり旅　山の宿のひとり酒
太田和彦　おいしい旅　錦市場の木の葉丼とは何か
太田和彦　おいしい旅　夏の終わりの佐渡の居酒屋
太田和彦　おいしい旅　昼の牡蠣そば、夜の渡り蟹
太田和彦　東京居酒屋十二景
太田和彦　町を歩いて、縄のれん
太田和彦　風に吹かれて、旅の酒
おおたとしまさ　人生で大切なことは、ほぼほぼ子どもが教えてくれた。

集英社文庫　目録（日本文学）

太田光	パラレルな世紀への跳躍
大竹伸朗	カスバの男　モロッコ旅日記
大谷映芳	森とほほ笑みの国　ブータン
大槻ケンヂ	わたくしだから改
大橋歩	くらしのきもち
大橋歩	おいしい　おいしい
大橋歩	テーブルの上のしあわせ
大橋歩	日々が大切
大前研一	50代からの選択　ビジネスマンは人生の後半にどう備えるべきか
大森寿美男　重松清・原作	アゲイン　28年目の甲子園
岡崎弘明	学校の怪談
岡篠名桜	浪花ふらふら謎草紙
岡篠名桜	見ざるの天神さん　浪花ふらふら謎草紙
岡篠名桜	雪の夜明け　浪花ふらふら謎草紙
岡篠名桜	芝居巡り　浪花ふらふら謎草紙
岡篠名桜	花の懸け橋　浪花ふらふら謎草紙
岡篠名桜	屋上で縁結び
岡篠名桜	日曜日のゆうれい　屋上で縁結び
岡篠名桜	縁つむぎ　屋上で縁結び
岡田裕蔵	小説版ボクは坊さん。
岡野あつこ	ちょっと待ってその離婚！　幸せはどっちの側に？
岡本嗣郎	終戦のエンペラー　陛下をお救いなさいまし
岡本敏子	奇跡
小川糸	つるかめ助産院
小川糸	にじいろガーデン
小川貢一	築地魚の達人　魚河岸三代目
小川洋子	犬のしっぽを撫でながら
小川洋子	科学の扉をノックする
小川洋子	原稿零枚日記
小川洋子　平松洋子	洋子さんの本棚
尾北圭人	マイ・ファースト・レディ
おぎぬまX	地下芸人
荻原博子	老後のマネー戦略
荻原浩	オロロ畑でつかまえて
荻原浩	なかよし小鳩組
荻原浩	さよならバースディ
荻原浩	千年樹
荻原浩	花のさくら通り
荻原浩	逢魔が時に会いましょう
荻原浩	海の見える理髪店
荻原浩	人生がそんなにも美しいのなら　荻原浩漫画作品集
奥泉光	虫樹音楽集
奥泉光	東京自叙伝
奥田亜希子	左目に映る星
奥田亜希子	透明人間は204号室の夢を見る
奥田亜希子	青春のジョーカー
奥田英朗	東京物語
奥田英朗	真夜中のマーチ

集英社文庫

よもつひらさか

2002年9月25日　第1刷　　定価はカバーに表示してあります。
2024年8月14日　第16刷

著者　今邑《いまむら》　彩《あや》
発行者　樋口尚也
発行所　株式会社　集英社
東京都千代田区一ツ橋2-5-10　〒101-8050
電話　【編集部】03-3230-6095
【読者係】03-3230-6080
【販売部】03-3230-6393（書店専用）

印刷　TOPPAN株式会社
製本　加藤製本株式会社

フォーマットデザイン　アリヤマデザインストア　　マークデザイン　居山浩二

ISBN978-4-08-747490-9 C0193